Maria von Peteani – Der Page vom Dalmasse-Hotel

Maria von Peteani

DER PAGE VOM DALMASSE-HOTEL

Roman

Deutscher Literatur-Verlag Hamburg
Otto Melchert

DLV-Taschenbuch Nr. D 72

Dieser Roman wurde 1933 unter dem gleichen
Titel von der Schulz & Wuellner GmbH., Berlin verfilmt.
Die Hauptdarsteller des Films waren:
Dolly Haas, Harry Liedtke, Hans Junkermann,
Trude Hesterberg, Gina Falkenberg und
Hans Raimund Richter.
1957 erfolgte durch die Donau-Film-Wien die
zweite Verfilmung unter dem Titel »Der Page vom Palasthotel«.
Diesmal waren die Hauptdarsteller:
Erika Remberg, Rudolf Prack, Heinz Conrads, Ernst Waldbrunn,
Rudolf Carl und Egon von Jordan.

Genehmigte Taschenbuchausgabe für den
Deutschen Literatur-Verlag Otto Melchert, Hamburg 70

Umschlag: Carrillo/Fischer, Foto: Röhnert (SW 30-81)
Satz: Mero-Druck Otto Melchert GmbH & Co. KG, 2054 Geesthacht/Elbe
Druck und Verarbeitung: Ebner Ulm
Printed in Germany 1982
ISBN 3-87152-074-8

Fünf Uhr morgens. Über dem Anhalter Bahnhof grauer Nebel. Verdrossene Menschentrupps tappen frierend und eilig aus der großen Halle. Alles ist traurig, beziehungslos und verdämmert.

So – da wären wir wieder! denkt Friedel Bornemann, während sie die Stufen zum Askanischen Platz hinabschreitet. Tut so, als ob es nicht bis drei zählen könnte, dieses Ungeheuer von Berlin! Schläft noch zum größten Teil. Wo ist denn der Autobus, den ich brauche . . .? Richtig – dort drüben!

Der kleine Koffer, den sie in der rotgefrorenen Hand hält, wiegt nicht schwer. Friedel Bornemann schießt mit langen Schritten über den glitschigen Asphalt und erklettert das motordurchschüttelte Vehikel. Ein paar verschlafene Arbeitsmenschen hocken da mit hochgeklappten Kragen, es riecht nicht eben nach Veilchen. Friedel drückt sich in eine Ecke, kriecht in sich selbst hinein. Ihr ist fürchterlich kalt. Von außen und von innen heraus. Der Wagen bollert und schwankt durch Straßenzüge mit herabgelassenen Rollbalken. Da und dort patrouilliert ein einsamer Schupo unter einer Bogenlampe, deren Licht in Nebel und Tagesgrau versickert. Lastenautos donnern hochbepackt zu den Markthallen, vor einem langgestreckten Gebäude steht ein Trupp Arbeitsloser.

Beim Märkertor muß Friedel umsteigen. Es ist nun schon heller geworden, Bogenlampen verlöschen wie Leuchtraketen in einem mißfarbenen Novemberhimmel. An einer Straßenecke steht ein Würstelmann mit weißer Schürze. Aus dem Nickelkessel quillt Dampf. Ah – welch ein Duft! Ein Märchenduft!

Friedel pürscht sich heran. Ob ich die fünfundzwanzig Pfennig außertourlich anlege? Was? Ein Brot dazu macht dreißig! . . . Knusprige Knüppelchen liegen in dem Korb. Sie haben braune Wangen, manche sind salzbestreut . . . Friedels Hand tastet temperamentvoll nach der Geldbörse. »Ein Paar, bitte!«

Der Würstelmann hebt den Deckel, weißer Dampf wolkt auf, ein Haken fischt . . . Rotglänzend, fetttriefend tanzen zwei Würstelbeine vor Friedels Augen. Das Leben ist doch schön. Jawohl.

»Fräulein, auch Nachtdienst gehabt?« fragt eine Männerstimme. Zwei Eisenbahner, große, stämmige Kerle, stehen neben ihr. Der Würstelmann schwenkt dienstbeflissen den Senflöffel.

»Nein«, sagt Friedel, »bin die Nacht durchgefahren.«

»Ooch keen Vergnüjen!« meint der eine und beißt los. Krachend platzt die Würstelhaut unter seinen Zähnen. Man steht in einer kleinen Wolke von Duft und Wärme.

Doch da kommt schon drüben aus der schnurgeraden Straße der Autobus angekollert, den Friedel zur Weiterfahrt benützen muß. Sie packt ihr Köfferchen und läuft ohne Gruß davon. Noch sind ihre Gedanken vollständig vom Genuß dieses Morgenfrühstücks gefangen. Die Wärme des Magens rinnt langsam durch den ganzen Körper bis in die eisigen Zehenspitzen.

Der Wagen ist vollbesetzt. Friedels schmaler Körper gerät zwischen die Rundungen zweier Marktfrauen. Es riecht hier drinnen wiederum nicht nach Veilchen.

Aber nun kann's ja nicht mehr lange dauern. Schon zweigen von den Hauptstraßen enge Gassen ab. Schmutzige alte Häuserkasernen versperren den Blick. Da und dort ist ein Neubau eingefügt, der in seiner architektonischen Glätte aussieht, als wäre er aus Pappendeckel und nur zum Scherz hier aufgestellt worden.

Friedel steigt aus und pumpt Luft. Dann steuert sie rasch in die Dämmerung schmalen Winkelwerks. Sie kennt den Weg, den sie vor zwei Jahren oft genug gegangen ist. Bei Tag pflegen hier Menschen und Kinder herumzuwimmeln, jetzt tut sich noch nichts. Nur hinter trüben Fensterscheiben brennt fast überall Licht. Hier wohnen Leute, die vor sechs an die Arbeit müssen.

Auch auf Numero 132 sperrt die Hausmeisterin schon das Tor auf. Friedel steigt die ausgetretenen Stiegen hinauf. Trostlos, dieses Haus. Massenquartier der Großstadt.

Im dritten Stock steht ein Dienstmädchen bei der Wasserleitung. Es ist Minna, wahrhaftig noch die dicke, schlampige Minna von früher. Sie erkennt Friedel auch sogleich. »Ach nee – die kleine Bornemann! Kommen Sie auch mal wieder zu uns? Frau Petersen schläft noch, aber vielleicht ist Fräulein Käthe schon wach. Die wird Augen machen!«

Es tut immerhin wohl, wieder eine teilnehmende Menschenstimme zu hören und sei's auch nur die der dicken Minna. Friedel betritt das dämmerige Wohnzimmer. Beide Fenster stehen offen, Stühle hängen verkehrt auf dem langen Speisetisch, an der fleckigen Wand lehnt ein Besen. Gemütlich ist anders.

Währenddessen ist Minna den Korridor hinabgeschlurft und klopft an eine Tür. Man hört Wispern. Irgendwo schnurrt ein Wekker ab, Stiefel poltern auf dem Fußboden. Ja – Friedel erinnert sich . . . das sind die typischen Morgengeräusche dieses Hotels garni.

»Fräulein Bornemann, Sie sollen zu Fräulein Käthe 'reinkommen!«

Friedel geht durch den Korridor – vor jeder Tür stehen mehrere Paar Schuhe von zweifelhafter Eleganz – und betritt das Zimmer der Haustochter. Es ist ein schiefer Raum, in dem ein Schrank und zwei Betten stehen. Das eine ist leer, auf dem anderen sitzt ein defekter, blauer Pyjama, aus dem, zerzaust und hellblond, ein Wuschelkopf schaut. »Ja, Bornemännchen, wo kommen Sie denn her mitten in der Nacht? Lassen Sie sich ansehen! Immer noch Augen und sonst nischt? Na – 'n bißchen fester sind Sie ja doch geworden! Setzen Sie sich da her und erzählen Sie! Ist's gut gegangen?«

»Das kann ich eigentlich nicht behaupten«, meint Friedel und klebt sich an den Rand des leeren Bettes, wobei sie die Mütze vom Kopf zieht.

»Nun, und die gute Anstellung, wegen der Sie damals von Berlin fort sind? War das 'n Reinfall?«

»Das nicht. Es stimmte schon alles soweit. Aber nach vier Monaten wurden zehn Angestellte abgebaut, da war ich natürlich mit dabei. Ich kam dann in ein Parfümeriegeschäft. Elend bezahlt und überhaupt . . . Was schaut heraus bei all dem? In der Provinz kann man nichts erreichen, darum bin ich wieder hergekommen.«

Der blonde Wuschelkopf seufzt. »Ob das gerade sehr gescheit war, wollen wir erst abwarten. Haben Sie 'ne Ahnung, wie pleite hier alles ist! Na, aber ich will Ihnen nichts vermiesen . . . Haben Sie schon was in petto?«

Friedel verneint. Wie ein schwarzer Strich hockt sie auf dem Bettrand. Ihre großen, glänzenden Augen wandern durch das Zimmer.

»Kann ich ein paar Tage bei Ihnen wohnen?«

»Natürlich! Wir sind momentan nicht komplett. Drüben auf Numero zwo ist ein Sofa frei.«

»So –? Auf zwo –? Wer schläft denn noch dort?«

»Immer noch die Ziehlers und dann eine andere, die auch Stellung sucht. Nebenan auf drei sind einige, die schon damals da waren. Leider gibt's aber auch viel Wechsel. Sie wissen, Mutter mag das nicht.«

»Wie geht es Frau Petersen?«

»Danke. Sie schuftet von früh bis in die Nacht, und sonntags geht sie ins Kino.«

Während Käthe Petersen spricht, vertauscht sie den blauen Pyjama mit einer Hemdhose und patscht auf schlaffen Pantoffeln zu einem Stuhl, auf dem das Waschgeschirr steht. Friedel sieht ihr aufmerksam zu. Käthe Petersen ist von jener weißen, blonden Üppigkeit, welche bei gutgenährten Blondinen zwischen dreißig und vierzig einzutreten pflegt. Sie arbeitet in einem Frisiersalon und läßt sich nichts abgehen. Ihr gutmütiges, breites Gesicht flößt Vertrauen ein. Überhaupt hat Friedel Vorliebe für dicke Phlegmatiker, die einen Hang zum Romantischen haben. Beides ist bei ihr selbst nicht der Fall. Sie ist dünn, aufgeregt – innerlich nur, nie äußerlich! – und sie denkt praktisch.

»Die ganze Nacht sind Sie durchgefahren?« fragt Käthe, während sie die rosig marmorierten Oberarme abtrocknet.

»Ja. Ich bin müde und möchte mich für ein paar Stunden niederlegen. Sagen Sie – wer schläft denn hier in diesem Bett?«

»Hier? Niemand augenblicklich. Da hat der arme kleine Friedrich geschlafen, mein Neffe. Erinnern Sie sich noch an ihn? So'n braver, stiller Junge! Vor zwei Wochen ist das Unglück passiert. Überfahren ist er worden am Potsdamer Platz!«

»Oh . . .«, murmelt Friedel bedauernd. Sie erinnert sich des jungen Burschen nur dunkel, er hat damals nicht hier gewohnt.

»Nein, damals war er Lehrling bei Schönburg & Co. und hat auch dort Logis gehabt. Dann kam er ins Trianon-Restaurant als Kellner. War ein ordentlicher Junge, nur ein wenig langsam. Ich sagte immer zu ihm: Friedrich, sagte ich, du schläfst im Gehen! Und sehen Sie, wie recht ich hatte! Wer in Berlin nich fix is, der kommt eben unter die Räder, ob so oder so! Ganz pomali is er über'n Potsdamer Platz gegondelt, da hat ihn natürlich der große Autobus vom Zoo niedergestoßen. War sofort mausetot.«

Friedel mustert das Bett, auf dem sie sitzt. »Kann ich nicht jetzt hier schlafen?« fragt sie.

»Sie, Bornemännchen? Meinetwegen. Über kurz oder lang steckt mir die Mutter ja doch wen 'rein.«

Käthe hat ihre Toilette beendet. Sie trägt jetzt ein pralles Strickkleid und hat ein wenig Puder auf der Nase liegen. Die Fülle des Lockenkopfes ist durch Steckkämme gebändigt.

Draußen auf dem Korridor kreischen Türen, Stimmen schwellen an, ein Gemisch von Gasgeruch und Kaffeedunst durchzieht die

Luft. »Kommen Sie, Bornemännchen, ich glaube, wir kriegen schon Frühstück.«

Friedel erhebt sich – ihre Glieder sind ganz steif von der durchschüttelten Nacht – und folgt der Haustochter in die Küche. Dort verabreicht Frau Petersen jeden Morgen von halb sieben bis halb acht das Frühstück. Die Schlafgeherinnen müssen es sich selber holen. Man bekommt eine Schale dünnen Kaffees und ein Stück Brot. Wer Butter will, kann für zehn Pfennig ein Stückchen kaufen. Eigenvorräte an Lebensmitteln sind verboten, weil sie erfahrungsgemäß zu häufigen Verdächtigungen und Raufereien bezüglich der Verwechslung von mein und dein führten.

Frau Petersen steht beim Gasherd in der kleinen, fensterlosen Küche und füllt mit einem Schöpfer Milch in bereitgestellte Schalen. Sie ist eine behäbige alte Frau, trägt Brillengläser, Pulswärmer und Filzpantoffel.

»Mutter«, schreit Käthe Petersen, denn die Alte hört nicht gut, »kennst du die da noch?«, und sie schiebt Friedel vor sich her.

»Die da? Warte mal . . . natürlich! Wie heißt sie doch?«

»Friedel Bornemann!«

»Richtig ja, Bornemann! Will sie bei uns wohnen?«

»Ja! Ich hab' ihr das Bett vom Friedrich gegeben.«

»So, so, vom Friedrich! Was sagen Sie zu dem Unglück? Der arme Junge! – Wollen Sie Kaffee? Da – nich ausschütten! Schlafgeld is im voraus zu entrichten. Nich vergessen! Essen wollen Sie auch hier?«

»Ja. Solange, bis ich eine Stellung gefunden habe.«

»Also sehr lange. Stellungen, meine Liebe – damit steht's faul momentan!«

Käthe dreht ihren Schützling zur Tür hinaus. Heimlich hat sie zwei Portionen Butter abgeschnitten und legt eine davon auf Friedels Untertasse. »Da – braucht nicht bezahlt zu werden!«

Friedel lächelt ihr zu.

Im Wohnzimmer sieht's jetzt schon besser aus als vor einer Stunde. Etwa acht junge Mädchen sitzen beim Tisch und frühstükken. Man sieht ihnen an, daß sie Eile haben, und Käthe nimmt sich auch gar nicht die Mühe, den neuen Gast vorzustellen. Hier denkt ein jeder nur an seine eigenen Sorgen und Geschäfte, für Höflichkeitsformeln ist keine Zeit. Auch die, welche Friedel Bornemann von früher her kennen, nicken ihr bloß zu, ohne weiter von ihr Notiz zu nehmen. Eine nach der anderen erhebt sich, schlüpft in ihren

Mantel, stülpt eine Kopfbedeckung auf und läuft mit kurzem Gruß zur Tür hinaus. Als letzte geht Käthe Petersen. Sie klopft der kleinen Friedel noch wohlwollend auf die Schulter, empfiehlt ihr, sich auszuschlafen, und zieht einen pelzverbrämten Mantel an, der zu der schadhaften Umgebung in einigem Widerspruch steht.

Friedel kehrt in den Schlafraum zurück. Sie besieht sich die zwei Meter im Geviert, die sie ab heute gemietet hat. Gerüchten zufolge soll dieses Zimmer das einzige der Wohnung sein, in dem es keine kleinen Tierchen gibt. Alle anderen tragen deutliche Spuren nächtlicher Jagden an den Wänden, die Minna ab und zu mit einem Küchenmesser abzukratzen pflegt.

Das Bett des überfahrenen Kellners ist überraschenderweise frisch bezogen. Das war nett von Frau Petersen. Friedel sperrt ihren Koffer auf, packt ihre Habseligkeiten aus und macht Ordnung. Ordnung machen ist ihr Steckenpferd. Oh, sie hat alles, was man braucht! Sie hat Hausschuhe mit Troddeln, solide Wäschestücke aus Chiffon, säuberlich gestopfte Strümpfe – nicht solche aus Seide, bewahre! Firlefanz verachtet sie. Sie hat ein gutes Stück Seife, einen Schwamm, Mundwasser und Zahnbürste. Ferner befindet sich wohlversteckt zwischen einer Schreibmappe und einem Paket Taschentüchern der Gegenstand, dem Friedels heimliche Kümmernisse gelten: ein Sparkassenbuch. Einstens, vor drei Jahren, wiesen die Seiten die stolze Summe von tausend Mark auf . . . aber jetzt . . . leider . . . Friedel mag gar nicht hinsehen. Sie steckt das Buch rasch in den Koffer zurück. Es gibt Tiefpunkte im menschlichen Leben, denkt sie wütend.

Wohin nun mit dem Kram? Ihr einziges halbwegs gutes Kleid sollte auch aufgehängt werden. Am Schrank steckt der Schlüssel. Friedel sperrt auf, betrachtet mit gekrauster Stirn und mißbilligenden Blicken das Chaos von weiblichen Toilettengegenständen, das sich ihr bietet. Ein Schlampsack, diese Käthe! In der hintersten Ecke hängen ein dunkelblauer Männeranzug aus Kammgarn und ein grauer Mantel. Anscheinend die Sonntagskleider des kleinen Friedrich, der am Potsdamer Platz . . . Hm . . . scheint ein ordentlicher Bursche gewesen zu sein. Ein Paket mit Wäsche liegt auch da. Armer Kerl!

Friedel verstaut mühsam ihre Sachen, schließt den Schrank und wendet sich dem Bett zu. Schlafen, schlafen! Das Maschinchen will nicht mehr. Ist abgelaufen. Kaputt.

Draußen ist es still geworden. Pension Petersen hat sich entvölkert. Friedel sinkt in diese Stille wie in ein seliges Bad. Ein Weilchen lang hört sie noch fernes Trambahnrollen und das Hupen der Autos. Großstadtmusik. Bitte, lieber Gott . . . vielleicht könntest Du mir doch . . . ein wenig Glück . . . wie? . . . Dann schläft sie schon.

Und während die Zeiger von Käthe Petersens Weckuhr langsam über die Vormittagsstunden gegen Mittag hin spazieren, träumt Friedel Bornemann komische Dinge. Sie träumt, daß sie in den Kleidern des überfahrenen Kellners in Berlin herumläuft und kein Mädchen, sondern ein Junge ist. Ein flotter, geriebener Junge, dem alles gelingt, was er unternimmt. So lebhaft und hübsch ist dieser Traum, daß sie mit einem Lachen erwacht.

Was ist denn los? Wo ist sie überhaupt? . . . Verwirrt blickt sie um sich. Ach, ja . . . richtig . . .

Sie sitzt aufrecht im Bett, ihr Lächeln verlöscht. Schade, daß Träume so schnell vergehen!

Mit großen, glänzenden Augen starrt Friedel nachdenklich vor sich hin ins Leere.

*

Stellenvermittlungsbüros sind alle gleich. Graue Luft, graue Mienen, graue Aussichten. Manchmal tut ein Mann oder eine Frau so, als ob man bei ihnen das »Große Los« ziehen würde, und das ist tröstend, obwohl man weiß, daß der Optimismus gespielt ist.

»Ich heiße Friedel Bornemann . . . hier meine Zeugnisse! Haben Sie nicht etwas für mich? – Ich nehme alles. Verkäuferin, Kinderfräulein . . . oder . . . Stubenmäd . . . nein, Schreibmaschine kann ich nicht . . . kochen auch nicht . . . leider! . . . Ja, gewiß, ich werde übermorgen wieder nachfragen!«

Friedel zieht jeden Morgen los, kehrt mittags hungrig heim, zieht nachmittags wieder los und schleicht bei Geschäftsschluß überaus kleinlaut die Treppen zur Pension Petersen empor. Sie borgt sich alle Zeitungen, deren sie habhaft werden kann, und studiert die Rubrik Stellenangebote. Ha! Da ist etwas! – Mantel an, Kappe auf, Stiegen hinab . . . es ist nicht allzu weit! – Aber wenn sie hinkommt, ist es immer schon zu spät. Immer!

Bei gutem Wetter wartet sie vor einem Zeitungsgebäude, bis die Morgenblätter erscheinen. Das ist ein Trick, den natürlich auch die anderen kennen. Junge Männer, blasse Frauen, übernächtige Mädel, sie alle stehen hier herum und tun so, als ob sie auf etwas Besonderes warten würden, etwa auf eine Liebste oder einen Liebsten. Aber wenn der blaubekittelte Mann aus dem Torbogen tritt und die noch feuchte Seite mit den Stellenangeboten in den Wandkasten hängt, drängt man sich mit gereckten Hälsen herzu. Meist ist gar nichts, was für Friedel in Betracht kommt. Manchmal scheut sie die weite Fahrt. Berlin ist endlos. Bis sie die Straße erreicht, wo man eine Verkäuferin mit prima Zeugnissen braucht, muß sie eine Stunde oder noch länger fahren; das kostet Geld. Besser, etwas in der Nähe und laufen. Ihre Schuhe, ihre braven, geliebten Schuhe . . . sie tun tapfer mit, aber von Tag zu Tag schauen sie kummervoller drein.

»Ich hab's Ihnen ja gleich gesagt«, meint Käthe Petersen, wenn sie am Abend im gemeinsamen Schlafraum zusammentreffen, »jetzt kriegt man keine Anstellung.«

»Ja, aber was soll ich denn tun? Ich kann doch nicht von meinen Renten leben!«

»Wissen Sie, Bornemännchen, es ist ein Jammer, daß Sie keinen ordentlichen Beruf gelernt haben. Tippen oder nähen, Buchhaltung, frisieren . . . aber nur so?«

»Sie sind komisch: nur so! Ich spreche englisch und französisch. Ist das nichts?«

»Nee – das is nichts. Zumindest nich das Richtige. Wie alt sind Sie eigentlich?«

»Zweiundzwanzig!«

»So? Hätte Sie für älter gehalten. Sie haben so was Ruhiges. Oder vielleicht macht es Ihr tiefes Organ. Jedenfalls sind Sie anders als die andern. Tut mir wirklich leid um Sie . . . Und hören Sie, Bornemännchen: wegen der Rechnung hier bei uns – machen Sie sich keine Sorgen, ich richte das schon bei Muttern.«

Friedel bekommt Wasser in die Augen. Natürlich, die dummen Nerven sind schon leck. Nerven dürfte man überhaupt nicht haben. »Danke, Käthe«, sagt sie knapp, »ich habe noch etwas Erspartes.«

Solche Gespräche wiederholen sich jeden Abend. Meist enden sie damit, daß Käthe gähnt und ein Buch unter dem Kopfkissen hervorzieht. Romane sind ihre Leidenschaft. Ganz besonders schöne Kapitel pflegt sie sogar laut vorzulesen. Ihre Stimme wird dabei pathetisch, sie schwingt immer auf die gleiche Kadenz und wirkt ausgesprochen als Schlafmittel. Mitten in den schönsten Liebesszenen, in denen es von Grafen und Komtessen nur so wimmelt, kann es geschehen, daß Friedel sanft und geräuschlos einschlummert. Man sieht nichts von ihr als ein Schüppelchen braunglänzenden Haares.

Doch selbst bei größter Müdigkeit pflegt es jetzt vorzukommen, daß sie später mitten in der Nacht aufwacht, als habe eine harte Faust an ihr Herz gegriffen. Draußen pfeift der Novemberwind. Friedel lauscht ihm und kann nicht mehr einschlafen. Stundenlang nicht. Daraus darf man sich aber nicht zuviel machen. Gibt es nicht Hunderttausende in dieser großen Stadt, die nachts wachliegen und ins Dunkel starren? An sie alle denkt Friedel Bornemann. Sie fühlte ihren sehnigen jungen Körper kraftvoll gespannt unter der dünnen Decke, und sie meint, daß man nicht verzweifeln darf, solange man gesund und unverbraucht ist. Doch während sie sich diesen Satz mit dozierendem Nachdruck ins Hirn hämmert, kann sie nicht verhindern, daß ein furchtbar lähmendes Gefühl in ihr hochkriecht, ein Gefühl des Grauens, der kindlichen Verlassenheit, der – Angst! Ja, ja, sie hat Angst vor dem Leben, in das sie vor fünf Jahren unvorbereitet hineingestoßen wurde, damals, als das schützende Gebäude ihrer Kindheit rund um sie her in Trümmer fiel, sie hat Angst vor dem nahen Winter, vor Kälte, vor Obdachlosigkeit . . . vor den Männern . . . vor sich selbst . . . vor allem, ach, vor allem!

Aber wenn es Tag wird und das gutmütige Gesicht ihrer Schlafgenossin rotgedrückt aus den Kissen taucht, dann ist gleich alles besser. Man darf ganz einfach nicht schlappmachen! Wenn man nur will . . . Punktum!

Während Käthe sich wäscht und ankleidet, redet sie unaufhörlich. Sie erzählt den Inhalt des Romans, den sie eben liest, oder – was noch schlimmer ist – den eines Kinostückes. »Großartig, wie er das macht, der Erbprinz! Wie er hinkommt und sieht, daß sie ja eine andere ist, nicht die Sonja . . . nee, nich Sonja . . . sie heißt anders . . . Kontanze, richtig, so heißt sie. Die aber glaubt ihm nicht, weil sie doch das Kind ist von dem alten Freiherrn, der das Testament – versteh'n Sie, Bornemännchen?«

Bornemännchen versteht kein Wort. »Natürlich!« sagt sie schnell. Man wird charakterlos für eine Semmel oder ein Stück Butter, das man nicht zu bezahlen braucht. Ach Gott, im Kino kriegen sich die Leute meistens, und sie haben viel zu essen und wohnen in zwanzig Zimmern, die laufen können. Die Wirklichkeit ist ganz anders. Sollte man es für möglich halten, daß in dieser gigantischen

Stadt, in der alles rattert, nicht ein winziges Arbeitsrädchen für ein Mädel ihrer Art zu drehen ist? Sollte man das für möglich halten?

Friedel schreibt prachtvolle Offerten. Übersichtlich und verlokkend. Jedem Geschäftsmann müßte eigentlich bei diesem Anblick das Herz lachen. Rückporto muß sie auch beilegen, wobei ein Stück Gemüt mitgeht. Bevor sie solche Briefe in den Kasten wirft, schaut sie zum Himmel auf und bittet ihn . . . Meist ist der Himmel trüb und wolkenbedeckt, dann sinkt ihr Mut um etliche Grade, manchmal lächelt er zartblau, dann lächelt sie zurück. Diesmal, nicht wahr, diesmal . . .

Aber auch das hilft nicht. Ob Sonne, ob Regen, ob Schornsteinfeger oder eine schwarze Katze, alles unverläßlich.

»Die Arbeitslosigkeit als Folge des Zusammenbruchs von 1918«, betiteln sich die Leitartikel der Zeitungen. »Not der Jugend« – »Minister X äußert sich zum Erwerbskampf« – »Angebot und Nachfrage« . . . Friedel liest und denkt: Das bin ich! Ich! Ich! Alle haben sie Mitleid mit mir, aber keiner braucht mich. Wo nehmen andere Leute das viele Geld her, das hier rollt? Diese Auslagen! Abendkleider, Pelze, Brillanten . . . ach was, daran liegt mir nichts! Aber die großen Schinken, die Gansleberpasteten, Trauben, Ananas, Kompottgläser. Das wird ja doch gekauft, sonst wär's nicht im Schaufenster. Wie machen die Leute das? –

Eines Nachmittags geht Friedel durch die Dorotheenstraße und begegnet bei der Kreuzung Friedrichstraße Käthe Petersen. Es dunkelt schon, kleine Schneesterne tanzen durch die Luft. Friedel war eben in einem Vermittlungsbüro und kann ihre Niedergeschlagenheit nur schwer verbergen. Käthe hingegen kommt aus dem Dalmasse-Hotel, wo sie zwei Engländerinnen frisiert hat. Sie ist gut gelaunt, hängt sich in Friedel ein und schwätzt drauflos. Die Damen haben ihr ein feines Trinkgeld gegeben. Nur prima Publikum im Hotel Dalmasse. Sie kommt oft hin, kennt schon die meisten Angestellten. Ein Liftjunge ist heute erkrankt. »Sehen Sie, Bornemännchen, da wäre ein Posten frei! Schade, daß Sie kein Junge sind! – Wohin gehen Sie jetzt? Nach Hause? Sie sind ja ganz grün – frieren Sie?«

Ja, Friedel friert, sie kann es nicht leugnen. Die Kost in Pension Petersen ist nicht dazu angetan, um Kalorien für den ganzen langen Nachmittag aufzuspeichern. So zittert sie wie Espenlaub.

Käthe schaut auf ihre Uhr und konstatiert mit Bedauern, daß sie sich sputen müsse, um noch zur Kinovorstellung zurechtzukommen, die sie mit ihrer Mutter besuchen will. Sonst hätte sie Bornemännchen gerne zu einem Teller Schlagsahne in eine Konditorei eingeladen. Na, vielleicht ein andermal! Jetzt muß sie laufen.

Sie schütteln sich die Hände, Käthe wendet sich zum Bahnhof Friedrichstraße. Friedel geht langsam die Kirchengasse hinab den Linden zu.

Wo ist eigentlich Hotel Dalmasse? Ein Schupo gibt ihr Auskunft. Friedel setzt sich in Trab.

*

Sekretär Spöhne, der im kleinen, glasverschalten Büro hinter der Portierloge sitzt und Lohnzettel schreibt, hebt den Kopf. Ein junges Mädchen steht vor ihm. »Sie wünschen?«

»Bitte, ist es richtig, daß hier die Stelle eines Liftjungen per sofort zu vergeben ist?«

»Jawohl!«

»Darf ich um die Bedingungen fragen?«

»Freie Verpflegung, zwölf Mark monatlich, drei Mark Quartiergeld, Kleidung und Trinkgeld.«

»Nämlich . . . mein Bruder . . . er spricht englisch und französich . . . kann er sich vorstellen?«

»Ja, schicken Sie ihn her. Aber erst morgen! Heute ist der Direktor nicht da.«

»Um welche Zeit kann er kommen?«

»Ab halb neun!«

»Danke!«

Friedel läuft zur Tür hinaus und durch einen Nebenausgang ins Freie. Sie nimmt den Eindruck von viel satter Wärme mit sich. Vor dem Portal des Dalmasse-Hotels stehen mehrere Autos, ein sehr kleiner Page von etwa zwölf Jahren bedient die Drehtüre, elegante Menschen gehen ein und aus, der ganze würfelförmige Palast erstrahlt im Licht riesiger Scheinwerfer.

Friedel steht auf der gegenüberliegenden Straßenseite und starrt auf das weiße Gebäude. »Ja!« sagt sie laut und leidenschaftlich. »Ja!! Ja!!!«

Ein vorübergehender Herr schaut ihr ins Gesicht. Ganz nahe. Flüstert irgend etwas, was sie nicht versteht. Er ist wohlgenährt und bepelzt. Riecht nach Zigaretten.

Friedel reißt sich zusammen und läuft mit langen Schritten davon, wie ein Hase, der unverhofft den Jäger gesehen hat.

*

Der blaue Kammgarnanzug des überfahrenen Kellners paßt nicht eben tadellos, immerhin: er paßt. Friedel probiert bei versperrter Tür. Zum erstenmal in ihrem Leben tut sie etwas, was man nicht tut. Etwas Abseitiges, Närrisches, vielleicht sogar Gefährliches. Noch vor wenigen Wochen hätte sie das für unmöglich gehalten, jetzt, heute, denkt sie darüber gar nicht mehr nach. Die letzten Tage des Mißerfolges haben sie kopfscheu gemacht.

Es ist zehn Uhr abends, Käthe Petersen muß jeden Augenblick vom Kino nach Hause kommen.

Diese Käthe Petersen wird einfach überrannt. Sie bedeutet das erste Entweder-Oder ihres Unternehmens. Friedel fühlt sich mit einer Energie geladen, die gewillt ist, Sturmangriffe zu inszenieren.

Dennoch gilt es, Käthes bescheidene Intelligenz vorsichtig zu lenken, ihr nicht gleich die Pistole vor die Brust zu setzen. Sie wäre sonst imstande, Protest zu erheben, vielleicht gar die Alte herbeizuzetern. Man muß also systematisch vorgehen, muß sie beeinflussen wie ein Staatsanwalt die Geschworenen.

Friedel sperrt die Tür wieder auf und schlüpft, so wie sie ist, im blauen Männeranzug, ins Bett. Die Decke zieht sie ganz hoch hinauf. So – nun kann sie kommen!

Der Plafond des Zimmers ist mit bräunlichem Schmutz gleichmäßig überzogen. Über die Wände schlängeln sich grüne, stilisierte Tulpen. Zwei, vier, sechs, acht Tulpen nebeneinander. Macht bei zehn Reihen achtzig Tulpen. Daß Käthe noch immer nicht da ist! Vielleicht mache ich jetzt die ärgste Stunde durch . . . hat sich einmal der Stein ins Rollen begeben, dann rollt man mit . . . Schließlich – schlechter als es mir jetzt geht, kann's kaum werden . . . Weiß Gott, ob der kleine Kellner wirklich so dämlich über den Potsdamer Platz gegondelt ist? Vielleicht lag es in seiner Absicht, unter den großen Omnibus vom Zoo zu kommen . . . Wer kann wissen, was ihn bedrückte? Wer schaut in des andern Herz? . . . Sechshundert Tulpen . . . scheußlich, nicht zum Ansehen. Warum malen die Menschen solches Zeug auf ihre Wände? Aha . . . ich höre die Entréetüre gehen . . . vielleicht . . .

Käthe tritt ins Zimmer. Sie ist angeregt, ihr Hut sitzt tschihittschiho, das runde Gesicht glänzt von den Spuren der im Kino vergossenen Tränen. Man gab ein Drama. Es war wunderbar.

»Hören Sie, Käthe«, sagt Friedel mit dunkler Stimme, »ich habe mit Ihnen zu sprechen!«

Der blonde Kopf fährt herum. »Ei potz! Warum so feierlich, Bornemännchen?«

»Es kann so nicht weitergehen mit mir, Käthe! Ich darf meine letzten Notgroschen nicht aufzehren, verstehen Sie! Der Winter steht vor der Tür . . . vermutlich wird es immer schwieriger werden, unterzukommen. Ich hätte nun heute eine Gelegenheit herausgefunden, die mich viellicht auf die Beine bringen könnte – aber ich bedarf Ihrer Hilfe!«

»Ja, selbstverständlich, die können Sie haben! Schießen Sie los: was ist es denn?«

»Das werden Sie gleich erfahren. Aber bevor ich es Ihnen sage, bitte ich Sie nochmals, zu bedenken, daß ich nichts verlieren kann, und daß ich auf einem Punkt angelangt bin, wo etwas geschehen muß!«

»Nanu – was für lange Vorreden! Regen Sie sich doch nicht auf, Bornemännchen! Wird schon alles recht werden. Sagen Sie mir bloß, was ich dabei soll?«

»Sie –? . . . Sie sollen mir die Kleider und die Dokumente Ihres Neffen Friedrich borgen, die ich hier im Schrank gefunden habe!«

»Die . . . die . . . herrje, was wollen Sie denn damit?«

»Schauen Sie, Käthe: als Mädchen komme ich augenblicklich nicht unter. Ich kann nur fremde Sprachen sprechen, reiten, Tennis spielen und tanzen. Sonst nichts. Wäre ich ein Junge, dann gäbe es allerhand für mich anzufangen. Sie selbst haben mir heute von der freigewordenen Stelle eines Pagen im Dalmasse-Hotel erzählt. Ich war dort. Es stimmt. Ich möchte mich morgen vorstellen gehen. Aber dazu brauche ich sowohl die Kleider wie die Papiere Ihres Neffen!«

Käthe schweigt. Sie sitzt auf dem Sessel vor ihrem Bett, ihr Mund steht ein wenig offen, in ihren Augen malt sich absolute Verständnislosigkeit.

»Daß ich als Junge nicht schlecht aussehe, habe ich schon probiert«, fährt Friedel langsam fort. »Wenn Sie sich überzeugen wollen – bitte!« Sie schlägt die Decke zurück und springt aus dem Bett.

Käthe quietscht auf – hält sich aber sofort den Mund zu. »Um

Gott – was hab' ich mich erschrocken! Unglaublich! Einfach unglaublich! Hören Sie, wie fällt Ihnen das nur ein?«

»Meine liebe Käthe, gerade Sie sollte das nicht wundern. Sie lesen doch Romane! Glauben Sie, daß im Leben wirklich alles nur ganz nüchtern seinen vorgeschriebenen Weg geht? Daß nicht da und dort, ohne daß wir's ahnen, Dinge geschehen, die außerhalb des Herkömmlichen liegen?«

Hurra – jetzt hat sie sie vielleicht dort, wo sie sie haben will. Das Romantische! Darauf muß sie doch anbeißen, diese liebe, brave Kuh!

Friedel zieht einen zweiten Stuhl heran, sie setzt sich, schlägt die Beine übereinander und fühlt sich als Mann: ein merkwürdiges Gefühl, das in der Erregung dieser Stunde einer Suggestion gleichkommt.

»Ganz richtig sehen Sie aus . . .«, stottert Käthe. »Und Sie wollen also? . . . Das ist doch verboten! Wenn die Polizei . . .«

»Erstens weiß ich gar nicht bestimmt, ob das verboten ist, und zweitens, selbst wenn ich gefaßt werde, kann es mir nur nützen. Die ›B.Z. am Mittag‹ wird den verkleideten Liftjungen als Sensation ausrufen, eventuell bin ich gemacht. Selbstverständlich bleiben Sie, liebe Käthe, in einem solchen Fall vollkommen aus dem Spiel. Ich habe die Sachen ohne Ihr Wissen aus dem Schrank genommen. Schließlich hätte ich das ja auch wirklich tun können, nicht wahr?«

Nein, in normalem Zustand befinde ich mich nicht, denkt Friedel. Ich habe Fieber. Aber das muß sein, sonst ginge die Sache nicht vorwärts. Das braucht Triebkraft! Höchstspannung!

»Unmöglich!« sagt Käthe störrisch. »Nee, nee, da mache ich nicht mit. Das ist Irreführung der Behörden! Jawoll, das ist es!«

Friedel steigt das Blut zu Kopf. »Bitte schön, sollen sie mir Arbeit geben, die Behörden, dann brauche ich sie nicht irrezuführen. Schädige ich jemanden? Nein! – Stehle ich? Nein. Wenn einer ehrlich arbeiten will, so ist das keine Missetat. Glauben Sie, es macht mir Spaß, so etwas anzustellen? Wie?«

»Ach Gott . . . Bornemännchen . . .« Ratlosigkeit. Zwei blaue Augen, die in Wasser schwimmen.

Friedel fährt zu reden fort. Sie, die immer Schweigsame, ist plötzlich angekurbelt. Und je länger sie spricht, desto mehr schrumpft Käthe ein. Alles an ihr wird schlaff: die Arme, die Beine, die Wangen. Wie ein hypnotisiertes Kaninchen sitzt sie da. »Und wie wollen Sie hier aus der Wohnung ’raus? Wenn jemand Sie erkennt –?«

»Gefährlich ist nur Minna, weil die schon um sechs aufsteht. Aber man braucht bloß abzuwarten, bis sie das Wohnzimmer zu räumen beginnt, dann kann man mit zwei Schritten bei der Tür draußen sein. Auf den Treppen fürchte ich nichts mehr. Hier wohnen so viele Menschen im Haus, daß sich keiner um den anderen kümmert.«

Käthe atmet schwer. Es ist das Aufregendste, was sie je erlebt hat. Dieser feine Junge, der vor ihr auf dem Sessel sitzt, ist nicht mehr Bornemännchen, die man bemuttern konnte – es ist etwas Fremdes, Verblüffendes, vielleicht sogar Reizvolles!

»Ich will natürlich nicht behaupten, daß Liftboy eine glänzende Stellung ist, doch schützt sie wenigstens vor Kälte, vor Hunger und vor Obdachlosigkeit. Das heißt schon sehr viel. Über den Winter muß ich hinwegkommen, verstehen Sie! – Von den Papieren nehme ich nicht alle mit, sondern nur diejenigen, die ich brauche. Alles stimmt vorzüglich. Das Schicksal wirft mir diese Gelegenheit geradezu in den Schoß. Friedrich Kannebach war achtzehn Jahre alt und hatte normale Zeugnisse. Das genügt.«

»Und wenn Sie die Stelle nich kriegen?«

»Dann gehe ich auf Suche in andere Hotels. Sollte ich gar nirgends unterkommen, so bleibt mir freilich nichts übrig, als hierher zurückzukehren. Meine Kleidung lasse ich natürlich da.«

Käthe schweigt. Ihr Gesichtsausdruck ist halb lächelnd, halb bockig.

Aber Friedel spricht weiter. »Das Wichtigste, was es heute noch zu tun gibt: Sie müssen mir die Haare abschneiden, Käthe! Es gibt keinen Liftjungen mit Lockenkopf!«

»Hm, ja, freilich, das müßte man . . . Aber ich kann doch nicht schneiden! Schnitt macht immer der Chef, das ist nicht meine Sache!«

»Egal, Käthe! Seien Sie doch nicht schwerfällig! Ein wenig werden Sie’s ihm schon abgeguckt haben, wie? Es genügt, wenn Sie das Haar durchwegs kürzen. Morgen früh gehe ich zu einem Friseur und lasse es erst ordentlich zurechtmachen. Da, hier ist eine Schere! Na – rühren Sie sich doch!«

Käthe faßt gehorsam die Schere, aber sie rührt sich nicht. Sie ist gelähmt. Doch plötzlich fängt sie zu reden an. Es ist nichts Zusammenhängendes, Logisches, was sie vorbringt, nur halbe Sätze, die alle mit »Ich weiß nicht« oder mit »Wenn aber . . .« beginnen. Sie will sich salvieren. Sie rät ab, rät wieder zu, verhaspelt sich, richtet ihre runden Augen ratlos und beinahe furchtsam auf die Knabengestalt, die vor ihr steht. Unschlüssig starrt sie auf die Männerkleider.

Friedel hört kaum zu. Was die da spricht, scheint ihr nicht mehr sehr wichtig, denn im Grunde ist sie ja schon gewonnen. In ihr tobt eine rasende Ungeduld. Sie möchte am liebsten sofort ins Dalmasse-Hotel rennen. Aber es ist elf Uhr nachts, und zwischen jetzt und dem Beginn ihres Unternehmens liegen noch zehn Stunden. Zehn Stunden, in denen man pflichtgemäß und vernünftigerweise auch schlafen muß. Während Käthe herumstottert, bindet sie sich ein Handtuch um den Hals, holt Kamm und Bürste, setzt sich verkehrt auf den Stuhl und kommandiert: »Also los! Quatschen Sie nicht, Käthelchen, sondern schneiden Sie!« Sie lacht dabei. Friedel Bornemann pflegt selten zu lachen. Ihr Gesicht ist herb, schmal, beherrscht, ein ausgesprochenes Intelligenzgesicht. Lachen verändert es auf eine geheimnisvolle Art und verpflichtet denjenigen, dem es gilt.

Käthe nimmt den Kamm, die Gewohnheit des Berufes ergreift von ihr Besitz. Sie wird sachlich und zieht einen Scheitel. »Ich übernehme keine Verantwortung!« sagt sie nach einer Weile heiser, während die Schere den ersten Schnitt tut. Friedel schweigt.

»Haben Sie sich's auch gut überlegt? Das dauert lange, ehe es wieder nachwächst!«

»Ohne Risiko kein Gewinn. Übrigens bin ich nicht eitel, wie Sie wissen!«

Die Schere knirscht. Dunkle Strähnen fallen zu Boden. Und während Käthe zum fünfzigsten Mal versichert, daß Schnitt nicht ihre Sache ist und daß nur der Chef hierzu von Gott berufen sei, und während Friedel kühle Luft um die sonst bedeckten Ohren wehen fühlt, entsteht langsam die Form eines glatten Knabenkopfes. »Nein, schön is es nicht«, meint Käthe entschuldigend. »Sie müssen unbedingt von 'nem richtigen Herrenfriseur die letzte Hand anlegen lassen.«

Ja, natürlich, selbstverständlich wird Friedel das tun. Morgen. Morgen in aller Früh!

Und plötzlich, während sie aufsteht und das Handtuch abbindet, befällt sie eine entsetzliche Leere, ein absolutes Nachlassen der Kräfte. Es würgt im Hals. Alles, was ich hier tue, ist Wahnsinn, denkt sie entsetzt. Hysterische Narretei! Das tut kein vernünftiger Mensch, höchstens ein Kind oder eine Abenteurerin. Beides bin ich nicht. Was also –?

»Hätte nie gedacht, daß ein Mädchen in Männerkleidung so gut aussehen kann«, sagt Käthe, vom Erlebnis gepackt. »Ganz echt sozusagen. Mehr als höchstens siebzehn Jahre gibt man Ihnen freilich nicht. Aber das ist ja kein Fehler.«

Vielleicht bin ich nur übermüdet, denkt Friedel. Der Tag war anstrengend, die Erregung der letzten Stunden zu grell ... »Ich hab' mal einen alten Onkel gehabt«, fügt sie laut hinzu, »der sagte immer: ›Denken ist der Quell allen Übels. Nur der kommt mit dem Leben ins reine, der sich nicht damit auseinandersetzt.‹«

Käthe hält erschrocken beim Zusammenkehren der Haarabfälle inne. »Ja ... jawohl ...«, erwidert sie schnell. Sie hat kein Wort verstanden.

»Morgen heißt es früh aufstehen. Ich bin müde, furchtbar müde. Wir wollen schlafen gehen!« Friedel reißt Kragen und Krawatte ab und beginnt sich mit zitternden Fingern ihres Anzuges zu entledigen.

»Jetzt schlafen –?« Bittere Enttäuschung. »Na, hören Sie, wir haben doch noch gar nichts besprochen!«

»Was ist da viel zu besprechen? Ich packe das, was ich brauche, morgen in meinen Koffer und ziehe los. Ihrer Mutter sagen Sie, daß ich Stellung gefunden habe. Das ist doch sehr einfach. Ein paar Tage lang bleibe ich unbedingt fort. Sollte ich dann zurückkehren, was natürlich mit Vorsicht geschehen müßte, na, dann sage ich eben, daß die Stellung wieder perdü ist.«

Friedel spricht mit Anstrengung. Sie legt die Beinkleider des überfahrenen Kellners sorgsam in die Bügelfalten. Auch jetzt sieht sie wie ein Junge aus, denn sie trägt Friedrich Kannebachs Unterwäsche. Käthe stellt das staunend fest. Eigentlich möchte sie gerne lachen, denn sie ist ein echtes Berliner Kind, und der Sinn fürs Komische liegt ihr im Blut. Aber heute ist die Luft dieses kleinen Zimmers nicht mit Lachstoff geladen. Bornemännchen ist ganz plötzlich ein Bornemann geworden. Ein ziemlich ungemütlicher Bornemann, wie Käthe feststellen muß. Es dämmert ihr eine Ahnung davon auf, daß menschliche Charaktere aus mehreren Bausteinen zusammengefügt sind und daß diese ruhige, stets höfliche Friedel wahrscheinlich solch ein kompliziertes Gebäude darstellt. Auch ist Käthe gewitzigt genug, um zu konstatieren, daß sie überrumpelt wurde. Sie hat die ganze unglaubliche Geschichte noch lange nicht verdaut, ja, sie macht ihr ordentliche Beschwerden. Aber als sie kopfschüttelnd zu Bette geht, weil ihr nichts anderes übrigbleibt, löst sich aus der Wirrnis ihrer Gefühle doch die Freude am Abenteuer. So etwas erlebt man wahrhaftig nicht alle Tage. Es ist spannender als zehn Romane!

Sie blinzelt zum anderen Bett hinüber, das im Schatten liegt. »Gute Nacht«, sagt Friedel sanft und bittend, während sie den Kopf in die Kissen bettet.

Käthe empfindet ganz plötzlich wieder Mitleid. Armer, kleiner Spatz, denkt sie, mir scheint, die macht sich selber was vor!

Es wird still im Zimmer. Stille, die in den Ohren rauscht und die vibrierenden Nerven höhnt, daß man unter der Decke die Finger ineinander verkrampfen muß. Oh, wer sicher behütet schlafen könnte, fern von allen Häßlichkeiten, entspannt und gelöst im Frieden einer bürgerlich verankerten Existenz! Ja – wer das wieder könnte! Die Nacht ist lang und voll von Ängsten. Viele hundert grüne Tulpen tanzen einen boshaften Cancan. Draußen weht der Atem der Millionenstadt, in der es kein Erbarmen gibt. Vater unser, der du bist . . . ich liege hier und fürchte mich . . . Hilf mir! Hilf!

Über Käthes Bett fällt der helle Schein der Leselampe. Heute aber liest Käthe Petersen nicht. Sie befindet sich in halbliegender Stellung, das Gewicht des üppigen Oberkörpers wird vom aufgestützten Ellenbogen gehalten, ihre Augen hängen unverwandt an Friedels Lager, als wolle sie hundert Fragen hinüberschicken. Aber nur eine einzige löst sich endlich stockend und halblaut von ihren Lippen: »Sagen Sie mal, Bornemännchen – wie kommt das eigentlich, daß Sie Englisch, Französisch und . . . und reiten . . . und Tennis . . . wie kommt das eigentlich, daß Sie das alles können?«

Doch von drüben kommt keine Antwort. Friedel regt sich nicht. Sie scheint fest eingeschlafen zu sein.

*

Der Morgen ist feucht und kalt. Alle Menschen, die um diese frühe Stunde ins Büro oder an die Arbeit rennen, kosten die Luft mit Unbehagen, mustern den Himmel und denken, daß es bald Schnee geben wird. Die Straßen sind nicht voll, auf den Plattformen der Elektrischen und der Omnibusse aber treten sich die Leute tot.

Friedel verläßt den Friseurladen und geht mit langen, männlichen Schritten dahin. In der Rechten hält sie den kleinen Koffer, in dem sich nebst den Dokumenten und Wäschestücken des Friedrich Kannebach auch ihre eigenen Habseligkeiten befinden, und zwar jene, die von ihrem Geschlechtswechsel nicht berührt wurden. Also Seife, Schwamm, Bürsten und selbstverständlich das blaue Sparbuch.

Der Hut, den sie auf dem Kopfe trägt, ist ein Monstrum. Einer jener Modehüte, den eleganzbeflissene Jünglinge sich für den Sonntagsausgang anzuschaffen pflegen. Hellgrau, mit einem ins Blau schillernden breiten Band. Daß er ihr überdies zu groß ist, schlägt dem Faß den Boden aus, hat aber hinsichtlich der Wärmeverteilung gewisse Vorteile. Um die Ohren herum und hinten im Genick ist ihr nämlich verteufelt kalt. Wie wird das erst bei unter Null . . .? Na, aber das ist momentan noch nicht spruchreif. Augenblicklich hat sie nur ein kurzfristiges Ziel: die Stellung im Dalmasse-Hotel.

Zehn Minuten nach acht. Reichlich früh. Um so besser. Sie wird auf den Direktor warten, damit kein anderer Bewerber ihr zuvorkommt.

Auch heute benützt sie den Nebeneingang für Dienstpersonal und Lieferanten, den sie gestern ausgekundschaftet hat. Er liegt in einer schmalen Seitengasse und ist um diese Stunde frequentierter als die spiegelnde Drehtüre des Hauptportals. Hier rückwärts hinter der Szene arbeitet das Räderwerk, das den Hotelbetrieb in Gang zu setzen hat. Scheuerfrauen und Geschäftslieferanten gehen aus und ein. Eis wird abgeladen. Zwei Monteure in blauen Kitteln hämmern irgendwo an der Heizanlage. Der gekachelte Gang, der zu den Küchen führt, ist erfüllt von molligem Kaffeegeruch, der Friedel jedoch nichts Nennenswertes anzuheben vermag, weil sie eben in einem Automatenbüfett so etwas, was sich Kaffee nannte und heiß war, zu sich genommen hat. Rechter Hand zweigt der Gang ab, um sich in die Gegend der großen Halle zu winden. Keiner von den Arbeitsmenschen, denen sie begegnet, schaut Friedel an. Es stolpern hier so viele durcheinander, daß ein armer kleiner Teufel in mangelhaft sitzendem Ulster keinerlei Aufmerksamkeit erregt. Den Hut hat sie sofort beim Eintritt abgenommen.

Sekretär Spöhne sitzt ebenso wie gestern in seinem kleinen, luftlosen Verschlag und hebt ebenso wie gestern den Kopf, als Friedel vor ihn hintritt. »Sie wünschen?« fragt er mechanisch. Es fällt ihm nicht auf, daß dieser junge Mann dem jungen Mädchen von gestern frappant ähnlich sieht. Mein Gott – bei ihm sprechen so viele Leute vor.

»Ich möchte mich als Liftjunge vorstellen.«

»Da müssen Sie warten. Herr Direktor kommt gleich. Setzen Sie sich dort hin.«

Zwei Stühle an einer vertäfelten Wand. Eine gerahmte, altmodische Photographie, welche Herrn André Dalmasse, einen tüchtigen Elsässer, den einstmaligen Begründer des Hotels, darstellt. Friedel setzt sich und stellt den Koffer zur Erde. Es ist warm und dunkel hier drinnen, nur über das Pult, an dem der Sekretär schreibt, fällt aus grünbeschirmter Lampe ein greller Lichtkreis. Die eine Tür führt in den Gang, aus dem ab und zu ein Stubenmädchen mit irgendeinem Anliegen hereingeweht kommt, die zweite ist aus Glas und mündet in das Büro des Hoteldirektors. Man kann hindurchsehen bis in die Halle.

Friedel sitzt ganz still und schwitzt. Sie wagt nicht, den Überrock abzulegen, und die Luft scheint ihr hier ebenso heiß wie verbraucht. Nichtsdestoweniger ist ihre Stimmung kampfbereit. Sie fühlt alle Nerven gewappnet, den leisesten Anstoß von außen her richtig abzureagieren. Jetzt kommt alles auf sie an. Die nächste halbe Stunde entscheidet. Das Warten auf eine Gefahr ist entsetzlich, denkt sie, befindet man sich aber schon mitten darin, dann funktioniert man von selbst.

Die Tür wird vom Gang aus nach schüchternem Anklopfen geöffnet, zwei junge Burschen treten ein. »Sie wünschen?« fragt Sekretär Spöhne. Die beiden antworten ihm sehr leise. Immerhin versteht Friedel das Wort »Lift«.

Donnerwetter – das sind Konkurrenten!

»Setzen Sie sich, Herr Direktor kommt gleich!«

Einer setzt sich, der andere bleibt stehen, weil kein Stuhl mehr da ist. Es sind beide frische, hübsche Bengel. Friedel erwürgt sie mit den Blicken. Aber ihre Duldsamkeit wird auf noch härtere Proben gestellt. Im Verlauf von zehn Minuten nämlich stellen sich noch weitere fünf Bewerber ein. Alle zwischen dreizehn und siebzehn Jahren, nett angezogen, größtenteils mit abstehenden Ohren und nicht sehr reinlichem Teint. Woher wissen die Lausekerls schon, daß hier ein Posten zu vergeben ist?

Niemand spricht. Wie eine Herde von Schafen stehen sie in dem engen Raum aneinandergedrängt. Und die Luft wird davon auch nicht besser. Sekretär Spöhne tippt auf der Schreibmaschine.

Endlich – die Tür fliegt auf, krach bum –, der Herr Direktor! Man weiß sofort, daß dies der Herr Direktor ist. Er tritt ein, streift die Schar der Wartenden mit einem Blick, spricht ein paar leise Worte zum Sekretär und verschwindet in seinem Büro. Sekretär Spöhne erhebt sich. »Ist einer unter Ihnen, der fremde Sprachen spricht?« fragt er laut.

Vier melden sich. Friedel und noch drei andere.

»Was sprechen Sie?«

»Französisch, bitte!«

»Und Sie?«

»Tschechisch!«

»Und Sie?«

»Französisch!«

»Und Sie?«

»Englisch und französich perfekt, italienisch mangelhaft, jedoch genügend zu Verständigungszwecken.«

Friedel sagt es ruhig und deutlich, während sie fühlt, daß ihre Chancen steigen.

»Gehen Sie zum Direktor hinein! Die anderen warten.«

Direktor Köppnitz sitzt beim Schreibtisch. Er ist ein stattlicher, rötlichblonder Mann in vorbildlichem Cutaway. Das gepflegte Gesicht drückt mehr Energie aus, als einem lieb sein kann.

»Na –?« fragt er.

Friedel greift in die Brusttasche, zieht ihre Dokumente hervor, schlägt die Hacken mit lautem Knall aneinander und sagt: »Bitte!« (Sie hat sich das eingeübt.)

Aber der Herr Direktor legt die Papiere vor sich auf die Schreibtischplatte, ohne sie anzusehen. Statt dessen mustert er Friedel mit einem Blick, der ihr das Herz im Leibe umdreht. »Wie alt?«

»Achtzehn.«

»Was können Sie?«

»Ich spreche perfekt englisch und französisch. Auch im Italienischen kann ich mich verständigen.«

»Sapperlot – perfekt? Sie, das will viel heißen! Na, wir werden ja sehen. Waren Sie schon in ähnlicher Stellung?«

»Ja, ich war Kellner im Trianon-Restaurant.«

»Ziehen Sie Ihren Mantel aus! – Drehen Sie sich um! – Danke!«

Direktor Köppnitz ist zufrieden. Der Junge ist hübsch und scheint nicht blöde zu sein. Er besieht die Papiere. Stille. Friedel steht habtacht. Sie hat gar keine Gedanken.

»Wir engagieren Sie für einen Probemonat. Sie erhalten die Montur und ganze Verpflegung, dazu zwölf Mark monatlich und natürlich Trinkgelder, die sich ungefähr auf das Zehnfache belaufen. Sie können im Hotel wohnen. Falls Sie aber lieber zu Hause bei Ihrer Mutter schlafen, bekommen Sie drei Mark Quartiergeld.«

»Ich bitte, daheim schlafen zu dürfen.«

»Gut. Ihre Papiere bleiben bei mir. Können Sie sofort eintreten?«

»Jawohl!«

Der Direktor berührt einen der Taster, die auf einem großen Brett in allen Farben Spalier bilden. »Ich werde Sie dem Liftchef übergeben. Befolgen Sie seine Anordnungen!«

Friedel verbeugt sich stumm. Die Spannung läßt nach, ihr wird plötzlich sehr übel. Aber das geht mit einiger Kraftanstrengung vorüber, als der Liftchef erscheint. Es ist dies ein blasser Mann von etwa dreißig Jahren, der die dunkelbraune, mit Goldborten diskret verzierte Uniform der Pagen, aber keine Kappe trägt.

»Hier ist ein Ersatz für den erkrankten Zweier«, sagt der Direktor. »Macht Probemonat. Vielleicht können Sie ihn als Einser abrichten. Versuchen Sie's!«

Was redet er da? denkt Friedel. Sie schlägt nochmals die Hacken zusammen und läuft hinter dem Liftchef drein, hinaus in die Halle.

Sensation: Hier ist's märchenhaft elegant. Der Tagesportier steht an einem langen, spiegelblanken Pult, bepelzte Herren eilen über den dicken blauen Teppich oder sitzen debattierend in tiefen Klubsesseln. Damen sind zu dieser frühenStunde noch nicht zu sehen. Friedel schluckt dies alles nur flüchtig im Durchschreiten in sich hinein. Ihr kleines Ich macht innerlich eine erschrockene Reverenz. Ein winziger Boy bedient den Lift. Sein Kindergesicht sieht müde und schlaff aus. Kollege gewissermaßen.

»Waren Sie schon mal in einem Hotel angestellt?« fragt der Liftchef, während sie in den Fahrstuhl steigen.

»Nein, aber ich lerne rasch.«

Der Fahrstuhl surrt aufwärts. In jedem Stockwerk sieht man den gleichen Ausschnitt. Ein Stück cremefarbene Wand, ein Stück blauen Läufers, ein Marmorschaltbrett mit Klingeln.

Irgendwo ruft ein Stubenmädchen etwas, ein Kellner rast die Treppen hinauf. Endlich hält man im fünften Stockwerk. »Hier sind die Zimmer der Angestellten«, verkündet der Liftchef und geht durch einen langen, kahlen Gang voran.

Er öffnet die Tür eines Raumes, in dem drei weibliche Personen an Nähmaschinen sitzen und rattern. Wäschepakete bedecken Tisch und Stühle; durch vorhanglose Fenster fällt Sonnenlicht.

Der Liftchef kramt in seiner Revolvertasche, fördert ein Schlüsselbund zutage und sperrt einen Schrank auf, in dem mehrere flohbraune Uniformen und Käppis hängen. Um die drei nähenden Frauenzimmer kümmert er sich nicht.

»Hoffentlich finden wir was Passendes!« sagt er mißmutig und überfliegt mit einem abschätzenden Blick Friedels schlanke Gestalt.

*

Von dem Tage an, da Friedel Bornemann oder, besser gesagt, der Page I, Friedrich Kannebach, dem Betrieb des Dalmasse-Hotels einverleibt wurde, verflossen ihm Zeit und Leben zu einem undeutlichen Wirbel. So wie man bei rasend rollenden Rädern die Speichen nicht mehr wahrnimmt, sondern nur sausendes Gefunkel, so vergingen auch für Friedel die Tage viel zu schnell, viel zu angestopft mit Eeignissen, als daß ihre überbeanspruchten Nerven dem standhalten hätten können.

Ganz im Anfang war alles prachtvoll und schrecklich zugleich. Prachtvoll die Wärme und das reichliche Essen, schrecklich die Angst vor Entdeckung. Nach dem fieberhaften Auftrieb des Entschlusses kam sie aus allen Winkeln gekrochen. Bei jedem Anruf, ein Zusammenzucken wie ein Schwerverbrecher. Jetzt . . . jetzt werden sie mich fassen! Bei jedem Blick, ein Zittern: was denkt sich der? Ist man mir schon daraufgekommen?

Ach, ein schlechtes Gewissen zu haben, das war viel, viel abscheulicher, als Friedel geglaubt hatte. Es begleitete einen auf Schritt und Tritt; es machte einen noch schmäler, trotz des guten Futters. Ihre Augen bekamen einen gehetzten Ausdruck. Wenn auch das unerhört kühne Wagnis geglückt schien, würde es Bestand haben? Auf welcher Seite lauerte die Gefahr?

Mein Gott, manchmal glaubte Friedel nur zu träumen. Konnte es denn möglich sein, daß der Schwindel so glatt und ohne den leisesten Widerstand vonstatten ging? Fand sich unter den vielen Menschen, mit denen sie zu tun hatte, kein einziger, der das Spiel durchschaute?

Nein, nichts von all dem. Ein kleiner, folgsamer Junge mehr oder weniger im Betrieb, das war kein Ding von Wichtigkeit. Ihre Berechnungen stimmten wie eine tadellos gelöste mathematische Aufgabe. Sie hatte ihr Äußeres, ihr Organ und ihre Anpassungsfähigkeit als Grundlage eines tollen Experimentes aufgestellt, und sie hatte recht behalten. Ein Wunder. Ein regelrechtes Wunder. Leider blieb ihr keine Zeit, sich darüber zu freuen, denn der Betrieb schluckte sie wie eine Mücke. Irgendwie stolperte sie in den großen Mechanismus der Arbeit hinein, drehte sich betäubt um sich selbst, stets bemüht, ihre neuen Pflichten zu erlernen und zu erfüllen. Den meisten Verstand mußte man in den Beinen haben. Dalli! Dalli! – hieß die Parole. Treppe hinauf, Treppe hinunter. Husch, in die Speisesäle, husch, ins Souterrain. Wer flink war und die Augen überall hatte, der erntete Trinkgelder, soviel hatte sie bald heraus. Es war komisch, Trinkgelder zu bekommen. Meist brauchten die Leute endlos, um das Erforderliche entweder aus der Westentasche oder aus dem Handtäschchen zu fischen, wobei man verurteilt war, mit steinernem Gesicht dabeizustehen und zu warten. Aber die lieben blanken Geldstücke wurden bald ihre Freunde. Ehrlich verdient. Nicht leicht verdient. Danke, armer kleiner Friedrich Kannebach!

Den ersten dienstfreien Tag, der sich als erlösendes Atemholen nach einer Woche Tumult einstellte, benützte Friedel dazu, Käthe Petersen in ihrem Frisiersalon aufzusuchen. Die Wiedersehensszene spielte sich in einem finsteren, muffigen Winkel hinter den Geschäftsräumen ab, und das war gut, denn Käthe hatte wenig Talent zur Schauspielerin. Schon daß sie acht Tage lang das Geheimnis mit sich herumgetragen hatte, ohne es jemandem mitzuteilen, war ihr irrsinnig schwergefallen. Jetzt allerdings sah sie sich belohnt, denn der Gegenstand ihrer Sorgen und Befürchtungen, den sie in bösen Träumen schon von der Hand des Gesetzes zermalmt gesehen hatte, stand leibhaftig vor ihr und versicherte, daß es ihm im Dalmasse-Hotel gut gehe. Natürlich sei aller Anfang schwer, vor Müdigkeit wäre man ganz knock-out, aber wenn man nur will, »wenn man nur richtig will, Käthe, dann geht vieles!«

Ja, es ging wirklich vieles, was Friedel niemals für möglich gehalten hätte. Ihre Umstellung vollzog sich nicht von innen heraus, sondern ruckweise von außen her, und es gab Augenblicke, in denen sie an ihrem eigenen Verstand ebenso zweifelte wie an dem jener Menschen, denen sie jetzt zu gehorchen hatte. Da stand an erster Stelle Direktor Köppnitz, die oberste Instanz in allen Fragen des Betriebes. Er konnte gelegentlich gröber sein, als man seinem vorbildlichen Cutaway zugetraut hätte. Im Verkehr mit den Gästen allerdings war er überaus verbindlich, rieb sich die mit rötlichem Flaum bedeckten Hände, legte sein wohlrasiertes Gesicht in vornehme Lächelfalten und sprach gedämpften Wohllautes liebenswürdige Worte. Wehe aber, wenn einer der Angestellten sich des geringsten Vergehens schuldig machte! Dann verwandelte sich dieser Bonvivant in einen reißenden Werwolf, vor dem das ganze Souterrain erzitterte, vom Küchenchef bis zum letzten Abwaschmädel.

Ganz anders war Herr von Trauner, der Empfangschef, der freilich nicht annähernd über die Machtbefugnisse des Direktors Köppnitz verfügte. Der Empfangschef, ein schlanker, blonder Mann, beherrschte fast alle Sprachen. Er sah aus wie ein junger englischer Lord, und er benahm sich wie ein französischer Liebhaber. Das war aber auch alles, was er konnte. Ihm oblag es, die Wünsche des Publikums entgegenzunehmen und weiterzuleiten. Er sprach wenig, aber er lächelte sich in alle Herzen. Besonders alleinreisenden Damen, Ausländerinnen reifer Altersstufen, leistete er unschätzbare Dienste. Er und der Zimmerober, Herr Charles, bildeten eine Art Allianz, die mit Betriebsfragen nichts zu tun hatte, sondern sich ausschließlich den vielhundertfältigen kleinen Wünschen und Neigungen der Gäste widmete. In dieses Ressort gehörte auch das Pagenkorps, bestehend aus dem sogenannten Liftchef, kurzweg »der Lift« genannt, und den ihm unterstellten drei Boys. Anfangs konstatierte Friedel bloß, daß »der Lift« blaß, mürrisch und nervös war sowie, daß er Schweißhände hatte. Was sonst mit ihm los war, erfuhr sie erst später, als sie sich sein Vertrauen erwarb.

Kleinigkeiten sind es meist, die den Alltag des Menschen erschweren oder erleichtern. Zu Beginn ihrer neuen Tätigkeit führte Friedel einen aufreibenden Kampf mit ihren Stiefeln. Sie waren ihr zu groß, doch schien es ihr gewagt, hierüber Beschwerde zu führen. Es waren solide, hübsche Halbschuhe mit Gummisohlen, in denen sie herumschwamm wie eine Fliege in der Suppe. Erst nachdem sie mehrere Einlagen versucht und wieder verworfen hatte, gelang es ihr, den Übelstand halbwegs zu beheben. Ebenso unerfreulich gestalteten sich ihre ersten Mahlzeiten. Wohl waren sie ausgezeichnet, aber man nahm sie mit den anderen Angestellten gemeinsam in der Gesindestube des Souterrains ein, und daran mußte man sich erst gewöhnen. Um elf Uhr wurde den Pagen, den Hausdienern, den Stubenmädchen und den Kellnern ihr Mittagstisch verabreicht. Neben Friedel saß »der Lift« auf der einen und Page II auf der anderen Seite. Page II war ein frecher Bengel mit einem hübschen Gesicht, Polypen in der Nase und großen, roten, äußerst bedrohlichen Jungenfäusten. Friedel fürchtete ihn sehr. Aber dies merken zu lassen, hätte ihr Verderben bedeutet. Im Gegenteil, es galt, sich ihm anzubiedern. Ach – an diesem Punkt ihrer Unternehmung wäre beinahe ihre neue Karriere gescheitert, denn dieser Page II – Ottokar hieß er mit Vornamen – erwies sich als ein schwieriger Fall. Er wollte boxen und Piff-Puff spielen – natürlich nur im Hof, wo niemand es sah – und er redete in einem Jungenjargon, der leider weitab von Friedels Verständnis lag. Von den Dingen, für die er sich interessierte, hatte sie wirklich keine blasse Ahnung, und es bedurfte daher viel taktischer Klugheit, um eine Entlarvung durch diesen fürchterlichen Knaben abzuwenden.

Page III war dagegen ein Labsal. Er zählte erst zwölf Jahre, litt ebenso unter Schlaf- wie unter Luftmangel und war ein ausgesprochenes Dummerchen.

Sie selbst aber, Friedel Bornemann, trug auf ihrem Käppi einen winzigen Einser aus Silber, das bedeutete: Page Numero I. Die Gäste verstanden das natürlich nicht, wie sie ja nichts richtig verstanden, diese nervöse Schafherde, sondern sie übersahen dies Abzeichen hoher Würde und riefen entweder »Sie, Kleiner!« oder »Page!« oder kurzweg »Sie!« ohne Titulatur. Bei den Angestellten des Hotels aber figurierte Friedel ordnungsgemäß als »Der Einser«.

Ja, wie gesagt, es war in den ersten Wochen allzuviel, was auf sie einstürmte, und ohne Käthe Petersens Hilfe wäre es ihr auch niemals möglich gewesen, ein Privatlogis aufzutreiben. Diese Schlafgelegenheit außerhalb des Hotels bedeutete freilich ein schlechtes Geschäft, denn für drei Mark bekam man kein Zimmer für sich allein, doch was blieb ihr übrig, wenn sie nicht Gefahr laufen wollte, mit Ottokar, dem fürchterlichen Knaben, das Schlafgemach teilen zu müssen.

Käthe Petersen also, die Gute, rannte sich die Stöckel schief, um nach langen Bemühungen jemanden ausfindig zu machen, der sich bereit erklärte, ein ungestörtes Zimmerchen billig abzuvermieten.

Friedels neue Wirtin hieß Frau Tempelbohm und war Damenschneiderin. Sie wohnte im sechsten Stockwerk eines Neubaues und räumte dem jungen Burschen im schlechtsitzenden Ulster, den Käthe ihr zuführte, eine Kammer von zwei Meter im Geviert ein, deren Fenster – es war eigentlich nur ein Fensterfragment – auf einen Lichthof ging. Bisher hatte Friedel in einem Gasthaus von zweifelhafter Eleganz genächtigt, und sie fand es daher hier recht hübsch. Das Bett war rein, die Hausfrau freundlich. Man sah einander freilich selten, denn ein Page kommt spät heim und geht zeitlich morgens fort. Den Donnerstag aber, ihren dienstfreien Tag, pflegte Friedel mit wahrer Besessenheit glatt durchzuschlafen.

Frau Tempelbohm bemutterte den neuen Mieter. »Wie 'n Mädchen is er«, sagte sie zu ihrem Mann, »so adrett und solide. Der hat noch nichts mit Weibern, nee, nee! Weißte, was er von mir wollte? – Einen von meine Blumentöppe soll ich ihm uff's Fensterbrett stellen, er möchte ooch mal wat Jrünes sehen! Na – haste Worte?«

Herr Tempelbohm lachte. Er für seinen Teil, sagte er, habe sich mit achtzehn Jahren nicht mehr für Blumentöppe interessiert. Er sei aber auch ein handfester Taxichauffeur gewesen und nicht ein puppiger Liftknabe. Daraufhin beschlossen sie, den Kleinen mal an einem freien Abend zu einer Tanzunterhaltung des Sportvereins »Stramme Brüder« mitzunehnen, dessen Mitglieder sie waren.

*

Während sich solcherart einfache Gemüter mit Friedels Wohlergehen beschäftigten, rollten Tage, Menschen und Bilder an ihr vorbei wie ein farbiger Film. Das Dalmasse-Hotel war zwar kein Großbetrieb, immerhin gab es genügend Abwechslung. Hierher kamen Leute, die vornehm wohnen wollten. Landadelige aus weitem Umkreis, Amerikaner, Engländer, Franzosen, wenig Generaldirektoren und gar keine Firmenvertreter. Schorsch, der erste Hausdiener, hätte es als peinlich empfunden, Musterkoffer abladen zu müssen. Bei ihm gaben sich nur solide Ledertaschen und Schrankkoffer allen Kalibers Rendezvous.

Es ist ein eigen Ding um die Atmosphäre eines vornehmen Hotels. Anfangs berauscht sie. Alles ist darauf abgelegt, bei verwöhnten Menschen Wohlbehagen zu erzeugen, die kultivierten Äußerlichkeiten des internationalen Publikums verdichten sich in jahrelangem Zustrom zur Essenz des Komforts. Friedel schlürfte diese merkwürdige Luft mit naivem Entzücken in sich hinein. Es gab Augenblicke, die verwirren. Wenn junge Frauen mit ihren Luxuskabrioletts anchauffiert kamen, oder wenn sich beim Fünfuhrtee die bestangezogene Jugend der Fremdenkolonie im Blauen Salon zusammenfand. Friedel war kein Äußerlichkeitsmensch, sie hatte es sogar bisher verachtet, wenn Mädchen Spitzenwäsche und Seidenstrümpfe trugen, sie nannte das unsolid, aber dieser plötzlichen Revue der Eleganz war sie doch nicht gewachsen. Page II und III patschten darin herum wie junge blinde Hunde, sie jedoch, Page I, schaute sich in eine leichte Trunkenheit hinein.

Je länger man allerdings dem Betrieb angehörte, desto mehr verblaßten die anfänglich so berückenden Farben. Sie kam allmählich darauf, daß Aufmachung den Bluff erzeugt. Sowohl Herr Direktor Köppnitz als seine Garde, die allesamt aussahen wie Modebilder letzter Schöpfung, erwiesen sich bei näherer Bekanntschaft als ziemlich gewöhnlich. Und wenn auch vorne in der Halle und den Gesellschaftsräumen Licht erstrahlte und Blumen dufteten, so gab es doch hinten recht finstere und kühle Winkel, von denen aus das große Räderwerk durch übermüdete, unausgeschlafene Angestellte in Gang gesetzt wurde.

Es war tagtäglich dasselbe Spiel: immer die gleichen Regiekünste in den beiden Hallen, im Teesalon und im Speisesaal, immer die gleichen Lichter, die gleiche Musik, die Gäste, das Lächeln. Wer klug war, ließ sich nicht blenden, sondern trachtete danach, zu lernen, wie man sich, ob so oder so, innerhalb dieses Rahmens in Szene zu setzen hatte.

Schon in den ersten Tagen bot sich willkommene Gelegenheit, zu beweisen, daß Friedel nicht nur »behauptet« hatte, perfekt englisch und französisch zu sprechen. Direktor Köppnitz horchte erstaunt hin, als Page I mit zwei alten Französinnen verhandelte. Der Bursche sprach ja besser als er selbst! Auch sonst war er intelligent und sehr nett anzusehen. Nicht so schlaksig wie die anderen Jungens. »Da haben wir einen guten Griff getan!« sagte er zu Sekretär Spöhne.

Friedel hörte das zwar nicht, aber sie sah, seitwärts schielend, das glattrasierte Gesicht des Direktors von Zufriedenheit erhellt, und das genügte ihr vorläufig.

Sie hatte schon herausgebracht, daß der Liftchef einen Haufen Geld verdiente. Es oblag ihm die Besorgung der Fahrkarten in den Reisebüros, er erledigte alle diskreten Gänge, er schuf die Verbindung zwischen unerfahrenen Fremden und der Berliner Vergnügungswelt. Der Posten eines »Lift« war also erstrebenswert, und Friedel begann, kaum daß sie das Neulingsfieber überwunden hatte, ihr Augenmerk auf ihn zu richten. Unterstützt wurde solch kühner Ehrgeiz allerdings durch das Verhalten des blassen Mannes, der gegenwärtig dieses Amt versah. Dieser, ihr unmittelbarer Vorgesetzter, schien nämlich nur mit halben Sinnen im Dalmasse-Hotel zu sein. Er zeigte sich seinem kleinen Korps gegenüber mürrisch und zerstreut, und auch die Art, wie er trinkgeldbeflissen um die Gäste herumgrinste, hatte etwas Automatenhaftes an sich. Im Privatleben war er Melancholiker und hatte eine lungenkranke junge Frau daheim. »Sie verträgt das Berliner Klima nich«, sagte er zu Friedel. Seine Augen waren glanzlos, als er so sprach, sie bettelten um irgendeinen Trost, irgendein Stückchen Lüge, an die seine Angst sich klammern konnte.

Friedels Teilnahme machte ihn gesprächig. Er wollte fort von Berlin, und zwar nach dem Süden. Nach Cannes oder Nizza, womöglich als Kellner in ein Nachtlokal, weil er dann tagsüber bei der Frau sein konnte. Ein Freund hatte versprochen, ihm eine gute Stellung zu verschaffen. Darauf wartete er nun.

Unter solchen Umständen war es begreiflich, daß sich »der Lift« gerne vom Pagen I entlasten ließ. Die anderen Bengels waren bloß dressierte Affen, die man kommandieren mußte, aber der Neue, der zeigte sich helle. Er vergaß nichts, was man ihm auftrug, jede Arbeit erledigte er in pedantischer Ordnungsliebe, und man brauchte ihm auch nicht erst die Nase auf die Dinge zu stoßen, der kapierte von selbst. Dabei war er eitel, rein wie 'n Mädchen! Während man den anderen zweien immer wieder sagen mußte: »Wascht euch die Pfoten! Bürstet euch ab! Putzt die Knöpfe!« – hatte man dies bei ihm niemals nötig. Er glänzte von Sauberkeit. Er trug das dunkle Haar tadellos gestriegelt, sein Käppi saß genau dort, wo es sitzen mußte, nicht operettenhaft schief, sondern diskret zur Seite gerückt, seine Stiefel glänzten, die Uniform umschloß prall zwar nicht eine kräftige, doch elegante Gestalt, und sooft er an einem der großen Spiegel im Hintergrund von Halle II vorüberkam, warf er einen verstohlenen Blick hinein. Dies und seine ganze übrige Art sich zu geben, trugen ihm bald den Spitznamen »Das Mädchen« ein. Er raufte nie, was bei seinen Kollegen manchmal hinter den Kulissen des Hotels vorzukommen pflegte, obwohl es streng verboten war, im Gegenteil, er ging solchen Händeln überaus geschickt aus dem Wege. Auch war er einmal errötet, als ihm die üppige Küchenkassierin in schwer mißzuverstehender Absicht Avancen machte, und bei gelegentlichen derben Späßen, die in den Gesindelokalitäten fielen, hatte er ein geradezu ratloses Gesicht gezeigt. Dies alles rechtfertigte den Spitznamen »Das Mädchen«, über den er selbst unempfindlich mitlachte.

Ja, Friedel Bornemann oder, richtiger gesagt, der Page Friedrich Kannebach lachte; manchmal tat er dies auch, wenn er allein war. Die Verkleidung begann von einer Woche zur anderen an Selbstverständlichkeit zu gewinnen. Er hörte auf zu erschrecken, wenn man ihn rief, er zwang sich nicht mehr zu tiefem Sprechton, da man ihn ja sowieo »das Mädchen« nannte, und – beschützt vom Wohlwollen des Chefkochs und der Küchenkassierin – gewöhnter er sich auch an die Mahlzeiten zur Rechten Ottokars.

Der Chefkoch war ein aus Rundungen bestehender Mann mit einer hohen, weißen Mütze, die er schief aufsetzte, wenn er bei Laune war. Er kannte alle Schlagerlieder und sang sie im Terzett mit der Suppenköchin und einem Kellner aus dem Teesalon, wobei er einen riesenhaften Kochlöffel als Taktstock schwang. Einmal, als Friedel einer Besorgung wegen außer Haus war, begegnete sie einem Herrn im Stadtpelz, der wie ein Ministerpräsident aussah und ihr leutselig zunickte. Es war der Chefkoch. Überhaupt schauten alle anders aus, wenn sie Zuvil anlegten. Manche schäbiger, manche sehr elegant. Die drei farblosen Näherinnen aus dem Oberstock zum Beispiel verwandelten sich sonntags in unternehmende Damen mit Stöckelschuhen und knallroten Lippen, während der vornehme Tagesportier des Abends als graues, müdes Männchen das Hotel verließ. Wer Zeit hatte, der konnte seine Beobachtungen machen. Friedel war zwar stets in Eile, aber im Vorbeiflitzen sah sie doch mancherlei.

Auch das Publikum lernte sie zu unterschieden. Es gab Anspruchsvolle, die das ganze Personal durcheinanderjagten und zum Schluß enttäuschte Trinkgeldgemüter hinterließn, und es gab andere, die nie auch nur ein Glas Wasser verlangten, um bei der Abreise sich höchst erfreulich zu empfehlen. »Ja, beim Hotelgewerbe, da kannste die Menschen kennenlernen«, sagte der Lift, und hatte recht.

Als der Winter einsetzte und die Heizanlagen des Dalmasse-Hotels vor Hitze knackten, schwamm Page Kannebach in dieser parfümierten Luft schon mit der Sicherheit eines Günstlings umher. Man war auch wirklich allerorts mit ihm zufrieden. Er bediente den Direktor mit militärischer Exaktheit, er nahm dem Lift die unangenehmen Arbeiten ab, er schäkerte mit den Stubenmädchen, die insgesamt ältlich und verblüht waren, er hielt die zwei Pagen in Schach, trotzdem er nicht raufte und noch nie einem Fußballmatch beigewohnt hatte, und er verstand es letzten Endes wie kein anderer, den Wünschen der Hotelgäste zuvorzukommen. Das Sparbuch begann sich zu erholen.

So glitt Page I allmählich in sein neues Leben hinein. Wer ein Ziel hat, muß marschieren. Fremde vieler Nationen zogen in buntem Wechsel an ihm vorbei, doch nichts Besonderes ereignete sich in seinem strebsamen Dasein. Gar nichts Besonderes. Bis zu dem Tage, an dem Miß Mabel Wellington aus Philadelphia im Dalmasse-Hotel eintraf.

*

Ende Februar war im Savoy-Hotel in Paris ein mysteriöser Einbruch verübt worden. Aus dem Appartement eines Inders hatte man Juwelen von hohem Wert geraubt. Ganz besonders schmerzlich war dem Bestohlenen der Verlust eines Smaragdenhalsbandes, und die Pariser Polizei drehte das ganze schwer betroffene Hotel von unterst zu oberst, um des Täters habhaft zu werden.

Schräg gegenüber jenen Zimmern, welche der Inder innehatte, wohnte zu jener Zeit Mrs. Elisabeth Wellington mit ihrer Tochter, Miß Mabel Wellington, aus Philadelphia. Die Damen wurden einem Verhör unterzogen, weil man sie zweimal in Gesellschaft des Inders gesehen hatte. Selbstverständlich verlief das Verhör ergebnislos, doch die Amerikanerinnen regten sich über den Vorfall dermaßen auf, daß ihnen ganz Paris verleidet wurde. Ohne das Ende der polizeilichen Nachforschungen abzuwarten, reisten sie entrüstet ab, und zwar nach Germany – nach Berlin.

Den Juwelendieb fand man leider nicht. Er hatte auf dem Tatort einen Manschettenknopf verloren. Das war das einzige, was als Ausgangspunkt für Vermutungen gelten konnte. Man ermittelte das Geschäft, wo der Knopf gekauft worden war, der dazugehörige Herr jedoch blieb ein Fragezeichen.

Mittlerweile hatten Miß Mabel Wellington und ihre Mutter Erkundigungen eingezogen, wo man in Berlin vornehm und solid wohnen konnte. Sie wollten nicht noch einmal in solche Affären hineingezogen werden. Kam man dazu nach Europa? Das hätten sie in Chikago bequemer gehabt.

Man empfahl ihnen das Dalmasse-Hotel, und eines kalten Märzabends hielten zwei Mietautos vor dem Hauptportal, dessen Drehtüre Page III, das Dummerchen, bediente. Im ersten Wagen saßen Miß Wellington und ihre Mutter, im zweiten eine Zofe mit dem Gepäck.

Miß Mabel betrat die Halle. Sie war sehr groß, sehr schlank und trug einen pelzverbrämten Reisemantel, wie sie nur in Amerika wachsen. Ein extravagantes Hütchen saß verwegen auf dem blonden Haar, aus dem schimmernden Gemmengesicht leuchtete der Mund wie eine blutige Frucht.

Es war die Stunde vor Theaterbeginn, und in Halle I und II saßen eine Menge Leute. Sie alle hoben den Blick, als Miß Wellington mit stolz zurückgeworfenem Haupt zum Pult des Portiers rauschte. Wer war das? Frau oder Mädchen? Sie wirkte jedenfalls.

In ihrem Kielwasser folgte eine korpulente alte Dame, stark bemalt, mit großen Perlen in den Ohren, und zum Schluß eine Kammerfrau, die ein russisches Windspiel an der Leine führte. Das nervöse Tier begann beim Anblick der vielen Leute und vielen Lichter herumzutänzeln und zeigte Lust, auszubrechen.

Der Empfangschef erschien mit gewinnendem Lächeln auf der Bildfläche und gleich darauf Charles, der Zimmerober, im Frack. Selbstverständlich war das bestellte Appartement bereit. Numero 68 und 69 im zweiten Stock mit Bad. Die Damen brauchten sich nur zum Fahrstuhl zu bemühen.

Page I flitzte herbei, schob die Lifttüre auf. Donnerwetter, dachte er, das ist Übersee!

Ein Stammgast, der alte Baron Potten, der in einem der Klubfauteuils lag und mit gekrauster Nase die Szene durch sein Einglas beobachtet hatte, winkte ihn zu sich heran: »He – Sie, Page! Wer waren die Damen?«

»Mrs. und Miß Wellington aus Philadelphia«, antwortete Friedel.

Der Baron wiegte seinen kahlen Kopf, der wie eine Kugel auf der steifen Smokinghemdbrust ruhte, unzufrieden hin und her. »Philadelphia, pah . . .«, sagte er verächtlich, »da weiß man soviel wie früher. 's kann wer sein und 's kann auch niemand sein.«

Der Page lächelte. »Ich werde Erkundigungen einziehen!« flüsterte er und flog davon.

Miß Mabel Wellington schälte sich eben aus dem Pelz, als Page I das Appartement betrat. Eigentlich hatte er hier nichts zu suchen, aber er schnupperte gern um Neuankömmlinge herum, die nach mächtigen Trinkgeldern aussahen.

»Darf ich die Damen bitten, die Meldebogen auszufüllen!« sagte der Zimmerchef auf Englisch, wobei er mit elegantem Schwung weiße Zettel auf die gläserne Platte des Schreibtisches placierte.

»Well, I'll do ist at once!«

Miß Mabels Stimme war sehr energisch. Sie setzte sich an den Tisch, kramte in ihrem Suitcase, zog einen purpurfarbenen Füllfederhalter aus einem Etui und begann mit großen, steilen Buchstaben zu schreiben. Das ganze Zimmer füllte sich langsam mit einem merkwürdig herben und eindringlichen Parfüm, das ihrer Person zu entströmen schien.

Die Tür zum Nebenraum stand offen, man hörte Mrs. Wellington mit der Zofe sprechen. Schorsch, der Hausdiener, schleppte unter Assistenz das Gepäck herbei, wobei ihm das aufgeregte Windspiel mit nachschleppender Leine zwischen die Beine lief.

»Und wo ist mein Zimmer?« fragte die Zofe keck. Sie war eine brünette, hagere Person mit impertinenten Augen. Herr Charles machte sich erbötig, sie in ihren Schlafraum zu führen. Seine geschmeidige Frackfigur drehte sich zur Tür hinaus.

»Ich uollen Tea!« schrie Mrs. Wellington in mühsamem Deutsch und ließ sich auf dem Diwan nieder. »Tea mit diese . . . wie heißen das . . .«

Der Page antwortete englisch. Er erkundigte sich nach den Details ihrer Wünsche, hob den Hörer vom Telefonapparat, der auf der Tischplatte stand, und machte seine Bestellung.

Mrs. Wellington schob ein Lorgnon vor die Augen und schaute ihm zu. »It's a pretty boy!« sagte sie ungeniert zu ihrer Tochter, die eben vom Schreibtisch aufstand.

Page I tat, als habe er es nicht gehört. Er überflog die Meldezettel mit prüfendem Blick. Damen pflegten immer die Hälfte zu vergessen. Aber diese nicht; alles stimmte. Hier stand, daß Miß Mabel Wellington ledig und vierundzwanzig Jahre alt sei, und unter dem Namen der Mutter prangte das schwer entzifferbare Wort: »Bergwerksbesitzerswitwe«, aus Texas.

»Haben die Damen sonst noch Wünsche?«

Nein, sie hatten keine. Das heißt – gab es ein Safe im Hotel, wo man seinen Schmuck deponieren konnte?

Selbstverständlich. Dies wäre jedoch nur persönlich beim Hoteldirektor zu erledigen.

Page I zog geräuschlos die Tür hinter sich zu. Er sah noch, wie die Miß eine Dose aufklappte und eine Zigarette zwischen die Lippen schob, dann sauste er ab.

Unten in der Halle rüstete der kleine Baron Potten eben zum Aufbruch. Sein Chauffeur hupte vor dem Portal. »Herr Baron«, flüsterte Page I, »ich weiß schon! Die junge Dame ist unverheiratet, die ältere ist ihre Mutter und besitzt Bergwerke in Texas.«

»Hm ... ist das nu Kohle oder Gold?«

Page I hob bedauernd die Schultern. »Leider – vorläufig weiß ich das noch nicht, aber ...«

Der Baron lachte. »Tüchtiger Bursche! Na, da ham Se!« Er griff in die Westentasche und ließ eine Münze in Friedels Hand gleiten. Ihre Finger schlossen sich verständig und zufrieden um das Geldstück. Der Fall wäre für heute ausgeschröpft, dachte sie, während der Baron in den Abend hinausbefördert wurde.

In diesem Augenblick entstand an der Drehtür ein kleiner Tumult. Der Baron wollte allzu eilig hinaus, und zwei andere Herren wollten ebenso eilig herein. Page III, das Dummerchen, versäumte, im richtigen Moment der Türe den erforderlichen Impuls zu geben (er hatte im Stehen geschlafen), und so gab es ein leises Klirren und Poltern, das man bis in die Halle hineinhörte.

»Pardon!« schrie der Baron. Es klang ärgerlich. »Pardon!« erwiderte eine zweite Stimme von sympathischer Färbung.

Dann flogen die gläsernen Fächer nach rechts und entließen zwei Gestalten auf den blauen Teppich der Halle, in denen man sogleich Herrn und Diener erkennen konnte. Der Herr war groß, breitschultrig, trug einen weichen, elegant gekniffenen Hut und ein Pelzsakko, wie es Landadelige zu tragen pflegen. Sein Gesicht mit der kühnen Nase und dem gutgezeichneten Mund war unzweifelhaft Klasse.

Friedel starrte ihn an.

Da kam auch schon der Empfangschef und sogar Direktor Köppnitz zur Begrüßung herbei. »Oh, Herr von Dahlen! Auch mal wieder bei uns!«

»Ja, und diesmal gedenke ich sogar einige Wochen zu bleiben. Kann ich mein gewohntes Zimmer haben?«

»Selbstverständlich! Wurde sofort reserviert, als das Telegramm eintraf.«

»Es ist auch schon Post für Sie gekommen, Herr von Dahlen!« sagte der Portier mit vertrauter Unterwürfigkeit und reichte dem

Fremden einige Briefe. Der nahm sie mit der rechten Hand, die linke ließ er bewegungslos herabhängen. Dann nickte er freundlich und wandte sich dem Fahrstuhl zu.

Der Diener, ein kleiner, glattrasierter Mensch mit Rosinenaugen, wartete dort schon bei einem Hügelchen Handgepäck. Page I schob die Lifttür auf. »Zweiter Stock, Numero Zweiundsechzig«, sagte der Empfangschef und trat mit einer Verbeugung zurück.

Page I stand im Fahrstuhl neben Herrn von Dahlen. Huschendes Licht spielte im Aufwärtsgleiten um ein ruhiges Männergesicht.

Der teppichbelegte Korridor des zweiten Stockwerks war leer. Page I lief auf lautlosen Gummisohlen voran. Als man an Appartement 69 vorbeikam, wurde eben die Tür geöffnet und ein vor Nervosität zitterndes Windspiel schoß wie ein Pfeil heraus. Ihm folgte eine Dame, welche die Leine in der Hand hielt. Es war Miß Wellington. Sie trug jetzt einen Zobelmantel und ein anderes, ebenso extravagantes Hütchen. Ihr Blick streifte Herrn von Dahlen. Als sie schon längst vorübergerauscht war, hing noch eine Wolke ihres merkwürdig herben und eindringlichen Parfüms in der Luft.

*

Der Frühstückssalon des Dalmasse-Hotels pflegte nicht stark besucht zu sein. Die meisten Gäste frühstückten auf ihren Zimmern, andere, besonders jene, die nur zu kurzem Aufenthalt in Berlin weilten, gingen ins Kaffeehaus. Baron Potten aber erschien jeden Morgen pünktlich in dem hübschen, hellen Raum, dessen Fenster auf die Straße gingen, so daß man vom gesicherten Hafen aus das Gequirle dort draußen beobachten konnte, und er frühstückte mit dem Behagen und der Umständlichkeit eines Mannes, der keine wie immer gearteten Sorgen hat.

Potten war Junggeselle und lebte gern im Hotel. Hier war doch stets etwas los, man sah jeden Tag hundert fremde Gesichter, während man sich daheim vor Langeweile die Finger abbeißen mußte. Baron Potten hatte nämlich etwas, was die wenigsten Leute besaßen: Zeit. Daher kam es, daß viele seiner Bekannten ihm schreckerfüllt aus dem Wege gingen, weil er sie dazu benützte, seine Stunden totzuschlagen. Freilich revanchierte er sich gern und auf kavaliersmäßige Art. Seine Rechnungen in Blumen- und Konfitürengeschäften gingen am laufenden Band, denn obwohl Potten die Sechzig längst überschritten hatte, liebte er die Frauen, die schönen, gutangezogenen Frauen natürlich, und wenn irgendwo ein neuer Stern auftauchte, war es sein Ehrgeiz, mit im Gefolge zu sein.

Die große Kaminuhr schlug neun, als auch Herr von Dahlen das Frühstückszimmer betrat. Der Baron, der eben sein erstes Glas Portwein einschenkte, sah ihn sofort und winkte heftig mit der Serviette. »Hallo! Dahlen! . . . Auch mal wieder in Berlin? Sagen Sie, sind Sie nicht gestern abend angekommen?«

»Jawohl, gestern abend, stimmt!«

»Dann waren Sie der Mann, mit dem ich in der Drehtür karambolierte? – Hab' Sie momentan nicht erkannt, erst hinterher dachte ich mir, das könnte doch Dahlen gewesen sein! . . . Bitte, nehmen Sie Platz! Noch nicht gefrühstückt?«

Der weißgekleidete Kellner nahm Herrn von Dahlen den Pelz ab und fragte nach seinen Wünschen. Durch die Fensterscheiben guckte ein heller Tag, sogar etwas Sonne blinkerte über den gläsernen Fruchtschalen.

»Für längere Zeit in Berlin?«

»Ja, diesmal wird's leider ein paar Wochen dauern.«

»Leider? Sind Sie nicht gerne da?«

»Eigentlich nicht. Früher hat mir das Leben hier Spaß gemacht, aber heute? – Man verbauert da draußen in meinem Winkel.«

»Sie sollen's aber sehr behaglich haben dort in . . . wie heißt das Gut?«

»Winthagen. Ja, gewiß, gemütlich habe ich's. Das ist es ja eben.«

»Und Ihre Frau Schwester, wie geht es der?«

»Danke, vortrefflich. Ist schon Großmama. Ja, heutzutage geht das rasch. Meine neunzehnjährige Nichte hat einen Attaché der österreichischen Botschaft in London geheiratet.«

»Was Sie nicht sagen! Aber Ihre Frau Schwester lebt weiter auf ihrem Witwensitz in Burgau, nicht wahr?«

»Ja, natürlich, sie liebt das Schloß sehr, was ich begreiflich finde.«

Der Kellner servierte das Frühstück. Dahlen begann mit der rechten Hand zu hantieren, die Linke ruhte bewegungslos im Schoß. Der Baron beachtete ihn interessiert. »Noch nicht besser, das?« fragte er und tippte mit dem Finger auf Dahlens Rockärmel.

»Leider, nein. Das heißt, den Arm kann ich schon ganz gut bewegen, aber die Hand funktioniert nicht. Deshalb bin ich ja da. Ich soll eine Bestrahlungskur machen.«

»So, so! Na ja, damit kuriert man heutzutage alles. Wo haben Sie sich das eigentlich geholt?«

»Bei Ypern. Zwei Schüsse in den Arm, einer in die Hüfte, der vierte ins Bein. Alles andere ist tadellos verheilt, obwohl es anfangs böse genug aussah, nur die Hand . . . na, man muß froh sein, daß man sie überhaupt noch hat.«

Während Herr von Dahlen sprach, betrat Page I das Frühstückszimmer. Federnden Schrittes, den Blick auf ein Paket Briefe gesenkt, das er in Händen hielt. Er ging von Tisch zu Tisch. »Die Morgenpost, bitte!«

»Heinrich Dirk von Dahlen«, las Friedel auf einem Briefumschlag, der den Vermerk »Gutsverwaltung Winthagen« trug. Dahlen –? Aha, das war jener Herr mit dem distinguierten Gesicht, der Neuankömmling von gestern abend. »Hier, mein Herr!«

Baron Potten ging leer aus. Er hatte sein Frühstück beendet und tastete nach der Zigarrentasche.

»Erlauben Sie, daß ich schon rauche?«

»Selbstverständlich!« Herr von Dahlen war eben dabei, ein Ei zu köpfen. »Solche Lilipute kriegen Sie bei uns draußen nicht«, meinte er, während er vorsichtig die lahme Hand zu Hilfe nahm.

»Sie sollen ja 'ne Musterwirtschaft haben, wie ich höre!«

»Ich bemühe mich wenigstens, eine zu schaffen«, antwortete Herr von Dahlen freundlich.

»Wissen Sie, zum Landwirt hätte ich nie getaugt. Ställe und Mistgruben – nee! Da ziehe ich den Kurfürstendamm vor.«

Herr von Dahlen war gar nicht gekränkt. Er lächelte. »Oh, meine Gewächshäuser würden Ihnen aber doch gefallen«, meinte er. »Ich züchte nämlich Azaleen. In allen Farben und Formen. Können Sie sich vorstellen, wie hübsch das ist?«

Baron Potten paffte die ersten genießerischen Züge aus seiner Frühstückszigarre. Er tat dies so umständlich ,daß eine Pause eintrat, ehe er antworten konnte. Da ihn aber nur solche Azaleen interessierten, die galanten Zwecken dienten, sagte er bloß: »So, so! Blumenfarm also!« Und nach einer abermaligen Gesprächspause, die auszufüllen Herr von Dahlen keinerlei Lust bezeigte, setzte er hinzu: »Sagen Sie mal, ist das nicht verteufelt einsam bei Ihnen?«

»Wie man's nimmt. Meine Ansprüche sind nach dieser Richtung hin ziemlich bescheiden. Es genügt mir, wenn ich jeden zweiten oder dritten Tag mit Bekannten zusammentreffe, und dafür ist hinreichend gesorgt. Es gibt eine Menge nette Nachbarn, meist junge Ehepaare.«

»Sie sollten auch heiraten!«

»Ja, das sollte ich«, bestätigte Herr von Dahlen und schob die Teetasse fort.

»Na, warum tun Sie's denn nicht?«

»Ich will's Ihnen ehrlich sagen: Weil ich Angst habe. So was tut man mit sechsundzwanzig und mit dreißig. Da denkt man nicht lange nach, sondern springt einfach hinein. Aber wenn man mal seine vierzig hinter sich hat, dann wird man krittelig. Man überlegt so lange, bis einem die Lust vergeht. Übrigens, was wundern Sie sich denn? Sie haben's doch genauso gemacht!«

»Ich.– Das walte Gott! Hab's auch nie bereut. Aber bei mir ist das ein anderer Fall. Ich tauge erstens nicht für Familie und so Sachen, und zweitens lebe ich sehr gern aus dem Koffer. Dazu braucht man keine Frau.«

Dahlen antwortete nicht. Er legte seine Serviette beiseite, nicht zerknüllt, wie es die meisten taten, sondern achtsam, als befände er sich zu Hause, holte eine Tabatiere aus der Rocktasche und zündete sich eine Zigarette an. Er sah aus, als dächte er schon an sein bevorstehendes Tagesprogramm, und der Baron beobachtete ihn unzufrieden. »Sie wollen doch nicht schon fort?«

»Ja, ich muß nach Charlottenburg.«

»Haben Sie Ihren eigenen Wagen mit?«

»Diesmal nicht. Erstens braucht ihn der Inspektor draußen nötiger als ich, und zweitens kennt sich mein Chauffeur in Berlin so schlecht aus, daß ich mit Mietautos rascher und ungefährlicher an Ort und Stelle komme.«

»Ja, wer den Betrieb hier nicht gewöhnt ist, der verliert leicht den Kopf. Wenn Sie aber mal meinen Wagen benötigen, bitte es nur zu sagen, ich stelle ihn mit großem Vergnügen zur Verfügung.«

»Sehr liebenswürdig, Baron Potten!«

Die Herren standen auf, der weißgekleidete Kellner half Dahlen in den Pelz.

»Wir werden uns ja jetzt öfter sehen«, sagte Potten. »In welchem Stockwerk wohnen Sie?«

»Im zweiten. Ich habe immer dasselbe Zimmer.«

»Ich auch. Im dritten. Es gibt viel modernere Hotels in Berlin, solche mit allerlei Schnickschnack, wo einem beinahe der gedeckte

Tisch auf elektrischem Wege ins Zimmer hopst – aber ich wohne lieber hier. Es ist gemütlich da. Finden Sie nicht auch?«

Sie durchquerten den Spiegelgang, dann Halle II. Dahlen war um einen Kopf größer als der Baron, dessen breiter, von dünnen Beinen getragener Körper in einem etwas zu jugendlichen Modeanzug steckte.

»Werden Sie Mittag hier essen?« fragte er, als sie in der Mitte von Halle I angelangt waren.

»Ja, aber wahrscheinlich auf meinem Zimmer. Es ist mir lästig, im Speisesaal, wo alle Leute einem zusehen, meine etwas beschwerlichen Hantierungen mit Messer und Gabel vorzunehmen. Oben bedient mich mein Diener.«

Während des Sprechens wandte sich Herr von Dahlen suchend um und entdeckte Page I, der eben aus der Loge des Portiers hervorgeschossen kam. »Bite, besorgen Sie mir ein Auto!« sagte er.

Page I verschwand durch die Drehtür, man hörte ihn draußen pfeifen. Die beiden Herren schüttelten sich die Hände. »Auf Wiedersehen!«

Page I kehrte atemlos zurück. »Das Auto ist schon da!« meldete er und hob seine großen, glänzenden Augen zu Herrn von Dahlen auf.

*

Fünfuhrtee im Blauen Salon des Dalmasse-Hotels. Sieben Jünglinge in türkisfarbenen Smokings sitzen auf einem kleinen Podium und machen Jazzmusik. An winzigen Tischen drängt sich das Publikum, die Mitte des Salons ist frei für die Tanzenden. Sehr viel Lärm, sehr viel Rauch, Parfümduft und gemalte Gesichter. Immerhin ist das, was hierher kommt, nicht Großstadtschaum, sondern in der Mehrzahl jene Klasse von Leuten, die schon vor dem großen Krieg Geld hatte und es merkwürdigerweise noch heute hat. Frauen von Großindustriellen und Bankmagnaten mit ihrer männlichen Begleitung, einige wenige Damen der alten Aristokratie, manchmal ein Filmstar, und als Hauptelement die Fremden aller Sprachen. Man sieht entzückende Gesichter und noch viel entzükkendere Nachmittagskomplets. Trotzdem geht eine Welle durch den Saal, als Miß Mabel Wellington mit ihrer Mutter und Baron Potten an der großen Glastür erscheint und mit hochgezogenen Tuschaugenbrauen nach einem feinen Tisch Ausschau hält. Sie ist ganz in Schwarz, nur auf dem weichen Persianerkragen, der den Halsausschnitt umrahmt, sitzt eine lachsrote Blume.

Der Ober schießt herbei und beteuert, sofort Platz schaffen zu wollen. Er zaubert ein Tischchen aus dem Nichts hervor und stellt es halb ins Tanzparkett hinein. Auch drei goldene Stühle balancieren, von Pikkolohänden befördert, herbei.

»Bequem ist anders«, sagt Baron Potten, während er sich zwischen Miß Mabel und die Korpulenz ihrer Mutter klemmt. Er hat selbstverständlich gestern abend in der Halle die Bekanntschaft der beiden Damen gemacht. Wie? – Ach Gott, das ist nicht schwer, wenn man ein bißchen Übung hat. Internationale Frauen wissen sofort Bescheid. Sie kennen diese Sorte von alternden Nichtstuern und schätzen sie sehr. Denn es ist angenehm, in einer fremden Stadt einen Kavalier zu haben, der sich überall auskennt, stets bei der Hand ist und anbetet, ohne jemals gefährlich werden zu können. In Nizza, in Trouville, in Homburg und in Wien gibt es ein paar Hände voll solcher Leute, und sie tragen alle zu jugendliche Anzüge, alle eine Blume im Knopfloch und das Eingals im geröteten Gesicht – genau wie Baron Potten. Zwischen ihm und den Damen von Welt herrscht eine eigene Sprache, eine Mischung aus Naivität und Blasiertheit, welche die Konversation an der Oberfläche aller mondänen Dinge dahingleiten läßt.

Auch Miß Mabel Wellington bildet hierin keine Ausnahme. Sie lacht manchmal unmotiviert, um ihr herrliches Raubtiergebiß zeigen zu können, und behandelt im übrigen den Baron mit freundlicher Uninteressiertheit, so, als ob sie ihn schon jahrelang kennen würde. Leider spricht er sehr schlecht englisch und sie noch schlechter französisch, so daß man sich des Deutschen bedienen muß, was besonders von Mama Wellington barbarisch gehandhabt wird. Miß Mabel spricht sehr rasch und unbekümmert um unzählige Satzfehler. »Deutsch sein nix schwer«, erklärt sie energisch, während sie ein Löffelchen in buntes Früchtegebräu taucht, »es sein sehr ähnlich mit english. Vater sein father, mother sein mutter, house is Haus, young ist jung – is'n it so?«

»Sie müssen hübschere Dinge anführen«, belehrt der Baron und lächelt selig mit acht Goldplomben, »zum Beispiel: Liebe ist love und kiss ist Kuß!«

»Oh, damit ich haben nix zu tun«, sagt Miß Mabel und schüttelt übertrieben die Locken. Während sie plappert, gehen ihre Blicke prüfend durch den Saal. Rasche, geschickte und zielsichere Blicke.

Ehe noch der Schlagsahnekegel ihres Fruchtgebräus abgelöffelt ist, weiß sie Bescheid. Es ist niemand hier. Absolut niemand. Die eleganten Burschen mit den Mädeln am Nebentisch kommen nicht in Frage, sie sind zu jung, die Franzosen dort drüben sehen zwar gut aus, scheinen aber unzweifelhaft verheiratet, na, und was ihr sonst noch in mehr oder minder unverhüllter Bewunderung aus etwa zwanzig Männeraugen entgegenbrennt, ist bloß Statistenfeuer. Nichts also. Erledigt. Man wird bald aufbrechen und diesen kleinen Frosch von Baron anderswohin schleppen.

Sie ist eben bei diesem Punkt ihrer Reflexionen angelangt, als der Ober sich vor dem Tisch aufpflanzt und mit vorgeneigten Schulterblättern und diskretem Lächeln irgend etwas lispelt. Die Jazz spielt einen Charleston, man versteht kein Wort. »Was wollen Sie?« erkundigt sich Baron Potten.

»Verzeihen die Damen – Herr Graf Tarvagna bringt Grüße vom Vicomte Savré aus Paris und bittet, seine Aufwartung machen zu dürfen.« Dabei schiebt der Ober eine Visitenkarte auf das winzige Stück Marmor zwischen den Kuchenteller und Mrs. Wellingtons Teetasse. Baron Potten zieht die Nase kraus, sein Einglas stiert. Miß Mabel aber überfliegt blitzschnell die Karte. Sie schaut ihre Mutter an und zögert.

»Herr Graf wohnen im Hotel«, flüstert der Ober, »er steht dort an der Tür.«

Miß Mabel hebt den Blick. An der großen Glastüre steht ein kräftiger junger Mann mit gebräuntem Sportgesicht und blickt gelangweilt in den Saal. Es ist jemand, mit dem man sich sehen lassen kann. Miß Mabel nickt bloß, und der Ober schießt davon.

»Was haben er uollen?« fragt Mrs. Wellington und legt die beringte Hand auf den schlanken Unterarm ihrer Tochter.

»Vicomte Savré aus Paris empfiehlt uns einen Freund, der sich vorstellen will«, sagt Mabel ruhig.

Da kommt der junge Mann auch schon durch das Gewirr von Tischen auf sie zu. Er macht eine knappe Verbeugung vor dem Baron und murmelt seinen Namen. Dann wendet er sich den Damen zu und beginnt schnell und lebhaft zu sprechen. Was er sagt, weiß niemand, denn das Jazzorchester vollführt einen ohrenzerreißenden Spektakel, doch kann man erraten, daß er sich angenehm einzuführen wünscht. Mrs. und Miß Wellington reichen ihm die Hände zum Kuß, und der Ober tut ein Unmögliches, indem er noch ein goldenes Stühlchen zwischen die Miß und den Baron zwängt.

Graf Tarvagna sitzt und ergreift sofort mit Vehemenz die Zügel der Unterhaltung. In der Nähe sieht man, daß er noch sehr jung ist. Seine Augen und Zähne blitzen um die Wette, er spricht ein reines Schriftdeutsch, nur die weichen Konsonanten und langgezogenen Vokale verraten den Italiener. Als ein neuer Tanz anhebt, springt er wie elektrisiert auf und verneigt sich vor Miß Mabel. Sie zögert. Eigentlich war es nicht ihre Absicht, hier zu tanzen, aber dann streift sie doch das Cape ab, das vermutlich zu dekorativem Zweck auf ihren Schultern ruhte, und folgt dem Grafen auf das Tanzparkett. Es sind nicht viele Paare, die sich hier schaustellen, und Miß Mabels Erscheinen wirkt wiederum als Sensation. Jetzt sieht man erst, wie schlank sie ist. Das schwarze Kleid umschließt eng wie ein Handschuh die hüftenlose Gestalt, der kleine, goldblonde Kopf neigt sich in blumenhafter Anmut gegen die Schulter ihres Partners. Graf Tarvagna führt sicher, wenn auch vielleicht ein wenig zu kühn. Mrs. Wellington hält ihr Lorgnon auf der dickbepuderten Nase und lächelt nachsichtig. Auch der Baron sieht dem schönen Paar wohlwollend zu. Er hat nichts dagegen, wenn dieser temperamentvolle Jüngling den Kreis vergrößert, weil er aus Erfahrung weiß, daß ein Stern wie Miß Mabel sich auf die Dauer nicht mit seiner Gesellschaft begnügen wird.

»Beautiful!« sagt Graf Tarvagna, während er seine Tänzerin zum Tisch zurückführt. Es ist das einzige englische Wort, das er kennt. »Ich habe vom Portier erfahren, daß die Damen seit zwei Tagen in Berlin sind. Ich bin vier Tage hier. Was haben Sie schon alles unternommen?« fragt er interessiert.

Miß Mabel zählt auf. Sie war im Tiergarten und im Zoo, sie ist in Baron Pottens Wagen nach Grunewald hinausgefahren, sie war bei Wertheim und Tietz, sie hat . . . was hat sie denn noch? Ja, richtig, die Nationalgalerie hat sie sich auch angesehen.

»Und gar keine Bar?« unterbricht Graf Tarvagna. »Und nicht den Sportpalast? Oh – das müssen Sie bald tun! Heute abend bin ich leider vergeben, ich speise beim italienischen Gesandten, aber wenn die Damen vielleicht morgen . . .?«

Während eines Bostons, der gleich den Rhythmen eines Trauermarsches durch den Saal grollt, bespricht man das Programm des folgenden Tages. Auch Baron Potten erklärt sich mit von der Partie. Dann erheben sich die Damen und rauschen, von beiden Kavalieren gefolgt, durch die große quadrillierte Glastür in den Spiegelgang hinaus. Man sieht ihnen nach, der Ober dienert noch, als sie schon längst verschwunden sind.

Halle II ist leer. Die Gesellschaft bleibt noch ein Weilchen vor dem Pult stehen, wo die neuesten Zeitungen und Journale aufliegen. Graf Tarvagna kauft eine »Gazetta d'Italia« und verkündet triumphierend, daß beim Länder-Boxkampf Frankreich gegen Italien seine Landsleute gesiegt hätten. »Na, wenn schon!« meint Baron Potten, der für Sport nicht viel übrig hat.

Miß Mabel lächelt geistesabwesend. Ihr Blick hat irgend etwas gefunden, was ihn festhält. Unwillkürlich folgen alle der Richtung dieser grauen Augensterne und sehen einen breitschultrigen Herrn im Pelzsakko, der durch die Halle dem Ausgang zustrebt. Als er vorbeikommt, ruft Baron Potten: »n' Abend, Herr von Dahlen!«

»Abend, Baron!«

»Wer war das?« fragt Miß Mabel.

»Alter Bekannter von mir. Gutsbesitzer. Wurde im Weltkrieg mit dem Pour le mérite ausgezeichnet.«

»Oh – sehr interessant!« meint Miß Mabel, während Graf Tarvagna sich verabschiedend über ihre Hand beugt.

Dummerchen öffnet die Lifttür, die Damen steigen ein.

»Wer ist Vicomte Savré?« erkundigt sich Mrs. Wellington, als sie den Korridor des zweiten Stockwerkes durchschreiten.

»Keine Ahnung. Das war ja nur eine Erfindung von ihm, um sich vorstellen zu können. Zeigt von gutem Benehmen. Statt mich einfach zum Tanz aufzufordern, wählte er diesen Umweg.«

»Ach so!« meint Mrs. Wellington und gähnt. Nach einer Weile setzt sie hinzu: »Hoffentlich ist er kein Hochstapler. Ich werde mich jedenfalls nach ihm erkundigen.«

»Tue das!« sagt Miß Mabel. »Schreibe Quincy! Aber er soll rasch Bescheid geben!«

Dabei stößt sie den Schlüssel in das Schloß von Appartement 69.

*

Herr von Dahlen besaß in Berlin eine Reihe von Bekannten, die aufzusuchen ihm jedoch nicht der Mühe lohnte. Die neue Zeit mit ihren Geschwindigkeitsrekorden hatte gemeinsame Interessen aufgehoben, jeder lief, was er laufen konnte, ins Leben hinein und nahm sich keine Muße, stehenzubleiben, um einem alten Freund die Hand zu drücken. So wenigstens schien es Herrn von Dahlen.

Er suchte nur einen Regimentskameraden auf, der mit seiner Familie in kümmerlichen Verhältnissen lebte, half ihm ein wenig auf die Beine, buchte dies Unternehmen, korrekt wie er war, in seinem Ausgabenkonto und verbrachte sodann einen nervenberuhigenden Nachmittag bei seiner Tante, der Baronin Letzow, die uralt und damenhaft den Veränderungen der Welt standgehalten hatte. Damit war die Rubrik Besuche für dieses Mal erledigt, und Herr von Dahlen sah etwa sechs Wochen vor sich, in denen er nichts zu tun hatte, als täglich zu Herrn Geheimrat Professor Stubisch zu fahren und in einem kleinen Raum voll geheimnisvoller elektrischer Maschinen darüber nachzudenken, ob der Strom, den man durch seine linke Hand leitete, ihm nützen oder schaden würde.

Dieses Leben ohne Arbeit war nicht nach Dahlens Geschmack. Er liebte seine Tätigkeit, liebte den Pulsschlag des gesunden landwirtschaftlichen Betriebes, den er von seinen Vätern übernommen und ausgebaut hatte. Hier in Berlin konnte er nur die einlaufende Post erledigen, ein wenig bummeln, Auslagen angucken und ab und zu ins Theater gehen.

Eines Abends hatte er in einem kleinen Weinrestaurant gespeist und ging zu Fuß ins Hotel zurück. Der Frost der letzten Tage hatte in Tauwetter umgeschlagen, selbst die mit Recht berühmt sauberen Straßen Berlins glänzten von schwarzer Nässe, während in der Luft jene süße Feuchtigkeit hing, die Botschaft von heimlich sich regenden Naturkräften bringt. In drei bis vier Wochen blühen bei uns die ersten Veilchen, dachte Dahlen, als er die von Menschen erfüllten Linden hinabging.

Das Dalmasse-Hotel erstrahlte wie immer im Glanz seiner Scheinwerfer, mehrere Autos parkten vor dem Portal, wovon eines, jenes braune Kabriolett, das er schon kannte, dem Baron Potten gehörte.

Der Baron selbst stand in der Halle, und zwar in Gesellschaft zweier Damen und eines Herrn. Dahlen wollte vorbeigehen, doch er wurde angerufen: »Hallo, Herr von Dahlen! Ich muß Sie unbedingt hier vorstellen, man interessiert sich für Sie! Höchster Befehl! Gestatten Sie, meine Damen: Herr Dirk von Dahlen – Mrs. und Miß Wellington.«

Donnerwetter, dachte Dahlen betroffen. Diese junge Dame war, in der Nähe besehen, außerordentlich schön. Er war ihr zwar schon zweimal begegnet, aber ohne mehr wahrzunehmen als ihre uneuropäische Eleganz, ihren merkwürdig intensiven Duft und sehr,

sehr viel Lippenschminke. Es gehörte wenig dazu, die Nationalität der Fremden zu erraten: Die Damen waren Amerikanerinnen und der gebräunte junge Mann, der sich als Graf Tarvagna vorstellte, unzweifelhaft Italiener.

Miß Mabel legte ihre Hand leicht in die seine und lächelte. »Baron Potten uns haben schon viel von Sie erzählt. Sie seien eine berühmte Blumenzuchter und haben bekommen im Krieg eine große Orden!«

Graf Tarvagna lachte ungeniert auf. »Oh, diese Frauen!« sagte er und blitzte mit den Zähnen.

»Wir sind eben im Begriffe, in eine Bar zu fahren«, krähte der Baron, »hätten Sie nicht Lust, mitzukommen?«

»Leider – ich bin nicht im Abendanzug!« entschuldigte sich Dahlen und schaute in die Runde. Die Herren trugen Smoking, die Damen hermelinverbrämte Umhänge. Er war froh, eine Ausrede gefunden zu haben.

»Das machen gar nix! Sie können sich umziehen, wir warten!« erklärte Miß Mabel, ohne den geringsten Hehl daraus zu machen, daß sie Wert darauf legte, diesen Mann ihrem Gefolge einzureihen.

Aber Herr von Dahlen protestierte. Von Warten dürfe natürlich nicht die Rede sein! Er könne ja nachkommen.

»Gut!« sagte Baron Potten. »Kupton-Pavillon, reservierte Loge vier.«

Eine Minute später war die Gesellschaft im Wagen des Barons verstaut, der Chauffeur gab Vollgas und rollte ab. Herr von Dahlen aber fuhr per Lift ins zweite Stockwerk hinauf.

Kupton-Pavillon? reflektierte er. Mohrenidee! Sie ist zwar bezaubernd anzusehen, aber ich eigne mich nicht zum Schleppenträger.

Als er das Zimmer betrat, schlug die Uhr eben zehn. Sein Diener, ein biederer Schwabe, hatte alles sorglichst zur Nacht vorbereitet. Ein gestreifter Pyjama lag mit ausgebreiteten Ärmeln auf der Steppdecke des Bettes, auf dem Teppich standen Schlafschuhe, ein Stapel von Büchern bedeckte die Platte des Mitteltisches. Dahlen schaltete alle Lampen ein, hob den Telephonhörer ab und bestellte beim Zimmerchef eine Schale Tee. Dann ließ er sich in den Polsterstuhl fallen, streckte die Beine von sich und nahm den ersten Band des »Jean Christoph« vor, dessen Lektüre ihn stets von neuem entzückte. Der alte Potten könnte auch was Gescheiteres tun, als mitten in der Nacht hinter Frauenzimmern herzulaufen, dachte er, während er behaglich die Seiten des Buches aufschlug. –

Den nächsten Tag verbrachte Dahlen in Potsdam. Er ging im Park von Sanssouci spazieren, kein Mensch war weit und breit zu sehen, denn die Wege schwammen im Schneewasser; er speiste in einem Gasthaus und kehrte am Nachmittag nach Berlin zurück.

Natürlich saß in der Halle des Hotels die schöne Amerikanerin mit ihrer Mutter. Er konnte nicht gut vorbeigehen, ohne sich zu entschuldigen. Miß Mabel vernahm, daß er gestern wichtige Briefe vorgefunden habe, die er sofort erledigen mußte, und daß er deshalb nicht, wie versprochen, in den Pavillon nachkommen konnte. Diese klägliche Ausrede schien sie zu glauben, denn sie bedauerte lebhaft und lud ihn durch eine stumme, aber unwiderstehliche Geste ein, an ihrer Seite Platz zu nehmen.

Ob er vom Sport käme, fragte sie und blickte auf seine wasserdichte Beschuhung hinab.

Nein, er sei in Potsdam herumgestiefelt, sagte er, und habe die Spuren des Alten Fritz gesucht.

Miß Mabel lächelte verständnislos. Ihre Augen waren grau und strahlend. Sooft sie die Lider schloß, schlugen lange, schwarzgefärbte Wimpern wie Schmetterlingsflügel auf die zarte Haut der Wangen. Dahlen beobachtete dies interessiert.

»Wir auch haben große Guter in Texas«, sagte Miß Mabel. »Wir auch haben Blumen, oh, so wonderfulle Blumen!«

Davon wollte er mehr hören. Er fragte sie ein bißchen aus, aber viel war da nicht zu erfahren, was wohl an ihren mangelhaften Sprachkenntnissen lag.

Auch Mrs. Wellington mischte sich würdevoll ein. Sie erzählte, daß sie in Texas ausgedehnte Ländereien besitze, die sie jedoch nur im Sommer besuche. Im Winter lebe sie in Philadelphia. Leider sei ihr Gatte vor zwei Jahren gestorben und habe sie mit ihrer einzigen Tochter allein auf der Welt zurückgelassen. Dieser elegische Satz wirkte ein wenig unangebracht, denn Mrs. Wellington, mit Schmuck und Pelzen behangen, buntgeschminkt und wohlgenährt, schien nicht eben bedauernswert. Sie sieht aus wie ein alter Cown! dachte Dahlen amüsiert. Jedenfalls hatten die Leute enorm viel Geld.

Während sie sprachen, defilierten mehrere Damen in großer Aufmachung an ihnen vorbei. Sie alle strebten durch Halle II zu den Garderoben, um sich dann in den Blauen Salon zu begeben.

Sooft dort hinten die große Glastür geöffnet wurde, hörte man einen Fetzen Saxophonmusik aufjaulen und wieder ersterben. Miß Mabel neigte den Kopf in die Richtung der Klänge und fragte: »Sie tanzen gern?«

Wahrheitsgemäß hätte Dahlen antworten müssen: »Nein!« Aber plötzlich besann er sich anders. Plötzlich sagte er, wobei sein Blick sich entzündete: »Ja, ich würde gern mit Ihnen tanzen!« Es hatte ihn eine unbändige Lust gepackt, diese zerbrechliche, exotische Blume in seinem Arm zu fühlen.

»Wir werden nehmen den Tea dort bei die Musik«, sagte Mrs. Wellington und stand auf. Sie hatte eine tiefe Baßstimme. »Wuollen Sie nachkommen?«

»In zehn Minuten bin ich zur Stelle!« versicherte Dahlen und wunderte sich ein bißchen unbehaglich über sich selbst. »Ich muß mich nur erst umkleiden!«

»Aber nicht wie gestern!« lachte Miß Mabel und zeigte ihre funkelnden Zähne. Dann trennte man sich.

Als Baron Potten etwa eine halbe Stunde später den dichtgedrängten Blauen Salon betrat und durch eine Wolke von Zigarettenrauch nach den Damen Ausschau hielt, war er sehr erstaunt, Miß Mabel nach den Klängen eines schmachtenden Tangos in Herrn von Dahlens Armen tanzen zu sehen. Sie hielt den zierlichen Kopf blumenhaft gegen seine breite Schulter geneigt, er schaute ernsthaft auf sie herab, es schien, als tränke er ihr Parfüm.

Ihre beiden Körper aber flossen im Gleichschritt ineinander, ein beherrschtes Einverständnis der Glieder, das jeden Augenblick den konventionellen Rhythmus sprengen zu wollen schien.

*

Page I machte Überstunden, weil die schwedische Familie von Numero 28 um zwei Uhr nachts abreisen wollte und er die Trinkgeldverteilung natürlich nicht versäumen durfte. Der Nachtportier hatte seinen Posten bezogen, die Stubenmädchen von Etage I und IV, die heute Dienst hatten, tranken schwarzen Kaffee und gähnten hinter ihrer Glasverschalung, die Hallen waren still, im Speisesaal wurden Lichter gelöscht.

Page I saß auf einem Stuhl, der neben der Lifttüre stand und starrte auf das Rhombenmuster des blauen Teppichs. Dabei malte er sich aus, wie bald er täglich zu Bett gehen würde, wenn er Geld hätte. Nur ein bißchen Geld, soviel zum Beispiel, um ein kleines Geschäft aufmachen zu können oder so... Die Gedanken arbeiteten nicht mehr scharf. Sie taumelten. Auf dem Rhombenmuster erschienen Visionen, wie Sehnsucht sie schafft. Sehnsucht nach Ruhe, nach Schlaf.

Fünf Monate bin ich jetzt hier im Betrieb, dachte Friedel, es erscheint mir viel länger. Ich selbst existiere eigentlich nicht mehr. Eine Maschine, eine lächelnde dienstbeflissene Maschine in Pagenuniform. Sie gähnte verstohlen und schnell hinter der vorgehaltenen Hand. Der Nachtportier, der schräg gegenübersaß, brauchte es nicht zu sehen. Man durfte niemals müde sein hier im Hotel, dieses Geheimnis hatte sie den obersten Funktionären abgelauscht. Nur dumme Stubenmädchen und Garderobenfrauen zeigten ihre Abgespanntheit. Die aber, die weiterkommen wollten, hielten ihre erschöpften Nerven ebenso in Zucht und Ordnung wie ihre Frisur, ihren Teint und ihre Kleidung. Das Fremdenpublikum des Dalmasse-Hotels hatte ein Recht, frisches, elegantes Bedienungspersonal zu beanspruchen.

Eine Gesellschaft von jungen Engländerinnen kam nach Hause und fuhr in den vierten Stock. Friedel sprang auf, bediente den Lift, beantwortete höflich ein paar törichte Fragen, die übermütig an sie gestellt wurden, und setzte sich dann wieder auf den Stuhl neben das Liftgitter.

Hausdiener Schorsch, in grüner Schürze und goldbetreßter Schirmkappe, kam leise hustend aus dem Garderobengang. Er ging mit hängenden Schultern, wie Menschen es tun, die gewohnt sind, Lasten zu tragen. »Nanu, sind Sie heute noch da?« fragte er und blieb stehen. »Ja«, erwiderte Friedel, »der Frau vom Liftchef geht es nicht gut, da mache ich für ihn Überstunden.«

Der Hausdiener brummte etwas und latschte weiter zur Portierloge, wo er verschwand.

Zwei Herren, die im Halbstock wohnten, gingen über die Treppe. »In Paris gibt's doch noch andere Sachen!« sagte der eine. »Da kann man zum Beispiel...« Er sprach im Flüsterton weiter, lachend stiegen sie aufwärts.

Da wurde die Drehtür in Schwung gesetzt, ein Trupp von Leuten kam herein. Voran ein aufgeregter Herr, der sofort die Zugverbindung nach Brüssel wissen wollte, dann ein hochzeitsreisendes Paar, das sehr gute Trinkgelder gab, und endlich Mrs. und Miß Wellington in Begleitung ihrer Kavaliere. Friedel gab sich Haltung. Sie strich an den Goldlampassen ihrer Beinkleider herab und zog die kurze Jacke zurecht.

Die Damen Wellington kamen von einem Bummel durch das nächtliche Berlin, den Graf Tarvagna inszeniert hatte. Zwar kannte er die deutsche Metropole erst seit einer Woche, aber das hinderte ihn nicht, sich mit Geschick als Fremdenführer aufzuspielen. Baron Potten spöttelte über diese jugendliche Frechheit, ließ sich jedoch mit Vergnügen ins Schlepptau nehmen. So zog man denn allabendlich los, und zweimal hatte sich sogar Herr von Dahlen angeschlossen. Er war kein sehr gesprächiger Gesellschafter, Mama Wellington pflegte ihn mit einer Art von mißtrauischem Respekt von der Seite her anzublinzeln, was ihm völlig entging, doch er störte nicht und sah auch gut aus. Das mußte sogar Graf Tarvagna zugeben.

Man hatte heute zwei Nachtlokale besucht, Nachtlokale mit Luftballons, bunten Puppen, Tollheiten in gelbem, grünem und violettem Licht, und der Graf behauptete, daß der Abend erst angebrochen sei. Doch Mama Wellington war anderer Meinung; sie wünschte ins Hotel zu fahren. Anfangs schien Miß Mabel unschlüssig, doch als Herr von Dahlen ihrer Mutter beipflichtete, schnitt auch sie alle Überredungsversuche des Grafen mit einem kurzen »Wir uollen schlafen gehen!« ab. So sauste man denn, in Pottens Auto gekeilt, heim. Die Damen lachten, ihre Augen glitzerten, sie hatten Sekt getrunken. Unvermittelt und laut fiel der Klang ihrer Stimmen in die vordem stille Halle.

Page I öffnete die Lifttür, während Graf Tarvagna sich verabschiedete. Er wolle noch an die Luft gehen, rief er lachend.

Mrs. Wellington betrat als erste den Fahrstuhl, ihr folgte Miß Mabel im goldgestickten Abendcape, dann der Baron, der eine weiße Blume im Knopfloch trug, und als letzter Herr von Dahlen. Page I stand dicht neben ihm, schloß die Tür und drückte auf den Knopf.

»Haben Sie heute noch Dienst?« fragte eine sympathische Männerstimme.

Friedel hob den Blick. »Ja«, sagte sie leise, »bis zwei Uhr.«

»Hm . . .« Herr von Dahlen fischte mit der gesunden Rechten ein Geldstück aus der Westentasche und steckte es dem Pagen zu. Armer kleiner Kerl, dachte er, sieht aus wie ein Mädchen. Ganz müde Augen hat er.

Dann war der Lift am Ziel, man stieg aus. Miß Mabel lachte hell über einen Witz des Barons. »Pscht . . .«, machte Herr von Dahlen, »hier schlafen doch schon Leute . . .«

Das hörte Friedel noch, als sie abwärts fuhr. In ihrer Hand hielt sie das Geldstück. Ihr war sehr heiß.

Unten kam schon der Hausdiener Schorsch daher. Er roch nach Bier, wischte sich den Schnauzbart und sagte, es wäre Zeit für die Abreise der Schweden. Abermals surrte der Lift empor, man holte das Handgepäck der vierköpfigen Familie zusammen, trabte abwärts, rief ein Taxi, bekam zwei Atemzüge nasse Nachtluft in die Kehle, wünschte eine gute Reise, erhielt das Trinkgeld und kehrte endlich atemlos in die Halle zurück. Es schlug zwei.

Friedel stolperte hinter die Portierloge, wo ihr Überrock hing, und zog ihn an. Ihre Beine waren schwer. Sie grüßte den Nachtportier, der mit dem Kopf nickte, ohne die Augen von dem Kursbuch zu erheben, das er studierte. Dann trat sie ins Freie.

Nässe. Glänzender Fahrdamm, unzählige Lichter, Autokolonnen, Verkehrsampeln, Benzindunst, Hupensignale. Warum die Leute nicht schlafen gehen? Es ist mir unbegreiflich! dachte Friedel, während sie fröstelnd vor Müdigkeit vorwärtskroch. Ihr Autobus kam angebollert, sie stieg ein und fuhr das kleine Stück bis zu der Straße, in der sie wohnte. Kahl und hoch ragte der Neubau in die Luft. Friedel läutete.

Es dauerte sehr lange, ehe der Sohn des Portiers öffnen kam. »Sie kommen schon wieder so spät«, sagte er, »Frau Tempelbohm soll doch dem Administrator um den Torschlüssel sagen!«

»Ja«, entgegnete Friedel, »das muß sie tun. Aber bitte, lassen Sie mich jetzt hinauffahren, ich spüre meine Beine nicht mehr.«

Der Fahrstuhl kluckerte in die Höhe. Er war schmal und klapprig. Nicht so schön wie im Dalmasse-Hotel. Überhaupt fühlte Friedel den Unterschied, sooft sie hierherkam.

Im Vorzimmer der Tempelbohmschen Wohnung roch es nach schlechtem Tabak, nach Sauerkraut und Maschinenöl. Die Türen quietschen, wenn man sie noch so vorsichtig aufmachte. Ihr winziges Zimmer war kalt und schlecht beleuchtet. Friedel nahm sich nur Zeit, die Hände zu waschen, dann warf sie das Pagenkostüm ab und kroch ins Bett.

Zuerst Kälte. Dann Erwärmung und Wonne. Still liegen. Ganz stille. Die schmerzenden Kniemuskeln entspannen. Ah, tat das wohl!

Wie hatte er gesagt: »Haben Sie heute noch Dienst?« Es waren nicht die Worte, es war der milde, gute Klang, der ihr noch im Ohr lag. Er hat hellgraue Augen, dachte sie. Wie zwei Sterne strahlen die . . . wie zwei wunderbare Sterne . . . davon will ich heute träumen . . .

Da schlief sie auch schon.

*

Als Herr von Dahlen am nächsten Morgen aus dem Frühstückszimmer kam, stand in Halle I schon der Boy, der ihn nachts hinaufbefördert hatte, und wurde ganz rot vor Freude, als er ihn sah. Ein dankbarer Kerl.

»Na – schon ausgeschlafen?« fragte Herr von Dahlen und steckte sich eine Zigarette an. Er sprach gern mit einfachen Leuten. Wie alle feinorganisierten Menshen fühlte er sich ihnen gegenüber verpflichtet, weil es ihm besserging.

Page I entflammte diensteifrig sein Taschenfeuerzeug. »Danke«, sagte er und klappte die Hacken zusammen, »es muß wohl genügen!«

»Wie alt sind Sie denn?«

»Achtzehn.«

»Na ja, in dem Alter braucht man freilich mehr Schlaf, als Sie hier haben können.«

Herr von Dahlen nickte wohlwollend und trat auf die Straße. Friedel schaute ihm nach. Er überquerte den Fahrdamm und verschwand auf der gegenüberliegenden Seite in einem Blumengeschäft. Friedel drückte die Nase an die Spiegelscheibe.

Aber da rief man sie auch schon wieder. »Holla, Sie, Page – tragen Sie den Brief und das Paket auf Numero neunundsechzig!« Es war Baron Potten. »Warten Sie auf Antwort! Ich gehe ins Frühstückszimmer.«

»Sehr wohl, Herr Baron!« Friedel nahm die Sachen in Empfang und ging langsam die Treppen hinauf. Wem mag er wohl Blumen schicken? dachte sie.

Sie klopfte an die Tür 69. Hundegekläff ertönte von drinnen. »Come in!« schrie Miß Mabels helle Stimme.

»Ich soll das hier abgeben und auf Antwort warten!«

Die Miß saß vor dem Ankleidespiegel und lackierte ihre Fingernägel. Es roch süßlich nach Äther. Ein malvenfarbenes zerdrücktes Etwas hing lose um ihre Schultern. Sie wandte sich um, nahm das Paket aus des Pagen Hand, riß den Silberfaden ab, enthüllte eine kostbare Bonbonniere, die sie zur Seite schob, um den Brief zu öffnen. Page I betrachtete die wenig bekleidete Frau. Sie war schön. Sehr schön sogar.

Miß Mabel hob die Wimpern. »Nun, Kleiner«, sagte sie lächelnd in ihrem breiten Englisch, »was schaust du?«

Page I antwortete nicht. Er trat einen Schritt zurück, sein Gesicht nahm einen erschreckten Ausdruck an. Wie er da in der Mitte des Zimmers auf dem Teppich stand, kerzengerade und schmal, sah er aus wie eine Nippesfigur.

Miß Mabel erhob sich, kam ganz nahe an ihn heran, schlug mit dem zusammengerollten Brief leicht auf seinen Ärmel und fragte lachend: »Wie alt bist du?«

»Achtzehn!«

»Ah, very sweet indeed! Du kannst dem Herrn Baron sagen, daß wir seine Einladung annehmen und sein werden um acht in der Halle. Merkst du dir oder muß ich besser sagen?«

Aber Friedel retirierte schleunigst zur Tür. »Ich weiß schon . . .«, stammelte sie und schoß kopfüber in den Gang hinaus. Das Windspiel kläffte hinter ihr drein, und Miß Mabels Gekicher klang dazwischen.

Heilige Gerechtigkeit, dachte Friedel, während sie die Treppen abwärts flog, was gibt es doch für Frauenzimmer auf der Welt! Einem armen, kleinen Liftjungen Augen zu machen! Würde ein Mensch das für möglich halten?

Sie richtete dem Baron im Frühstückszimmer die Bestellung aus und kehrte sodann wieder in Halle I zur Drehtür zurück. Da sah sie auch schon das Laufmädchen des gegenüberliegenden Blumensalons mit einem in Seidenpapier gehüllten Strauß über den Fahrdamm springen. Sollte sie hierher . . .? Jawohl! Das kleine Laufmädchen kam wirklich ins Dalmasse-Hotel herein, schnupperte die vornehme Luft und fragte: »Zimmer neunundsechzig?«

Pagendienst ist keine leichte Sache. Friedel trug den Strauß, als ob er giftig wäre. Giftig und schwer. Im ersten Stock begegnete sie dem Grafen Tarvagna, der, ein wenig übernächtig, mit hochgeklapptem Paletot und prachtvoll scharfen Bügelfalten die Treppe herabkam. »Wissen Sie nicht, ob die Damen von Numero neunundsechzig schon wach sind?« fragte er.

Friedel bejahte. Sie wußte es.

»Hören Sie, geben Sie der jungen Dame diesen Brief. Der jungen, nicht der alten, verstehen Sie!«

»Irrtum ausgeschlossen, Herr Graf!«

Tarvagna kniff ein Auge zu, lachte und ging leise pfeifend weiter.

»Soll ich auf Antwort warten?« rief Friedel hinterdrein.

»Nicht nötig!«

Ich möchte ihr den Strauß an den Kopf werfen, dachte Friedel. Ganz einfach, pardauz, an den geschminkten Kopf. So – da hast du ihn! Ja, es wäre herrlich! Aber fünf Minuten später flöge ich ebenso, pardauz, aus dem Dalmasse-Hotel auf die Straße. Daß man doch niemals das machen kann, was man will!

Aber die Angelegenheit wurde ihr erleichtert, denn diesmal bekam sie Miß Mabel gar nicht zu Gesicht. Die Zofe mit den impertinenten Augen nämlich stand im Gespräch mit dem Diener des Herrn von Dahlen vor Appartement 69 und übernahm die Bestellung. Der Diener, ein kleiner, etwas o-beiniger Mensch mit Rosinenaugen, ging dann mit Page I die Treppe hinunter.

»Sie haben hier wohl gar nichts zu tun?« erkundigte sich Friedel höflich.

»Wenig, sehr wenig. Eigentlich sitz' ich bloß so 'rum.«

»Warum hat Sie dann Ihr Herr mitgenommen?«

»Weil er doch die lahme Hand hat vom Krieg her, wissen Se, und da tut er sich schwer beim Anziehe'. Sechs Jahr' bin ich schon bei ihm, wissen Se.«

»Er sieht aus, als ob er ein guter Herr wäre.« Friedel spürte ihr Herz klopfen, als sie das sagte.

»Is er auch. Is er wirklich!« Der Diener nickte bekräftigend mit dem Kopf, dann trennten sie sich, unvermittelt und ohne Höflichkeitsaustausch, wie eben Leute der dienenden Klasse auseinander zu gehen pflegen. Der kleine Schwabe stolperte durch die Drehtür ab, und Page I rannte wieder seinen Pflichten nach. Ganz nüchternen, abscheulichen Pflichten.

Die Karten aus dem Reisebüro mußten geholt werden, der Herr von Numero 21 hatte sich Kaffee aufs Beinkleid geschüttet und schrie nach der Reinigungsanstalt, das hochzeitsreisende Paar reiste ab, Stubenmädchen Laura vom ersten Stock bekam Zahnschmerzen und wollte etwas aus der Apotheke, eine aufgeregte alte Dame hatte ihr Täschchen verloren, dem man in vier Stockwerken nachjagen sollte, und so weiter den ganzen Tag hindurch.

Und dennoch war dieser Tag ganz seltsam. Ganz funkelnagelneu gewissermaßen. Immer wenn Friedel für eine armselige Minute Atem schöpfen konnte, dann war es ihr, als ob etwas Fremdes, Wunderbares, gleich einer lichten Wolke sie umschwebte. Traumfragmente der vergangenen Nacht tauchten auf, verdichteten sich . . . Zwei helle Augen . . . eine ruhige, sympathische Stimme . . . Oh, unter Hunderttausenden von Augen würde sie die seinen erkennen und unter Millionen von Stimmen den Klang dieser einen erschauernd herausfinden.

Was ist das nun? dachte die praktische, vernünftige Friedel, während sie irgendwo hinter der Portierloge stand und die Hand auf ein Herz preßte, das unter der Pagenjacke sein Unwesen trieb. Was ist das nun für eine Geschichte? Bin ich verliebt? – Ja, ich bin es . . . Herrgott, ist das schön! . . . Freilich auch unerhört dumm. Durfte man sich einen solchen Luxus leisten?

Und warum nicht? Es tat so wohl. In zwei bis drei Tagen würde diese Stimmung ohnehin wieder vorüber sein, denn länger war man gewiß nicht verliebt, wenn der Gegenstand, dem die Gefühle galten, durch Äonen der Unmöglichkeit von einem getrennt war. Diese zwei bis drei Tage also gehörten ihr und sollten ausgekostet werden. Keinen Menschen ging das etwas an. Sie konnte kindisch sein, soviel sie wollte. Sie konnte mit der Fingerspitze die Initialen »H. D.« auf die Glasscheibe der Lifttür malen, sie konnte, so oft es nur ging, an seinem Zimmer vorbeischleichen und horchen, ob er vielleicht drinnen mit dem Diener spräche, und wenn sie mitten in der Arbeit mit der Linken rasch über die winzige Seitentasche ihrer Jacke strich, dann konnte sie das fein säuberlich in Seidenpapier eingewickelte Geldstück fühlen, das er ihr gegeben hatte. Wahrhaftig, man tat sich noch einmal so leicht, wenn man von herrlichen Träumen begleitet wurde.

Allerdings – die Sache mit dem Strauß der Miß Wellington . . . es gab ihr jedesmal einen Stich, wenn sie daran dachte . . . Weg damit! Sie wollte es aus ihrem Gedächtnis streichen. Was ging es sie schließlich an? Was ging sie überhaupt das Privatleben des Herrn von Dahlen an? Nichts! Andere Mädel verliebten sich in Filmdarsteller – sie hatte das immer idiotisch genannt –, aber man soll nie etwas verschwören; nun tat sie ein Ähnliches, indem sie von einem Manne träumte, der ebenso unwirklich bleiben mußte wie der fernste Kinostar. Übrigens – die Männer waren unglaublich dumm und komisch! Gleich drei auf einmal schickten dieser aufkarossierten

Amerikanerin Blumen, Bonbons und Briefe. Man konnte neugierig sein, wie die Sache weiterging. Jedenfalls würde sie die Augen offenhalten. Wenn es sie auch gar nichts anging, man hat doch Interesse, nicht wahr?

Friedel panzerte ihr Herz mit Gleichgültigkeit, als gegen Mittag Miß Mabel in der Halle erschien. Sie trug ein grünes Promenadenkostüm von frühjahrsmäßigem Einschlag und ließ sich von ihrem aufgeregten Windspiel an der Leine zerren.

Vor dem Portal stand Graf Tarvagnas kleiner überplachter Rennwagen, er selbst saß am Volant.

Ein Stein fiel von Friedels Seele, als sie das grüne Promenadenkostüm einsteigen und den kleinen Daimler unter heftigem Tuten im Gewühl der Straße verschwinden sah.

*

Graf Tito Tarvagna entstammte einer alten italienischen Familie, die seit Generationen eifrig bemüht gewesen war, Besitztümer aller Art langsam und sicher zu verprassen. Schon der Vater Titos hatte mit den letzten Resten, die seine Vorfahren ihm überlassen hatten, mehr schlecht als recht die Zeit des Weltkrieges durchschwommen, und als Tito selbst an die Reihe kam, da war rein gar nichts mehr vorhanden, nur der schöne Name.

Tito war ein hübscher Junge, er tanzte, ritt und liebte vorbildlich gut. »Ergo«, sagte seine Mutter, die ein kümmerliches Witwendasein führte, »ergo wirst du in die Welt gehen und eine reiche Frau suchen!« Bitte – dagegen hatte Tito nichts einzuwenden. Er pumpte sich von seinen Verwandten ein paar tausend Lire zusammen und reiste geradeswegs nach Berlin. Nach Berlin deshalb, weil er mit dem italienischen Gesandten weitläufig verschwägert war und sich dadurch die nötige gesellschaftliche Basis beschaffen konnte.

Doch es kam anders. Am dritten Tag seines Aufenthaltes nämlich sah er im Dalmasse-Hotel Miß Mabel Wellington. Er war entzückt. Als er sich beim Portier dann des näheren nach den Damen erkundigte, steigerte sich dieses Entzücken. Selbstverständlich würde er die Bergwerke in Texas verkaufen und sich in Rom seßhaft machen. Soviel wußte er schon heute.

Mrs. Wellington hatte ihrerseits bereits die von ihrer Tochter gewünschten Erkundigungen einzogen. Die Auskunft lautete: Familie prima, junger Mann unbescholten, Geld gar keines.

»Das genügt!« sagte Miß Mabel sachlich. Nach einer Weile fügte ihre Mutter hinzu: »Er sucht wahrscheinlich eine reiche Erbin!«

»Natürlich!« antwortete Miß Mabel kurz. – Worauf beide Damen lächelten.

Wenn man sechsundzwanzig Jahre alt, gesundheitserfüllt bis in alle Fingerspitzen und südländischem Blutes ist, pflegt man in Dingen der Galanterie und des Herzens mit Elan vorzugehen. Graf Tito kochte sozusagen vor Temperament. Er schuf rund um die Person der Miß Mabel eine Atmosphäre modernen Ritter- und Minnesängertums, die ihr gefiel, wie sie jeder Frau gefallen hätte, und die unleugbar ansteckend wirkte. Baron Potten trug sich jugendlicher denn je, kaufte mehr Blumen und Bonbonnieren denn je, und auch Herr von Dahlen mußte feststellen, daß der junge italienische Windbeutel belebend auf ihn wirkte. Wie wäre es sonst überhaupt möglich gewesen, daß er, geschworener Feind lockerer Nachtlokale, sich bereit fand, ab und zu seinen Smoking anzuziehen und wie ein Jüngling mitzuschwärmen! Anfangs schämte er sich wenigstens noch, doch je mehr der Berliner Aufenthalt vorrückte, desto beschwinger wurde sein Blut.

»Das tut Ihnen ausgezeichnet, mein lieber Freund«, pflegte Baron Potton des Morgens beim Frühstück zu versichern. »Sie waren viel zu gesetzt für Ihr Alter. Man muß hie und da ein paar kleine Dummheiten machen, glauben Sie mir. Vielleicht ist die leichtsinnige Seite des Lebens auch vom philosophischen Standpunkt aus das klügste.«

Herr von Dahlen schaute lächelnd den Rauchringen seiner Zigarette nach. »Vielleicht!« meinte er nachdenklich, ohne sich des weiteren über das Thema zu verbreiten.

Man hatte nun eine Art von Turnus eingeführt, nach dem jeder der drei Herren abwechselnd die Gesellschaft zu Gast lud. Die Abende des Grafen Tarvagna zeichneten sich hierbei durch besondere Buntheit aus. Ohne Tanz, ohne Sport und ohne Alkohol war für ihn das Leben kein Leben, und es fiel ihm nicht schwer, ein Programm zusammenzustellen, das aus diesen drei Ingredienzien auf das beste gemischt war. In einigem Abstand hiervon erschienen die Abende des Barons, der vor allem den Soupergenüssen seine Aufmerksamkeit angedeihen ließ, und was endlich Herrn von Dahlen anbetraf, so mußte man feststellen, daß er am weitesten vom

Standpunkt eines Genießers entfernt war. Er wollte ganz einfach und bescheiden ins Theater gehen, und zwar nicht zur Operette, auch nicht zu Revuen, sondern ins Schauspielhaus und in die Oper. Miß Mabel machte ein ernstes Gesicht, sagte »well!« so etwa in dem Tone, in dem man einer Zahnoperation zustimmt, während Baron Potten sich ganz entschieden gegen »Fidelio« zur Wehr setzte. »Nee, nee – wenn schon Musik, dann wenigstens etwas, wo 'n bißchen Ballett oder so dabei ist!« Man einigte sich also auf »Turandot«, wo es zwar kein Ballett oder so, aber nach Dahlens ehrenwörtlicher Versicherung sehr viel Prunk zu sehen gab.

Die Damen Wellington benützten diese Gelegenheit, um in ganz großer Aufmachung zu erscheinen. Direktor Köppnitz mußte das Safedepot öffnen, worauf Mama Wellington eine sechsfache Perlenrivière von erschreckenden Ausmaßen um den faltigen Hals legte. Miß Mabel hingegen trug keinen Schmuck. Sie begnügte sich mit der faszinierenden Wirkung ihres roten Abendkleides.

Die Berliner Staatsoper hielt, was Herr von Dahlen versprochen hatte. Man saß in einer großen Loge des ersten Ranges und sah die Szenenbilder der Prinzessin Turandot im magischen Licht hieratischer Pracht an sich vorüberziehen.

Graf Tarvagna saß dicht hinter Miß Mabel, und er flüsterte ihr zu, daß er alle Rätsel raten könne, die sie ihm aufgeben würde . . . »Alle?« fragte sie und lächelte ungläubig. Ihre Gesichter waren ganz nahe beieinander. Das seine in kantig ausgeschnittenem Profil, das ihre wie eine weiß schimmernde Blüte.

Herr von Dahlen, der tief im Hintergrund der Loge saß – man sah nichts von ihm als den hellen Fleck seines Frackhemdes –, hatte dieses Bild gerade vor sich. Die Bemühungen des Römerjünglings sind sehr durchsichtig, dachte er. Wahrscheinlich wünscht er, sich mit amerikanischen Millionen zu sanieren. Ob es ihm gelingen wird? Und was tue ich eigentlich dabei? Warum lasse ich diese Gesellschaft von oberflächlichen Globetrottern nicht einfach im Stich? Was veranlaßt mich, den Statisten zu spielen?

Da drehte Miß Mabel ihren kleinen Kopf langsam und vorsichtig nach rechts. Es schien, als suche sie etwas im Hintergrund der Loge. Über Graf Tarvagnas ihr zugeneigten Scheitel hinweg glänzten ihre Augen dorthin, wo Herr von Dahlen saß.

Ja natürlich, dachte er, so macht sie es immer. Sie flirtet mit den anderen und entschuldigt sich bei mir durch stummes Augenspiel. Ein richtiges Weibchen und vielleicht eben darum so merkwürdig aufreizend. Wiederum, wie schon oft, fühlte er in seinem Blut eine heiße Welle aufrauschen und die brennende Lust, dieses überzüchtete Geschöpf in seine Arme zu reißen.

Dummheiten! dachte er gleich darauf. Ich habe zu lange einsam gelebt, das ist es. Aber von morgen an ziehe ich mich zurück. Mag sie sich mit zwei Anbetern begnügen! Die kann sie ja schließlich noch ein Stückchen über den Kontinent mit sich schleifen.

Nach diesem Entschluß fühlte er sich neu montiert und in der Lage, seine Aufmerksamkeit fortab ungeteilt der Bühne zuzuwenden. Er hielt sich auch unpersönlich im Hintergrund, als man das Theater verließ, um zum Souper zu fahren. Das Erscheinen der Damen erregte in allen Lokalen, wohin sie kamen, einiges Aufsehen, und heute galten die taxierenden Blicke nicht nur Miß Mabels Schönheit, sondern noch mehr dem Perlenkollier ihrer Mutter.

»Wissen Sie, verehrteste gnädige Frau«, sagte Baron Potten, als man die Erinnerung an Puccinis Liebesmelodien mit Hors d'oeuvres und Rheinwein wegzuspülen begann, »wissen Sie, daß es eigentlich leichtsinnig von Ihnen ist, mit so' nem Vermögen um den Hals in der Welt herumzukutschieren? Haben Sie denn gar keine Angst? Ich muß sagen, mir wird bedeutend wohler sein, wenn das Ding wieder im Hoteltresor liegt.«

Mrs. Wellington machte runde, erstaunte Augen. Daheim, erklärte sie in ihrem tiefen Baß, daheim trage sie noch viel kostbarere Stücke zu allen Gesellschaften, die sie besuche, und noch nie sei jemandem eingefallen, sich deshalb zu ängstigen. Die Herren lachten.

Man saß in einem strahlend hellen Raum, der nur von wenigen Gästen besucht war. »Tja – Weltkrise!« meinte Herr von Dahlen nach einem kurzen Rundblick, und gleichzeitig dachte er: ein Glück, daß in zwei Wochen meine Kur zu Ende geht und ich heimfahren kann. Wieder arbeiten! Wieder nützlich sein! Diese Art von Leben paßt nicht für mich.

Als die Gesellschaft an diesem Abend ins Hotel zurückkehrte, schlug es ein Uhr. Mrs. Wellington begab sich sofort in die Direktionskanzlei, wo Sekretär Spöhne sie erwartete, um den Schmuck dem Tresor einverleiben zu können. Insgeheim verwünschte er alle leichtsinnigen Frauenzimmer, um derentwillen er Überstunden machen mußte. »Von dem Reichtum dieser Leute macht sich unsereiner gar keinen Begriff«, sagte er zum Nachtportier, nachdem er die Stahlkammer wieder versperrt hatte.

Page I, der danebenstand, seufzte. Er hatte Nachtdienst und Kopfschmerzen.

Plaudernd und lachend fuhr die Gesellschaft hinauf. Der Page bediente den Lift. Miß Mabel stand neben Herrn von Dahlen, ihr offenhängender Mantel war so pompös, daß er fast eine Nische schuf, in der die beiden allein waren. Plötzlich fühlte Dahlen in heißem Druck seine Hand umfaßt. Miß Mabel hatte ihre Augen fest auf ihn gerichtet. »Ich wollen mit Sie allein morgen ausgehen, mit Sie ganz allein!« flüsterte sie langsam und deutlich. »Haben Sie verstanden?«

Dahlen neigte den Kopf. »Ja!« antwortete er ebenso leise. Sein Blick verklammerte sich in dem ihren, sein Herz schlug.

»Zweiter Stock!« sagte Page I laut und schob die Lifttür auf.

*

Der Expreßbote warf ein Bündel Briefe auf das spiegelnde Pult des Tagportiers. »Fünf Unterschriften, bitte!«

Der Lift sortierte. Er war noch blasser als sonst, hatte feuchte Hände und dachte an seine kranke Frau. »Kommerzialrat Brösick, dritter Stock, Numero dreiundsiebzig – Frau Generalkonsul Hofer, Numero fünfzig – Madame Dupont, Numero vierundzwanzig, Mezzanin – Mijnheer van Gould, Numero achtzig, und Gustav Bliemle . . . wer ist denn das? Gustav Bliemle? Wohnt der bei uns?«

Der Tagportier nahm den Brief und drehte ihn herum. »Nee, der wohnt nicht bei uns«, sagte er, als er die ungelenken Schriftzüge sah.

Page I, der die übrigen vier Briefe zur Verteilung übernommen hatte, mischte sich ein. »Gustav Bliemle«, wiederholte er, »ist das nicht der Diener des Herrn von Dahlen?«

»Moment!« sagte der Portier und zog das Gästebuch unter dem Pult hervor. »Ja, stimmt.«

Page I lief durch die von Morgenlicht erfüllte Halle den Stiegen zu. »Der weiß immer Bescheid«, sagte der Portier anerkennend, während er das Buch zuklappte. Der Lift seufzte. »Kunststück, wenn man so jung ist und keine Sorgen hat!« meinte er.

Oben rannte Page I mit seinen fünf Briefen die Stockwerke ab. Frau Generalkonsul lag noch zu Bett und mußte geweckt werden. Sie schimpfte. Hingegen gab ihm der Holländer, der den Expreß anscheinend erwartet hatte, ein gutes Trinkgeld. Zuletzt kam er in die Personalabteilung, wo der Diener Gustav Bliemle wohnte. Aber er fand ihn nicht mehr vor, der kleine Schwabe schien schon den Dienst bei seinem Herrn angetreten zu haben. Page I beguckte sich umständlich im Spiegel und zog die Jacke stramm. Dann erst lief er ins zweite Stockwerk und klopfte an die Tür Numero 62.

»Herein!« Duft von Juchtenleder und Kölnisch Wasser. Ein heller Raum. Beim Fenster saß Herr von Dahlen in dunkelrotem Morgenrock. Die untere Hälfte seines Gesichtes war mit Seifenschaum bedeckt, vor ihm stand der Diener und hantierte mit dem Rasierzeug. Page I hatte so viel an diesem ungewohnten Bild zu beschauen, daß er fast vergaß, weshalb er gekommen war. »Nun – was gibt's denn?« fragte Herr von Dahlen.

»Hier, bitte, ein Expreß für Gustav Bliemle!«

»Für mich?« Der kleine Schwabe riß die Rosinenaugen auf.

Page I legte das Schriftstück auf den Tisch, verbeugte sich gegen Herrn von Dahlen und begab sich ohne sonderliche Eile wieder zur Tür hinaus. Leider hielt ihn niemand zurück. Draußen auf dem Korridor stand er ein Weilchen still und horchte. Aber man hörte hier nur dünnes Hundegekläff von fern her. Es kam aus dem Appartement der Damen Wellington, und verschiedene Hotelgäste hatten sich schon darüber beschwert. Wenn das Biest noch mehr bellen wollte, dachte der Page, während er traumverloren vor sich hin auf den blauen Läufer starrte, vielleicht gäbe das Ärgernis und sie würden ausziehen!

Die Wünsche, die der Mensch an das Schicksal stellt, sind meist kleinlicher Natur und verflattern im Weltenraum. Crisby, der russische Windhund, bellte weiter, aber niemand beschwerte sich in einem Maße, welches geeignet gewesen wäre, den Damen Wellington den Aufenthalt zu verleiden. Im Gegenteil. Miß Mabel kam bald darauf in strahlender Laune die Treppen herab, befahl ein Taxi und fuhr allein in den Vorfrühlingstag hinaus. Gleich darauf erschien Herr von Dahlen und begab sich, anscheinend bei minder guter Stimmung, zum Pult des Portiers.

Page I, der eben einen Herrn mit Zigaretten versorgte, beeilte sich, dies Geschäft gewinnbringend abzuschließen, worauf er sich an die Gruppe heranmachte. So ein kleiner Page ist wie ein Lufthauch, er ist immer da, aber niemand bemerkt ihn.

»Mein Diener muß abreisen«, hörte er Herrn von Dahlen sagen, »sein Vater ist schwer erkrankt. Ich muß mich nun ohne ihn behelfen, denn es steht natürlich nicht dafür, um der restlichen zwei Wochen willen, die ich noch hier bleibe, einen fremden Menschen zu engagieren. Also das Zimmer vierundneunzig im vierten Stock ist ab heute frei.«

Damit lüftete Herr von Dahlen den Hut und wandte sich der Drehtür zu.

Da räusperte sich plötzlich etwas neben ihm.

»Bitte, mein Herr«, sagte der kleine Page leise, »wenn ich vielleicht für Ihren Diener einspringen könnte? Der Herr braucht mir nur zu sagen, um welche Stunde!«

Herr von Dahlen lachte über so viel Eifer. »Na ja – Sie können aber doch nicht rasieren«, sagte er.

»Allerdings, das nicht ... aber der Frisiersalon des Hotels schickt auf Wunsch einen Gehilfen ins Zimmer. Soll ich einen bestellen?«

»Ja, tun Sie das! Für morgen früh halb acht! Übrigens könnten Sie mir beim Anziehen helfen, wenn Sie gerade Zeit hätten! Das Schlipsbinden macht mir Schwierigkeiten. Ich habe nämlich eine steife Hand, verstehen Sie!«

Warum werde ich rot? Es ist zu dumm! denkt Friedel. Die ganze Halle dreht sich in ihrem Kopf. »Ich werde gegen acht Uhr nachfragen kommen«, sagt sie laut.

»Nein, das müßte schon heute sein! Ich kann ja nicht bis morgen früh im gleichen Anzug 'rumlaufen! Also heute abend – ja?«

»Selbstverständlich, mein Herr! Bitte nur beim Portier den Pagen Numero eins zu verlangen! Ich werde sofort zur Stelle sein.«

»Na schön! Danke! Wiedersehen!« Herr von Dahlen lächelte, berührte den Hutrand und schritt durch die Drehtür. Ein paar Augenblicke lang sah man noch seine hohe Gestalt, dann schluckte ihn die Straße.

Der Page tänzelte in die Halle zurück. Er hatte Flügel! Er schwebte! Das Leben war schön! Schön! Schön!

»Nanu, Sie machen ja ein Gesicht, als ob Sie 'n Treffer gewonnen hätten«, sagte der Lift, der eben mit einem Rehlederpuschel in Händen aus der Gerätekammer kam. »Helfen Sie mir lieber, die Glastafeln putzen! Die sehen schon wieder aus, als ob ein Schwein darauf Schlittschuh gelaufen wäre.«

»Tun das Schweine?« erkundigte sich Page I bescheiden. Aber der Lift war keineswegs zu Scherzen aufgelegt. »Quatschen Sie nicht!« sagte er verdrießlich. »Ihr Jungens habt keinen vernünftigen Gedanken im Kopf. Nich mal Sie! Warten Sie nur, bis Sie mal 'ne Frau haben, da wird Ihnen das Gedalber schon vergehen!«

Page I pustete die Glasscheiben der Lifttür feucht, er konnte daher nicht gleich antworten. »'ne Frau . . .«, meinte er nach einer Weile nachdenklich und rieb mit dem Puschel die Fläche blank, »wissen Sie, das wäre nichts für mich. Da könnt' ich doch glatt 'nen Eid drauf ablegen, daß ich mir die niemals nehmen werde . . .«

*

Trrrr . . .

»Hallo? . . . Jawohl, bitte, werde ihn sofort schicken! – Sie, Einser – Numero zweiundsechzig verlangt nach Ihnen!«

Friedel schießt aus der Ecke hervor, in der sie gelauert hat, und rast, immer drei Stufen auf einmal nehmend, die Treppen hinauf.

In Herrn von Dahlens Zimmer brennt das Licht über dem Ankleidespiegel, Schränke stehen offen, auf der Ottomane liegen Kleidungsstücke; der Bewohner selbst ist nicht zu sehen, doch verrät Wassergeplätscher, das aus dem Badekabinett kommt, seine Anwesenheit.

Friedel bleibt in der Mitte des Zimmers stehen. Sie ist atemlos vom Stiegenlaufen und überhaupt. Ihr Herz arbeitet wie ein elektrisch betriebener Schmiedehammer. Was tun? – Hier stehen bleiben? . . . Wenn er nun am Ende gar in der Badewanne . . .

Herrgott – eine Hitze hat's hier! Der Blumeyer hat schon wieder die Anlagen überheizt! . . . Ich werde mich räuspern, damit er weiß, daß ich hier bin. Nur nicht den Kopf verlieren! Nur hübsch ruhig bleiben! . . . Da stehen seine Lackschuhe . . . lieb! Wie viele Feilen, Scheren und Polierer er da liegen hat! . . . Bücher sind auch eine Menge da . . . hm . . . ›Die Elektrizität im Dienste der Nationalökonomie‹ . . . Stundenlang könnte ich diese Luft atmen, dieses persönliche Gemisch aus Ledergeruch, Zigaretten- und Kölnischwasserduft . . . Ganz rotgeweinte Augen hatte der arme kleine Schwabe, als er heute mittag abreiste! Begreiflich. Man muß weinen, wenn man ihn verläßt . . . Was plantscht er denn so lange da drinnen herum? Was macht er denn? Die Tür ist angelehnt . . . Ob ich . . .

In diesem Augenblick wird ein Wasserhahn hörbar zugedreht, Friedel prallt zurück, Herr von Dahlen tritt ein. »Ah, da sind Sie ja!«

Sie atmet auf. Er ist angezogen, wenn auch nicht vollständig. Jedenfalls hat er Beinkleider an und ein weißes Frackhemd, das seine Schultern noch breiter erscheinen läßt.

»Bitte, wollen Sie so freundlich sein . . . die Lackschuhe dort! – Ja, so ist es recht, nur keine Eile! Nur Zeit lassen! Sie sind ja ganz geschickt.«

Der ist nachsichtig, denkt Friedel. Wie kann ich geschickt sein, wenn meine Finger zittern . . . Schwarze Seidenstrümpfe hat er an, und der Fuß ist schmal und warm . . . Ach Gott – er ist doch überhaupt wunderbar! Kein Mann auf der Welt kommt ihm gleich. Die hohe Stirn, die ernsten, gescheiten Augen, der Schnitt der Nase, so edel, so kühn . . .

»Den Kragen, bitte!«

Friedel springt auf. Sie kippt fast um. »Sofort!«

Stille. Das Frackhemd knistert unter ihren Fingern, Knöpfe schnappen ein, die Hand berührt einen warmen Männerhals . . . Sie zuckt zurück wie vor Starkstromgefahr.

»Und nun kommt das Wichtigste: Sie müssen mir den Schlips binden! Das kann ich nicht. Hier, diesen da!«

Oh, furchtbares Unternehmen! Oh, Tücke des Objekts! Friedel stellt sich auf die Zehenspitzen, hebt die Arme und pfuscht ein Weilchen an dem schwarzen Binder herum. Sie ist hochrot im Gesicht.

»Na ja«, meint von Dahlen, während er konzentriert in den Spiegel schaut, »er ist zwar ein wenig schief, aber . . .« Er drückt mit der gesunden Rechten den Knoten zurecht. »So – geht schon!«

Auch Friedel schaut in den Spiegel. Sie sieht den kräftigen Mann und den zierlichen Pagen dicht nebeneinander. Um ihren Mund zuckt es.

»Die Weste und den Smoking! Hängt beides dort über der Stuhllehne. – Nun also, sehen Sie, das ist ja ganz gut gegangen. Kann ich Sie morgen früh etwa um acht Uhr wieder haben?«

»Selbstverständlich! Den Friseur habe ich auch schon bestellt.«

Herr von Dahlen nimmt eine Tabatiere vom Tisch und will sie zu sich stecken. Doch bevor er dies tut, fragt er: »Rauchen Sie?«

»Danke, nein!« sagt Friedel. »Kann ich noch etwas tun?«

»Für heute ist das alles.«

»Gute Nacht, Herr von Dahlen!«

»Gute Nacht, Kleiner!«

Irgendwie kommt Friedel über die Stiegen hinunter und landet in der Angestelltengarderobe, wo ihr Mantel hängt. Sie kann jetzt heimgehen, ihr Dienst ist für heute beendet.

Mechanisch rutscht sie in den Mantel, setzt das Monstrum auf den Kopf – sie hat sich noch keinen neuen Hut gekauft, wozu auch? – und schlüpft durch den Personalausgang ins Freie. Erst hier fällt ihr ein, daß sie die Gelegenheit versäumt hat, »ihn« noch einmal zu sehen, wenn er das Hotel verläßt. Sie geht also dicht an der Mauer entlang ganz rasch bis zur Ecke, überquert den lärmenden, benzinüberwölkten Fahrdamm und stellt sich dort auf, wo sie damals stand, als sie den ungeheuerlichen Entschluß faßte, Liftjunge zu werden.

Der Abend ist kalt, Sterne blitzen ganz weit oben, aber man kann sie kaum wahrnehmen, so sehr wird das Auge von den Lichtfluten geblendet, die den Häuserfassaden entströmen. Hier ist die Nacht keine Nacht, sondern strahlendes Geflimmer. Friedel beginnt zu frieren, aber sie merkt es nicht. Sie steht im Schlagschatten eines vorgebauten Auslagekastens und schaut unentwegt auf den breiten, hellen Eingang des Dalmasse-Hotels, aus dem die Drehtür Blitze wirft. Sie kennt fast alle Leute, die dort aus und ein gehen. Auch den kleinen, dummen Pagen III sieht sie, der heute bis Mitternacht Dienst hat.

»Gute Nacht, Kleiner!« klingt es ihr im Ohr. Es ist wie Musik. Da – – ihr Atem stockt: das ist er! Er tritt ins Freie und geht sehr rasch nach rechts. Friedel tut dasselbe. Sie hat Mühe, ihn im Auge zu behalten, sie rennt Passanten an. Doch nach kaum hundert Schritten bleibt er stehen, ruft ein Taxi und steigt ein. Natürlich, denkt Friedel überheblich, wenn ich nicht da bin, ist kein ordentlicher Pagendienst! Er selbst muß sich den Wagen holen! Ha – sie ist wer! Sich unentbehrlich machen, darauf kommt's an. Egal, ob man Primadonna oder bloß Page ist.

Nanu – was ist das? Wo fährt er denn hin? Wieder zum Hotel zurück? ... Ja, er stoppt ... Gleichzeitig blitzt die Drehtür, eine Dame trippelt heraus ... schlüpft rasch in den Wagen ... Kein Zweifel: Das war Miß Wellington! Der Chauffeur hupt – das Auto rollt ab.

Warum steht Friedel noch und starrt in die Richtung, wo es verschwunden ist? Nun kann sie ja ruhig heimgehen. Nun hat sie ihn ja gesehen. Langsam setzen sich ihre Füße in Trab. Kalte, bleischwere, müde Füße in zu großen Schuhen, die an der Spitze mit Watte ausgestopft sind. Ein Schauder rinnt über ihren Rücken. Was ist heute für ein Tag? Montag. Richtig. Noch zweimal vierundzwanzig Stunden bis zum dienstfreien Donnerstag. Aber das ist ja alles so egal. Man kämpft um dieses bißchen Leben – wozu? Alles feindlich. Alles dreckig. Ein ausgeschundener, armer kleiner Hund schleicht längs der Häuser durch die Nacht.

*

»Rheinwein oder Bordeaux?« fragt Herr von Dahlen und blickt über das blumengeschmückte Tischchen hinweg in Miß Mabels schimmerndes Antlitz.

Sie sitzen in einem kleinen Restaurant, das sich noch aus der Vorkriegszeit erhalten hat. Damals war Dahlen öfters hier, manchmal auch in Damenbegleitung. Aber das kommt ihm sehr ferne und unwirklich vor. Vier Frontjahre liegen dazwischen, die verändern das Antlitz der Dinge. Jedenfalls ist das, was er heute erlebt, grundverschieden vom bisher Dagewesenen, dies fühlt Dahlen auf eine merkwürdig erregende und intensive Art. Gewiß, er hat oft mit schönen Frauen soupiert, doch das war anders. Seit gestern weiß Dahlen, daß es anders war. Diese Miß Wellington aus Philadelphia hat ihm zu verstehen gegeben, daß sie in seinem Leben eine Rolle zu spielen wünscht. Ob eine große oder eine kleine, darüber ist er sich noch nicht im klaren. Aber die Art, wie sie es tat, das Aggressive, Plötzliche, fast Befehlende ihrer geflüsterten Worte »ich wollen ausgehen mit Sie allein!«, das hat ihn irgendwie gepackt.

»Rheinwein oder Bordeaux?«

Miß Mabel neigt den kleinen Kopf. »Rote Wein«, sagt sie, »und eine heiße Bouillon, mir sein kalt!«

Natürlich, denkt Dahlen, wenn man nichts anhat, ist das kein Wunder.

Der Ober schießt davon. Miß Mabel hebt ihr Täschchen hoch, klappt einen Spiegel auf und beginnt die Lippen zu bemalen. Dabei schaut sie so angelegentlich in das Glas, als ob sonst nichts auf der Welt existieren würde.

»Wozu tun Sie das?« forscht Dahlen im Ton eines milden Onkels. »Sie werden doch beim Souper wieder alles herunteressen!«

Miß Mabel lacht. »Oh, Manner verstehen nix!« Sie klappt die Tasche zu. »Manner sein sehr dumm!«

Der Ober erscheint mit einem fahrbaren Glastischchen, auf dem sich die Vorspeisen zur Wahl befinden. Zwei Kellner in weißen Jacketts assistieren, das Souper wird liebevoll zelebriert. Aus den Nebenlogen tönt diskretes Gläserklirren durch die warme Stille. Vornehmheit eines Restaurants bekundet sich immer in Lautlosigkeit.

Miß Mabel ißt zerstreut und schnell, sie dreht sogar Brotkügelchen zwischen nervösen Fingerspitzen. Ihre Nägel sind zartgrün lackiert, sie glänzen wie Smaragde. Was denkt diese Frau eigentlich? Hat sie ein Innenleben oder hat sie keines? Dahlen ist skeptisch geneigt, das letztere anzunehmen, aber ihre Augen machen ihn zuweilen stutzig. Diese Augen können ganz seltsam aufblitzen, und in solchen Momente belebt sich auch das Bildhafte der Gesichtszüge. Doch dies geschieht selten. Schönheit und Geld überkrusten meist das Menschentum, philosophiert Dahlen bei sich, während er mit vieler Anstrengung bemüht ist, Messer und Gabel zu handhaben. Sie weiß doch, daß ich ein Krüppel bin, denkt er mehr ärgerlich als beschämt, warum hilft sie mir nicht? So etwas ließe sich doch mit einer entzückenden Geste der Fraulichkeit arrangieren. Aber diese Modedame! Nichts wie Schablone! Kein Schrittchen ab vom Wege der gesellschaftlichen Vorschrift. Am liebsten würde er ihr dies sagen. Doch das hieße, die normale Gesprächsbasis von vorneherein verschieben, und er will noch abwarten.

Der Ober bringt süßen Dessertwein, den Miß Mabel mit gespitzten Purpurlippen kostet. »Das sein sehr schön«, sagt sie und ist in diesem Augenblick wieder so liebenswürdig, daß Dahlens Groll verfliegt. Man müßte sie erziehen, denkt er. Eigentlich haben wir noch keine zwei vernünftigen Worte miteinander gesprochen. Ich bin neugierig, wie das heute noch werden wird. Leider kann ich keine Witze reißen wie Graf Tarvagna, und auch Pottens Allerweltsgespräche liegen mir nicht. Man darf also gespannt sein, nach welcher Richtung hin sich dieses Beisammensein zu zweit entwikkeln wird.

Miß Mabel schält einen Pfirsich und spricht dabei von St. Moritz. »Vielleicht fahren wir noch ein wenig hin«, meint sie.

»Wie lange beabsichtigen Sie eigentlich hier in Berlin zu bleiben?«

»Das kann ich nix sagen, das hängt ab von viele Sachen . . . Ich Ihnen möchte erzählen, aber nix hier! Hier man hört su von die andere Tisch. Wohin gehen wir dann?«

»Wohin Sie befehlen! Doch, wenn ich mir einen Vorschlag erlauben darf, es gibt da in der Nähe eine kleine Bar, die zwar weder sehr luxuriös, noch sehr modern, aber dafür wirklich intim ist. Hätten Sie Lust?«

»Oh, well, gerne!« Zehn helle Smaragde tauchen graziös in das Wasser der kleinen, kupfernen Waschschale, die der Kellner bereitgestellt hat.

Dahlen schaut aufmerksam zu. »Warum eigentlich grün?« fragt er lächelnd. »Ist das die neueste von den Kardap-Indianern entlehnte Mode?«

Aber Miß Mabel findet die Angelegenheit keineswegs komisch. »Das mussen passen su die Kleid!« erklärt sie ernsthaft und klappt wieder die Spiegeltasche auf. Der Duft ihres Parfüms schwebt über geleerte Gläser und zerknüllte Servietten. Dahlen offeriert seine Zigarettendose. »Bitte!«

Miß Mabel entnimmt ihrem Täschchen eine grüne, zierliche Pfeife, steckt die Zigarette daran, saugt mit vibrierenden Nasenflügeln Feuer an und atmet den Rauch tief und genußsüchtig ein. Temperament hat sie, denkt Dahlen, da könnte ich meinen Kopf darauf wetten! Wieder ergreift ihn jener leichte Rausch, den die Gegenwart dieser Frau schon mehrmals erzeugt hat. Eine Blutwelle steigt langsam in seine Schläfen.

Miß Mabel sieht es. Sie versteht auch sofort. Ihr Blick entzündet sich, schießt zwischen halbgeschlossenen Lidern hervor und heftet sich auf ihr Gegenüber. Dieser Blick ist wie eine Umarmung. Man versinkt darin. In das Gesicht Dahlens kommt jener gespannte Ausdruck männlichen Willens, der unter der feinrasierten Haut die Wangenmuskeln strafft. Miß Mabel scheint leicht zu erschauern. Sie macht sich mit einem Ruck frei, zieht ihr Cape um die Schultern und sagt gewissermaßen abschließend: »Well – gehen wir!«

Eine halbe Stunde später betreten sie die kleine Bar, von der Dahlen gesprochen hat. Sie ist ungeachtet der frühen Stunde schon ziemlich voll, doch sind die Logen so geschickt angeordnet, daß jeder Tisch wie in einem Versteck steht. Tütenförmige Wandappliken senden abwechselnd bläuliches und rosenfarbenes Licht, das sanfte Wellen in die Dämmerung gießt.

Miß Wellington und Herr von Dahlen werden von der rotbefrackten Kellnerschar sofort richtig taxiert und zu einer Rundloge geleitet, in der man die Musik nur gedämpft vernehmen kann. »Das sein gut so!« sagt Miß Mabel anerkennend, während sie Platz nimmt und das Cape von ihren Schultern gleitet. Ein schmachtendes Lied erklingt, der Eintänzer dreht sich mit seiner Partnerin in kunstvollen Figuren. Sonst wird wenig getanzt, nur ab und zu gleitet ein Paar engverflochten aus dem Dämmer der Logen hervor.

»Besuchen Sie auch in Amerika solche Lokale?« eröffnet Dahlen das Gespräch.

»Nein, dort wir sein abends in Gesellschaft oder zu Hause. Aber hier in Europa man muß genießen, nicht wahr?«

»Sie geben also viele Gesellschaften bei sich?« Er möchte etwas mehr hören, etwas mehr erfahren.

»O ja.« Miß Mabel stochert mit dem Strohhalm auf dem Tellerchen herum, wo die gebrannten Mandeln liegen. »O ja. Mein Mutter hat gern Gäste. Sehr langweilige Leute sein das. Ich muß Ihnen sagen, ich mag Europa viel lieber. Am liebsten ich ginge gar nicht mehr zurück!«

Aha –! denkt Dahlen und horcht schärfer hin. »Das scheint Ihnen nur augenblicklich so, Miß Mabel«, sagt er dann freundlich und bedient sich zum ersten Mal ihres Vornamens, »schließlich ist drüben doch Ihre Heimat und Ihr Besitz, nicht wahr?«

Sie nickt. »Das ja. Es sein eine schöne, eine große Besitz, man kann fahren stundenweit, und alles gehört uns, rechts und links von die Straße . . . Aber trotzdem – ich sein nicht glücklich, o nein! Gar nicht glücklich!«

»Das tut mir leid, Miß Mabel. Und warum?«

»Weil . . . weil . . . ich muß Ihnen erzählen. Ich haben so viel Vertrauen su Ihnen! Das sein nämlich so: Mein Onkel und meine Mutter mir wollen verheiraten mit eine Amerikaner. Er sein unsere, wie sagt man . . . er hat seine Besitz nahe bei unsere!«

»Ein Nachbar also!«

»Nachbar, allright! Er sein sehr, sehr reiche Mann, noch mehr reich als wir, und darum mein Mutter es wollen. Ich aber nicht! Nein! Ich ihn nicht leiden! Eine häßliche, brutale Mann! Sooo groß!« Miß Mabel hebt einen ihrer weißen Arme – er schwebt wie ein Lilienstengel auf dem dunklen Logenhintergrund empor – und zeichnet irgendwo in der Luft die Größe des bösen Amerikaners hin.

»Ja, das ist freilich schlimm«, meint Dahlen lächelnd, »aber schließlich kann man Sie nicht zu dieser Heirat zwingen. Sie sind doch großjährig.«

»Ja. Ich sein vierundzwanzig. Ich habe meinem Onkel gesagt, well, haben ich gesagt, in ein halbe Jahr wir reden weiter. Ich fahre nach Europa und werde mich dort verlieben in eine Europäer. In ein Franzos oder Englishman oder – German. Und wenn er sich auch verlieben in mich, ich nicht heiraten, Mister Ocleen!«

»Hm, ist Ihr Herr Onkel ein so gestrenger Herr?«

»Ja. Und er haben große Einfluß auf Mama. Seit sie von ihm fort ist, sie nicht mehr denkt an Mister Ocleen, aber ich weiß genau, wenn wir kommen wieder nach Amerika, dann sie denkt nur an seine viele Geld. Oh, diese Geld, ich es hasse! Wozu soll ich noch mehr haben? Ich mag nicht sein die größte Dame von Texas!« Miß Mabel stößt den defekten Strohhalm in ihren Cocktail und lehnt sich zurück. Sie ist bleich und wunderschön.

Merkwürdig, denkt Dahlen. Eigentlich hat sie mir da eine Geschichte von anno dazumal erzählt. Zu Marlitts und Heimburgs Zeiten zwang man wehrlose junge Mädchen in reiche Partien hinein. Heute ist das alles anders. Bei uns wenigstens. Hätte nie gedacht, daß Amerika in dieser Beziehung so rückständig ist.

Die Musik spielt einen Lehar-Walzer, zwei Paare wiegen sich auf dem Tanzparkett. Miß Mabel seufzt.

»Ich habe heute ein Kabel bekommen von Mister Ocleen«, sagte sie leise.

»Er ist wohl schon ungeduldig und fordert Ihre Entscheidung?«

»No! Er mir reisen nach. Nächste Woche er sich einschiffen für Europa.«

»O weh, das ist eine böse Geschichte. Ich verstehe nur eines nicht, liebe Miß Mabel: Sie sehen doch so energisch aus, und es machte mir immer den Eindruck, als ob Ihre Frau Mutter alles täte, was Sie wollen. Wieso kommt es . . .«

»Das schauen nur so aus!« unterbricht Miß Mabel lebhaft. »Der Schein trügt! Sie mich auch gewiß halten für kokett und vergnugungssuchtig. Aber ich es sein nicht! Ich lieben der ruhige Leben – o yes!«

»Verzeihung«, sagt Dahlen und schüttelt den Kopf, »davon habe ich allerdings bisher nichts bemerkt.«

»Also Sie halten mich doch für kokett und vergnugungssuchtig?«

»Letzteres – ehrlich gestanden – ja! Kokett? Nein, das eigentlich nicht. Zumindest nicht im gewöhnlichen Sinne.« Er merkte gar nicht, daß er lügt, denn natürlich ist er innerlich von Miß Mabels gefährlicher Koketterie felsenfest überzeugt. Sie sieht ihn forschend an, der blaue Rauch der Zigarette webt Schleier um ihren blonden Kopf. »Es muß schön sein auf Ihre Schloß, da wo Sie sein zu Hause!« sagt sie unvermittelt.

»Schön? Gewiß, mir gefällt es, Miß Mabel, aber für amerikanische Begriffe ist das alles doch sehr einfach. Ich habe kein Schloß, wie Sie sich das vielleicht vorstellen. Von Romantik keine Spur. Ein geräumiges, praktisch gebautes Herrenhaus inmitten eines ausgedehnten Gartens. Gut heizbare Räume mit allen Bequemlichkeiten. Die Gegend flach und uninteressant.«

»Ich denke mir sehr gut zu leben auf so eine einfache Besitz hier in Germany. Ich nicht lieben Amerika.«

»Mir scheint, das ist der große Mister Ocleen, der Ihnen diese Antipathie einjagt«, versucht Dahlen zu scherzen. Ein leises Abwehrgefühl, über das nachzudenken er nicht Zeit hat, taucht aus seinem Unterbewußtsein auf.

»Sprechen Sie nicht seine Namen!« sagt Miß Mabel, tupft ihre Zigarette aus und schüttelt sich. »Kommen Sie, tanzen wir lieber!«

Dahlen erhebt sich sofort. Sein rechter, gesunder Arm schließt sich um Miß Mabels zartgrüne Schlankheit. Sie hält die Augen halb geschlossen, schwarze Tuschwimpern ruhen auf schimmernden Wangen. Merkwürdigerweise kennt sie den Text des Liedes, das eben gespielt wird, und sie summt ihn leise mit. Es ist irgendein holder Unsinn, wo sich »Liebling« auf »Darling« reimt.

»Ja«, sagt Dahlen, »das stellen die Textdichter so zusammen, damit der junge Mann, der mit seiner Schönen tanzen geht, ihr auf bequeme Art seine Liebe erklären kann, ohne sich selbst strapazieren zu müssen. Geistesprothese für Minderbemittelte.«

Aber Miß Mabel läßt sich nicht stören. Vielleicht hat sie auch nicht verstanden. Sie schmiegt sich dicht in seinen Schritt und lächelt. Mir ist augenblicklich alles egal ... scheint der verträumte Ausdruck ihres Gesichtes zu sagen. Dahlen zieht sie fester an sich. Er will es eigentlich nicht tun, er liebt diese billigen Eroberungen nicht, dennoch tut er es. Fast hofft er, Widerstand zu fühlen ... doch Miß Mabel gibt sich ohne Zaudern. »You are my darling ...« summt der blutigrote Mund, und ein kleiner Blick kommt dazu von unten her, der ihn sehr warm macht.

In ihre Loge zurückgekehrt, versuchen sie, ein Gespräch fortzusetzen, doch es gelingt nur mangelhaft. Das Spiel ist plötzlich auf einem Punkt angelangt, wo man Harmloses nicht mehr und Ernstes noch nicht bespricht. Jenes Stadium des Kampfes zwischen den

Geschlechtern, da sich beider Parteien eine Art von Benommenheit bemächtigt, welche die Lippen schließt. Zwar bemüht sich Dahlen redlich, dies zu überwinden, doch Miß Mabel hilft ihm hierbei keineswegs. Sie sieht ihn bloß an und lächelt stumm.

»Sind Sie müde?« fragt er endlich.

»Nein.« Kopfschütteln. Nach einer Pause: »Aber ich habe Mama versprochen, bald nach Hause zu kommen!« Sie schaut auf das brillantenbesetzte Ührchen an ihrem linken Handgelenk, doch die Zeiger desselben sind so zart, daß man sie im Dämmerlicht nicht erkennen kann.

»Halb zwölf«, sagt Dahlen korrekt. Es gefällt ihm, daß sie nicht weiter bummeln will. Sie hat Mama versprochen . . . Das klingt ganz nach solidem, bravem Jungmädchentum. Er denkt auch nicht daran, sie umzustimmen.

Als sie eine Weile später ins Freie treten und ein Groom den Schlag des herbeigeholten Autos aufreißt, bemerkt er nur: »Graf Tarvagna würde sagen, was tun wir mit dem angebrochenen Abend?«

»Ach – der!« erwidert Miß Mabel um ein Atom zu verächtlich, ehe sie ihren Brokatschuh auf das Trittbrett setzt.

»Dalmasse-Hotel!« ruft Dahlen, dann fällt der Schlag zu.

Gelbe, rote und grüne Verkehrsampeln gleiten vorbei. Die Straßen sind dicht gedrängt von Autoketten, aus hohen Spiegelscheiben strahlt Licht, wirbt Reklame in jeglicher Form. Da hüpft ein Fragezeichen, dort rast ein ewig sich erneuernder Kreis, Modepuppen drehen sich, Stoffkaskaden stürzen über Teppiche, livrierte Negerknaben teilen bunte Zettel aus.

»Um diese Zeit«, sagt Dahlen, »da herrscht bei mir draußen tiefste Stille. Gar nichts ist zu hören als höchstens das Plätschern eines Brunnens oder das Rauschen der Blätter im Wind.«

»Schön!« antwortete Miß Mabel halblaut. Sie ruht in den Kissen vergraben. Er sieht ihr Gesicht nicht deutlich, nur die Umrisse des Abendmantels, der über den Knien sich bauscht. Schon ist der kleine Wagen erfüllt vom Duft ihres herben, eindringlichen Parfüms.

Dahlens Hand tastet nach rechts. Er fühlt vorerst nur Pelzwerk, Seide . . . Wagenpolsterung . . . Da macht Miß Mabel eine Bewegung. Ihre Linke wandert vom Schoß fort, wo sie ruhte, und sachte abwärts gleitend, senkt sie sich zielbewußt auf Dahlens geöffnete Finger . . . Es ist ein Besitzergreifen . . .

Und ebenso fordernd bietet sich ihm ein aus Blässe blutig leuchtender Mund, auf den er in aufschießendem Lustgefühl seine Lippen drückt.

*

Dahlen erwachte mit dumpfem Kopf und ausgetrockneter Kehle. Morgenlicht sickerte durch herabgelassene Vorhänge. Die Heizung, die abzudrehen er vergessen hatte, verbreitete dicke Luft, obwohl im anstoßenden Baderaum das Fenster offenstand.

Was hatte er denn für wirres Zeug geträumt? Miß Mabel natürlich. Die ganze Nacht nichts als Miß Mabel! Aber leider nicht in angenehmen Bildern, sondern vielmehr in Zickzacksprüngen eines irritierten Gehirns. »Vergnugungssuchtig!« Dieses abscheulich verballhornte Wort hatte sich in ihm festgenistet wie eine Schlagermelodie, die man nicht loswerden kann.

Er richtete sich empor und schaute auf die Uhr. Halb acht. Reichlich spät. Der brave kleine Page wartete sicher schon auf seinen Anruf, und der Friseur mußte auch gleich kommen. Also 'raus aus der Klappe! In Winthagen gab's so was nicht. Müdigkeit um halb acht? Pfui Deibel! In Winthagen stand man um sechse auf und fühlte sich pudelwohl dabei.

Dahlen angelte sich seine Schlafschuhe, trabte zum Fenster und zog einen Vorhang hoch. Strahlender Tag. Blauer Himmel und Großstadtlärm.

Eigentlich müßte ich ihr Blumen schicken ... Was heißt »müßte« ... nein, ich muß! Das ist einfach ein Akt der Höflichkeit, genauso, wie man der Hausfrau nach einem Diner die Hand küßt. Diese Blumen gehören auf ihr Frühstückstablett, sozusagen als erster Morgengruß ... Hm ... wie mache ich das? Ich werde mir meinen Pagen heraufklingeln, der kennt sich aus. »Hallo – ja, bitte, Herr Portier, schicken Sie mir Page I! Danke!«

Er trat zum Spiegel und begann mechanisch sein Haar zu bürsten. Lächerlich – ein Kuß verpflichtet zu nichts, auch nicht, wenn er von der Tauentzienstraße bis zum Dalmasse-Hotel währt. Ihre Absichten scheinen ja sonnenklar. Sie will mich heiraten, um diesem Herrn Ocreen oder Ockleen – wie heißt er doch? – zu entgehen. Eine tolle Idee! Was weiß so ein verwöhntes Dollarmädel vom Leben eines europäischen Großbauern, wie ich einer bin! Aber vielleicht tue ich ihr unrecht. Vielleicht weiß sie mehr, als man glaubt! . . . Sie ist entzückend. Aufreizend ist sie – soviel steht fest. Warum ist eigentlich ihre Wahl nicht auf Tarvagna gefallen, der sich doch offenkundig ins Zeug legte und ihr außerdem eine Grafenkrone brächte? Rätselhaft! Ich bin nicht eingebildet genug, zu glauben, daß ich ihr um so vieles besser gefalle. Warum auch? Er ist hübsch, gut gewachsen und für die Ehe hinreichend gescheit. Wenn sie also schon durchaus Europäerin werden will . . .

Es klopfte. Page I stand in der Tür. Er sah frisch und sauber aus. Wie aus einer Spielzeugschachtel, dachte Herr von Dahlen und griff in einer Art von unklarer Beschämung an sein noch unrasiertes Kinn.

»Ich bin heute etwas später dran«, sagte er, »aber Sie könnten mir noch ein Besorgung machen. Ich möchte, daß Miß Wellington zugleich mit ihrem Frühstückstablett einen Rosenstrauß erhält. Können Sie das arrangieren?«

Warum machte der Kleine ein so beleidigtes Gesicht?

»Gewiß, mein Herr! Ich werde die Blumen sogleich besorgen und dem Zimmerchef übergeben.«

»Sehr gut. Hier haben Sie Geld. Es soll ein Dutzend Rosen sein!«

»Rote – nicht wahr?«

»Ja . . . das heißt . . .« Herr von Dahlen überlegte einen Augenblick, dann setzte er rasch hinzu: »Ja, natürlich – rote!«

»Kommt ein Brief dazu?«

»Nein, nichts! Aber den Friseur könnten Sie mir schicken!«

»Jawohl, sogleich!«

Der Page verschwand, Dahlen ging ins Waschkabinett, schloß das Fenster und öffnete den Warmwasserhahn über der Badewanne. Dabei dachte er an seinen braven Gustav Bliemle, der jetzt wohl schon am Krankenlager seines Vaters irgendwo im Schwäbischen hinter Stuttgart weilte.

Das Wasser rauschte. Draußen auf dem Korridor schrillten Klingeln, im Nebenzimmer polterten Koffer zur Erde. Dahlen legte den Bademantel zurecht, öffnete den Kaltwasserhahn und bemühte sich, die von ihm gewünschte Temperatur herzustellen. Es war dies gar nicht so leicht. Ein Sonnenstrahl kletterte über die Kachelung und den ausgeblaßten Strohmattenbelag auf den Rand der Wanne. Die Badeessenz roch angenehm. Eigentlich ist doch alles ganz schön und gut, dachte Dahlen, während er langsam ins Wasser stieg und bis zum Hals untertauchte. Wenn ich besser geschlafen und nicht so blöde geträumt hätte, würde ich das auch anerkennen. Aber der Mensch ist ein Augenblicksgeschöpf. Was kann die arme Miß Mabel dafür, daß ich vergessen habe, den Heizungshahn abzudrehen? Solche Dinge besorgt eben sonst immer Gustav. So – nun tüchtig abduschen . . . ha, das tut wohl! . . . Hallo – wer ist denn nebenan? . . . Page – sind Sie's?«

»Nein, bitte, ich bin's, der Friseur!«

»Ach so! Warten Sie 'nen Moment! Bin gleich fertig!« Er turnte auf die Strohmatte und schlüpfte in den Bademantel. Ob ich mich im Laufe des Tages persönlich bei ihr melde? dachte er, während er sich mit der gesunden Hand abfrottierte, oder ist es taktvoller, zu warten, wie sie sich verhält? . . . Wir wollen es dem Zufall überlassen. Vielleicht begegnet man sich in der Halle. Potten wird ja sicherlich mit einem Vergnügungsprogramm angerückt kommen. Und erst Tarvagna . . . warte nur, du Windbeutel, dir bin ich ordentlich ins Gehege gestiegen!

Er trat ins Zimmer. Der Friseur, ein langer Mensch mit vorstehenden Zähnen, stand wartend beim Ankleidespiegel. »'n Morgen, mein Herr!«

»Morgen!«

Ein weißes Tuch flog um den Hals. »Schönes Wetter heute . . .«

»Hm . . .ja . . .« Daß Friseure immer quatschen müssen! Scheint zum Geschäft zu gehören . . . Um zehn muß ich beim Arzt sein. Damit ist der Vormittag schon ausgefüllt. Nach Tisch werde ich ein paar Briefe erledigen. Die neuen Schneidemaschinen imponieren mir mächtig, aber sie sind zu teuer. Das rentiert sich nicht für meinen Betrieb. Freilich wäre es ideal . . . Zum Kuckuck – ich bin weiß Gott keine spekulative Natur, aber schließlich und endlich wäre eine schwerreiche Frau doch keine üble Sache! Wie? . . . Nein, nein – so wollen wir gar nicht erst zu denken anfangen. Geht mir zu sehr gegen den Strich. Wichtiger ist, zu erwägen, daß sie ganz einfach nicht zu mir paßt! Eine exotische Modepuppe – da hilft kein Beschönigen, das ist sie doch! Wie soll die auf dem Lande . . .

»Auch frisieren, bitte?«

»Jawohl!« . . . Wie soll die auf dem Lande . . . Unklar die ganze Sache. Es besteht keinerlei innerer Kontakt zwischen uns. Oder bin ich zu schwerfällig? Zu pedantisch? . . . Jedenfalls ist der Fall außergewöhnlich. Aber muß man immer das tun, was den hergebrachten Traditionen entspricht?

»So, mein Herr – ich bin fertig!«

»Na schön! Auf morgen also!«

Der Friseur packte eilig sein Handwerkszeug zusammen und schoß zur Tür hinaus. In allen Stockwerken warteten schon ungeduldige Kunden.

Als er gegangen war, öffnete Dahlen den Schrank und begann sich anzukleiden. Er wählte einen grauen Anzug und Halbschuhe. Kragen und Schlips legte er auf den Tisch.

Da klopfte es auch schon. Page I erschien. Er war atemlos.

»Die Blumen sind besorgt«, sagte er. »Zwölf Stück rote Rosen, halberblüht, macht zweiundzwanzig Mark sechzig Pfennige. Hier ist die Rechnung und der Rest. Ich habe sie in frisches Wasser getan und dem Zimmerkellner übergeben. Er sagte mir nämlich, daß die amerikanischen Damen meist sehr lange schlafen.«

»So, so . . . na, ist gut! – Und nun, bitte, Schlips binden! Aber heute möchte ich einen langen Knoten. Das müssen Sie hinter mir stehend machen, sonst geht es nicht. Ich werde mich niedersetzen.«

Friedels Herz begann verzweifelt zu hämmern. Sie hatte sich, in Vorahnung eines kommenden Unheils, soeben vom Hausdiener Schorsch gegen Erlag von fünfzig Pfennigen zeigen lassen, wie man lange Knoten knüpft, aber das war viel schwieriger, als ihre weibliche Ahnungslosigkeit angenommen hatte. Sie selbst trug, seit sie Friedel Kannebach war, nur die fertigen kleinen Schmetterlingsmaschen, die sie unter den Habseligkeiten des überfahrenen Kellners vorgefunden hatte. Ihr Zivil spielte ja eine sehr untergeordnete Rolle, sie zog es nur manchmal sonntags an und auch da höchst ungern, denn die Pagenuniform war unvergleichlich hübscher und kleidsamer.

Darum stand sie also jetzt, von Aufregung geschüttelt, hinter dem Stuhl, auf dem Herr von Dahlen Platz genommen hatte, sah auf seinen frischgebürsteten Kopf herab, atmete den Duft eines vorzüglichen Haarwassers und begann zaghaft ihr schwieriges Werk.

»Sie müssen in den Spiegel schauen!« ermahnte Herr von Dahlen, »sonst treffen Sie's nicht!«

Also schaute sie in den Spiegel. Das linke Ende herüberschlagen – so hatte Schorsch sie gelehrt – dann oben durchziehen . . . dann den Knoten . . .

»Was Sie für kleine Hände haben!« bemerkte Herr von Dahlen plötzlich, »wie ein Mädchen!«

O weh ... Friedel riß die Augen auf und starrte in den Spiegel ...

Ein komischer Bursche, dachte Dahlen belustigt. Mir scheint, er ist nicht ganz richtig im Kopf. Manchmal schaut er einen so merkwürdig an. Und Schlipsbinden kann er auch nicht. Man darf eben nicht allzuviel verlangen. Der arme Kerl ist ganz blaß vor Aufregung. Ich werde sagen, daß es gut ist und ihn fortschicken. So – na, zur Not geht's ja! Er hat doch etwas fertiggebracht.

Er erhob sich und griff nach Hut und Stock. »Danke!« sagte er dabei, »Sie können jetzt gehen.«

Gleichzeitig verließen sie das Zimmer. Herr von Dahlen schritt rasch und elastisch die Treppen hinab, der Page schlich langsam hinterdrein.

Aus Appartement 69 ertönte hohes, nervöses Hundegekläff. Friedel ballte die Hände zu Fäusten, als sie es vernahm.

*

In den Mittagsstunden desselben Tages ereignete sich etwas. Eine Kleinigkeit nur, eine winzige Kleinigkeit, so wie ein Wölkchen am Horizont aufsteigt, lange bevor der Sturm losbricht. Um zwei Uhr kamen die Damen Wellington aus dem Speisesaal, plauderten in der Halle eine Weile mit Baron Potten und begaben sich hierauf zum Lift. Page I hatte hier Dienst. Man legte die Fahrt zu dritt und schweigend zurück. Oben stieg als erste Mama Wellington, dann Miß Mabel und als letzter der Page aus. Für gewöhnlich pflegte er dies nicht zu tun, sondern wieder abwärts zu fahren, diesmal aber hatte er im zweiten Stock noch eine Besorgung zu erledigen, und er ging auf lautlosen Gummisohlen hinter den beiden Damen her, die nichts von seinem Vorhandensein wußten. Da hörte er plötzlich Miß Mabel vier Worte aussprechen: »So ein alter Tepp ...«, sagte sie in unverfälscht wienerischem Tonfall. In dem Moment drehte sie sich um, gewahrte den Pagen und verstummte. Gleich darauf verschwanden die Damen in ihren Zimmern.

»So ein alter Tepp ...« Friedel ging in tiefen Gedanken weiter. Was hatte das zu bedeuten? Gemeint war offenbar Baron Potten, wogegen sich füglich nichts Nennenswertes einwenden ließ. Ja, aber wieso sprach Miß Mabel Wellington aus Philadelphia im Jargon eines Wiener Vorstadtmädels? Man konnte sich die Sache nur so erklären, daß diese vier Worte eine Art Zitat darstellten, das vielleicht von irgendeiner komischen Begebenheit herrührte. Wir sagen ja auch englische Sprichwörter: »much ado about nothing« und ähnliches. »So ein alter Tepp« war zwar bestimmt kein Sprichwort, sondern viel eher der Anfang eines unvollendeten Satzes, aber möglicherweise gehörte diese Redewendung irgendwie zum Sprachschatz der Familie Wellington. So ließ sich die Sache erklären. Wenn man wohlwollend war . . . Friedel jedoch war im Falle Wellington keineswegs wohlwollend, nein, nein und abermals nein! Sie spann daher den Gedanken weiter und fragte sich: Ist es nicht höchst merkwürdig, daß eine Dame, die durch ihr drolliges Englisch-Deutsch alle Welt zum Lächeln bringt, wienerische Ausdrücke gebraucht, wenn sie sich mit ihrer Mutter allein glaubt?

Aus Abneigung geboren, tauchte in Friedels Herzen etwas wie Argwohn auf. Stimmte vielleicht hier nicht alles? Gab es vielleicht etwas zu verbergen? Oh, sie wünschte sich brennend, diese steinreiche Miß auf irgendeine Art bloßstellen zu können! Ihr eins ins Zeug zu flicken! In bösen Augenblicken malte sie sich das sogar phantastisch aus. Freilich nur, soweit es ihre Zeit erlaubte. Arbeitsstunden strichen über den kleinen Vorfall hinweg, man vergaß sich selbst und die Angelegenheiten der anderen. Nur einmal des Nachts wachte Friedel aus tiefem Schlaf auf und hatte, ausgeruhten Geistes, einen überregen Augenblick. Ich muß von nun an scharf beobachten, dachte sie. Wer weiß, was dabei ans Licht kommt! Dann drehte sie sich auf die andere Seite und schlief weiter.

In den folgenden Tagen ereignete sich jedoch nicht das mindeste, was Anlaß zu irgendwelchen Vermutungen hätte geben können. Die amerikanischen Damen zeigten sich nach wie vor in Begleitung der drei Herren, und wenn man, tief im Dunkel des Liftgitters versteckt, der Unterhaltung zusah, die sich da vorne in den Klubstühlen der Halle abspielte, gewann man den Eindruck, daß die schöne Miß Mabel keinen der Anbeter bevorzugte. Sie lachte über die Witze des Grafen Tarvagna, sie sprach mit Baron Potten über Biarritz und Monte Carlo, und wenn Herr von Dahlen, welcher der am wenigsten gesprächige war, etwas äußerte, dann wandte sie ihm interessiert ihr reizendes Antlitz zu. Friedel fühlte den lebhaften Wunsch, dieses Antlitz einmal mit Soda und Seife tüchtig abzuwaschen. Die schwarzgesteiften Wimpern, das zarte Blau unter den Lidern, die Rosenfarbe der Wangen und endlich den purpurnen Mund. Eine nette Brühe würde da zusammenfließen.

Miß Mabel ahnte nichts von solchen Feindseligkeiten. Im Gegenteil. Sie fand den kleinen Pagen allerliebst und äußerte dies auch, sooft er, schlank und zierlich in seiner flohbraunen Uniform, durch die Halle ging. Herr von Dahlen erzählte hierauf, wie diensteifrig der Junge sei und daß er sich bemühte, seinen abberufenen Diener zu ersetzen.

Während die reichen Leute solcherart plauderten und die Armen sich treppauf, treppab die Füße müde liefen, kamen die ersten wirklichen Frühlingstage über Berlin. Im Dalmasse-Hotel steigerte sich der Zustrom an Gästen. Kein Loch war mehr frei, unaufhörlich surrte der Lift, schrillten die Klingeln, tobte das Telefon. In den Küchen gaben die elektrischen Großherde her, was sie geben konnten, der Küchenchef verlangte Lohnaufbesserung, der Direktor Köppnitz schlief des Nachts nur noch knappe fünf Stunden, die Stubenmädchen aller Etagen sahen grün und gelb aus, und zu Sekretär Spöhne gesellte sich ein Volontär.

Bei solchem Betrieb war es für den Pagen I keineswegs leicht, Augen und Ohren offenzuhalten, um nur ja nichts zu versäumen, was auf die Appartements 62 und 69 im zweiten Stockwerk Bezug hatte. Nichtsdestoweniger fand er Gelegenheit, zu beobachten, daß die Zofe der Damen Wellington zweimal des Tages das Hotel verließ, ohne den Hund, der oben kläffte, mitzunehmen. Wohin ging sie? Friedel hätte sich gerne an sie herangemacht, doch fürchtete sie den impertinenten Blick der schwarzhaarigen Person, ein Blick, der durch alle Wände und daher auch durch alle Pagenuniformen zu dringen schien. Einmal aber bot sich unvermutet eine gute Gelegenheit, der Zofe zu folgen, als sie am Vormittag das Hotel verließ.

Friedel hatte eine Besorgung beim Bahnhof Friedrichstraße zu erledigen, und da der Gegenstand ihres Argwohns in der gleichen Richtung ging, war es ganz leicht, ihn im Auge zu behalten. In der Dorotheenstraße bog die Zofe nach rechts und stieg die Stufen zum Postamtsgebäude empor, in dem sie verschwand. Friedel raste ihr nach. Sie stürzte in den Raum, wo sich die Post-restante-Schalter befanden, und richtig – da stand die Person und behob eben einige Briefe.

Diese Beobachtung, spärliches Ergebnis mehrerer Tage, veranlaßte Friedel, sich beim Portier unauffällig nach der Korrespondenz der Damen Wellington zu erkundigen. Da erfuhr sie, daß sie in all den Wochen, die sie hier wohnten, noch keinen einzigen Brief, sondern nur einige wenige Ansichtskarten erhalten hatten.

Es war also anzunehmen, daß die Post-restante-Sendungen nicht an die Zofe selbst, sondern vielmehr an ihre Herrinnen gerichtet waren. Diese Tatsache verstärkte zwar den schon vorhandenen Argwohn, doch wenn Friedel ruhig überlegte, so mußte sie sich leider sagen, daß nur ihr eigener Haß, ihre eigene fixe Idee hier Mißtrauensmomente schuf, die niemandem sonst einfielen. Nein wahrhaftig – niemandem! Das ganze Hotel bewunderte Miß Mabels Schönheit und beugte sich tief vor den Dollarwerten, die dahinterstanden.

In diesen Tagen geschah es auch, daß der Damenfrisiersalon des Dalmasse-Hotels mit seinem Personal nicht mehr ausreichte und von auswärts Verstärkung herbeiholen mußte. So kreuzte denn Käthe Petersen, hellblond, rundlich und zerzaust, wiederum Friedels Wege, und man feierte auf dem Korridor des Halbstockes ein rührendes Wiedersehen. Viel Zeit zum Schwatzen blieb ihnen freilich nicht, doch konnte Friedel ihrer besorgten Gönnerin immerhin versichern, daß sie gar nicht daran dächte, ihren jetzigen Beruf aufzugeben. Im Gegenteil. Sie hoffe sogar, an die Stelle des Liftchefs aufzurücken, sobald dieser in Mentone einen passenden Posten gefunden habe.

Käthe Petersen staunte. Sie riß ihre runden Augen auf, schüttelte den Kopf und rang die Hände. »Was immer Sie brauchen, Bornemännchen«, flüsterte sie, »ich bin für Sie da!« Dann lief man wieder auseinander, die eine auf Stöckelschuhen, die andere auf Gummisohlen, und der Arbeitstag ging weiter seinen unerbittlichen Weg.

Miß Wellington kam die Treppen herab, verfügte sich in das Lesezimmer und traf dort mit ihrer Mutter zusammen, die statt des Lorgnons eine Hornbrille trug und Zeitungen schluckte. Nicht etwa englische, sondern solche in deutscher und ungarischer Sprache – wie Page I, der durch die Glastür spähte, festzustellen Gelegenheit fand. Bald darauf rauschte die Miß zum Pult des Portiers, gab ihren Schlüssel ab und erkundigte sich, wann direkte Schnellzüge aus Budapest in Berlin einträfen. Da der Portier abberufen wurde, bemächtigte sich Page I des Kursbuches und gab die gewünschte Auskunft. »Thanks!« sagte Miß Mabel, griff in ihr Täschchen und reichte ihm eine Mark. Dabei lächelte sie in unverkennbarem Wohlwollen.

Page I lächelte nicht. Er schlug die Hacken zusammen und wurde rot, was Miß Mabel überaus ergötzlich zu finden schien.

Kaum hatte sie das Hotel verlassen, als Friedel mit spitzen Fingern das Geldstück aus der Tasche zog und vor sich auf das Pult stippte. Was tue ich damit? dachte sie.

Nach einer Weile des Nachdenkens faßte sie einen ungeheuer schweren Entschluß. Sie nahm die Mark und lief durch die Drehtür hinaus in den lachenden Frühlingstag. Neben dem Dalmasse-Hotel pflegte an der Straßenecke ein armloser Bettler zu sitzen, der eine Spieldose erklingen ließ, deren zarte Töne unbarmherzig vom Verkehrslärm verschluckt wurden. Friedel sah ihn schon von weitem. Sie lief auf ihn zu, warf das Geldstück in seinen Hut, empfing einen freudigen Blick aus demütigen Augen, der sie tief beglückte, und eilte wieder ins Hotel zurück. Sie hatte ihre Ehre gerettet.

*

Baron Potten nieste sich die Treppen hinunter. »Ich hab' keinen Schnupfen«, sagte er zu Herrn von Trauner, dem Empfangschef, der ihn keineswegs gefragt hatte, »das ist nur – haptschi! – wenn ich einmal anfange – haptschi! – kann ich nicht mehr aufhören!«

Der Empfangschef lächelte. Ihm war das sehr egal. Er war müde vom Dienst der letzten Tage und Nächte, er wünschte alle alleinreisenden Damen, die ihn beanspruchtn, ins Land, wo der Pfeffer wächst, und was man zu ihm redete, ging bei einem Ohr hinein und zum anderen hinaus.

Baron Potten gelangte beim fünfzehnten Nieser ins Frühstückszimmer, wo schon Herr von Dahlen saß und eben vom Pagen I die Morgenpost entgegennahm.

»Ich hab' keinen Schnupfen«, sagte der Baron, »das ist nur – haptschi!«

Page I, der ihm aus dem Mantel half, lächelte genauso,wie der Empfangschef gelächelt hatte. So ein alter Tepp . . ., dachte er. Dann nahm Potten Platz und begann ausgiebig zu frühstücken. Dabei beruhigten sich seine Nasennerven, und man redete über allerlei. Über das Wetter, über Politik und schließlich über die Damen Wellington.

»Charmante Frauen«, sagte der Baron. »Ich muß sagen, mein lieber Dahlen – ich beneide Sie!«

»Mich? Wieso?«

»Na ja, nehmen Sie's mir als altem Bekannten nicht übel, aber das sieht doch jeder Blinde, daß sich Miß Mabel stark für Sie interessiert. Nee, nee, Sie brauchen das gar nicht bescheiden abzulehnen! Wenn Sie klug sind, machen Sie aus der Sache Ernst.«

Aha, dachte Dahlen, diplomatische Mission ... Sie geht die Sache scharf an.

»Sie wissen ja, Baron Potten, daß ich solche Dinge nicht leicht nehme«, sagte er. »Ich bin kein junger Dachs, der einfach sein Glück beim Schopf packt. Ich frage mich allzu oft, ob es auch wirklich das Glück ist!«

»Na hören Sie – was wollen Sie eigentlich noch? Über Miß Wellingtons äußere Qualitäten erübrigt sich wohl zu sprechen. Ich halte sie außerdem für eine kluge und feine Dame. Na, und die pekuniäre Seite der Angelegenheit ist doch ein so eminenter Glücksfall, daß man ruhig von einem zehnfachen Haupttreffer sprechen kann. Also –? Wo kann's da noch fehlen?«

Dahlen schwieg. Er hätte wohl manches zu erwidern gewußt, doch es widerstrebte ihm, mit Potten, der ihm nicht nahestand, diese Dinge zu erörtern. Der Baron, der dies fühlte, wechselte auch sogleich das Thema. »Verzeihen Sie meine Einmischung«, sagte er abschließend, »ich meine es ja bloß gut.«

Als man eine halbe Stunde später auseinander ging, blieb Dahlen in nachdenklicher Stimmung zurück. Er fuhr wie allmorgendlich zum Arzt, aber den ganzen Vormittag über konnte er ein Gefühl ratlosen Unbehagens nicht loswerden. Miß Mabel in Berlin – ja, das war entzückend! Aber Miß Mabel in Winthagen, davon konnte er sich beim besten Willen keine Vorstellung machen.

Am Abend desselben Tages plante man den Besuch des Schauspielhauses, und Mama Wellington benützte diese Gelegenheit, um wiederum ihre Perlen auszuführen. Sie saß in Begleitung ihrer Tochter und des Grafen Tarvagna in Halle II, wo sich um die Zeit vor Theaterbeginn die fashionablen Gäste des Hotels zu versammeln pflegten, man trank Tee und plauderte. Page I ging ab und zu.

Neben dem Tisch, an dem die Damen Wellington Platz genommen hatten, saßen mehrere Herren, darunter ein Türke, der seit einigen Tagen im Hotel wohnte. Er war ein breiter, schwarzhaariger Mann mit einem blassen Gesicht, in dem ein dunkler Schnurrbart klebte. Page I, den niemand bemerkte und der seinerseits alles sah, glaubte zu beobachten, daß Miß Mabel über Tarvagnas Kopf hinweg dem exotischen Gast Blicke zusandte. Dann kamen Herr von Dahlen und Baron Potten, worauf man zu fünft die Halle verließ.

Der Türke und seine Begleiter sahen den Damen nach, wie sie stolz in ihren lässig gerafften Abendmänteln davonrauschten. Einer der Herren machte eine Bemerkung, über die sich eine Debatte zu entspinnen schien. Page I schlich näher.

»Man verfertigt diese Imitationen jetzt in England auf geradezu hervorragende Weise«, hörte er den Türken in fließendem Französisch sagen. »Ich selbst habe vor nicht allzu langer Zeit ein sehr ähnliches Halsband in Händen gehabt. Die Perlen sind fast unzerbrechlich. Nur ein Fachmann bemerkt den Unterschied. Und dabei kommt solch ein Spaß nicht einmal teuer. Ungefähr . . .«

Page I spitzte die Ohren. Es gelang ihm jedoch nicht, noch mehr zu hören. Nachdenklich ging er in Halle I hinaus, wo der Empfangschef und der Tagportier beim Pult saßen und schrieben. »Was hat der Türke von Numero siebenundsechzig für einen Beruf?« fragte er.

»Juwelenhändler. Warum?«

»O nichts – man hat mich danach gefragt.« Der Page verzog sich wie ein Fischlein im Wasser.

Also die Perlen sind falsch, dachte er entzückt. Das bringt mich wieder einen Schritt weiter. Bisher habe ich drei Verdachtsmomente: erstens den alten Teppen, zweitens die postlagernden Briefe und drittens den falschen Schmuck. Genügt das, um Direktor Köppnitz vorsichtig auf die Sache aufmerksam zu machen? Nein – es genügt nicht, und ich riskiere bei einer so heiklen Angelegenheit meinen Kragen. Für all das, was ich bisher ausgekundschaftet habe, lassen sich immerhin plausible Erklärungen finden. Der alte Tepp war ein Spaß, den Miß Mabel irgendwo in Österreich aufgeschnappt hat, die postlagernden Briefe gehörten der Zofe, und falsche Perlen trägt Madame, weil sie ihre echten vorsichtshalber daheim in Philadelphia gelassen hat. Also? Wenn man die Sache so ansieht, dann bin ich ein blamierter Europäer. Ich werde demnach schweigen und weiter spionieren.

Wenn ich nur nicht so höllisch müde wäre! Heute sind meine Knie wie entzündet. Ich muß mir über Nacht Umschläge machen. Noch drei Tage bis zum dienstfreien Donnerstag! Diesmal bleibe ich zu Bett, und die gute Tempelbohm wird mich verköstigen. Eigentlich kommen reiche Leute um viele Arten von Genüssen. Sie ahnen gar nicht, wie herrlich es ist, nach einer durchhetzten Woche vierundzwanzig Stunden still liegen zu können. Überhaupt, sie wissen nicht, was es heißt: kämpfen! Denn kämpfen, wenn man Erfolg hat, das ist schön! O ja! Wenn ich morgens frisch ausgeruht mein Tagewerk beginne, wenn ich mir ausrechne, wieviel Mark ich in den kommenden Stunden zusammengrapschen kann, um wieviel näher ich meinem Ziel komme, dann spüre ich doch meine eigene Kraft und Lebensberechtigung! Diese Frauenzimmer mit ihren kostbaren Hunden und Kleidern, wie sie hier im Hotel herumwimmeln, das sind Drohnen. Ihr Zweck besteht lediglich darin, Geld unter die Leute zu bringen. Ich könnte das nicht. Auch wenn ich reich wäre, würde ich mir ein Ziel suchen, für das ich lebe.

Unter solchen Betrachtungen wanderte Page I den langen Weg ins Souterrain hinab, wo die Abendmahlzeit serviert wurde. Hier, da er nicht dekorativ zu wirken wünschte, ging er langsam und schleppend wie ein müder Gaul. Ottokar, der fürchterliche Knabe, kam hinten nachgelatscht. »Ich hab' 'nen Platz fürs Sportfest in Wannsee jeschenkt jekriegt«, raunte er in seinem mutierenden Baß, »das is Donnerstag. Glaubste, daß ich frei kriege?«

Nein, Friedel glaubte das nicht. »Aber wenn du willst, kann ich mit dir tauschen, dagegen hat der Lift nichts.«

»Einverstanden!« sagte der fürchterliche Ottokar und grinste. Vom Einser konnte man stets Gefälligkeiten haben. Er war zwar affig wie 'n Mädchen, aber Direktor Köppnitz hatte kürzlich in einem seiner Wutanfälle gedroht, er werde ihm, dem Ottokar, sämtliche Knochen entzweibrechen, wenn er sich einfallen ließe, den Einser nicht in Ruhe zu lassen. Also mußte man kuschen.

Sie betraten den Speiseraum. »Kasseler Rippenspeer«, sagte Friedel und schnupperte in die Luft, »das mag ich gern.« Dann setzte er sich an den Tisch.

»Wie heißen Sie eigentlich?« fragte am nächsten Morgen Herr von Dahlen, als Page I ihm den Schlips knüpfte.

»Ich –? Friedel heiße ich!«

»Friedel! Nun, dann werde ich Sie auch so rufen. – Haben Sie noch Eltern?«

»Nein, ich bin allein auf der Welt.«

Herr von Dahlen blickte teilnehmend in des Pagen hübsches Gesicht.

»Nicht mal Verwandte?«

»Gar niemanden.«

»Hm . . . aber Sie stehen sich hier recht gut, was?«

»O ja. Der Liftchef steht sich reichlich besser. Vielleicht bekomme ich einmal seine Stelle, dann könnte ich mir etwas ersparen.«

»So? Und später? Ich meine, wenn Sie erst ein richtiger Mann sein werden – was für Chancen gibt's dann für Sie im Hotelgewerbe?«

»Ich spreche perfekt englisch und französisch, ich kann . . . Portier werden . . . oder sogar Direktor. Aber das will ich gar nicht! Nein, nein! Wenn ich ein bißchen Geld gespart habe, möchte ich mir ein kleines Geschäft anfangen.«

»Sieh mal an! So jung und schon alle Pläne fix und fertig im Kopf. Nun, ich zweifle nicht, daß es Ihnen gelingen wird. Tüchtige Menschen sind verhältnismäßig selten.«

Damit beendete Herr von Dahlen dieses menschenfreundliche Gespräch und ließ sich in den Mantel helfen.

Der Tag war sonnenklar und mild. Ein richtiggehender Frühlingstag mit allem, was dazu gehört. Selbst in den erdfernen, rastlosen Straßen Berlins lag etwas wie Lerchentriller und Sieghaftigkeit in der Luft. Fast alle Fenster des Dalmasse-Hotels standen offen, auf den Tischen des Speisesaals leuchteten die ersten Schneeglöckchensträuße.

Als Herr von Dahlen etwas nach zwei Uhr sein Zimmer betrat – er hatte auswärts gespeist – fand er solch ein Bukettchen auch auf seinem Schreibtisch. Eine Aufmerksamkeit des Stubenmädchens, dachte er und legte seinen Mantel ab. Da bemerkte er neben der Vase, welche die Blumen enthielt, einen Briefumschlag. Er griff zur Schere, um ihn aufzuschneiden – im selben Augenblick klopfte es. Sich umwendend, sah er, daß die Klinke von einer ungeduldigen Hand auf und nieder gedrückt wurde. Er legte Brief und Schere fort und beeilte sich, zu öffnen.

Miß Mabel stand im Türrahemn. »Sie . . .!« Dahlen prallte ein wenig erschrocken zurück.

»Ja – ich! Ich mussen mit Sie sprechen. Haben Sie Zeit?«

»Selbstverständlich, aber . . .« er stockte.

»Es haben mir niemand gesehen hier herein gehen. In die andere Räume man sein nicht ungestört. Was liegt mir daran! Ich mussen sprechen mit Sie ganz allein!«

Dahlen schloß die Tür und schob einen Stuhl zurecht. »Bitte!«

Miß Mabel nahm Platz. Sie trug ein einfaches Schneiderkleid, sie war ohne Hut und sah heute mädchenhaft aus.

»Mister Ocleen kommen schon in fünf Tagen!« sagte sie und richtete ihre Augen auf ihn.

»Ja . . . und . . .?«

»Und! . . . Und!« wiederholte sie heftig, indem sie seinen Ton nachahmte. »Oh, Sie haben mir kein bißchen lieb!«

Dahlen wurde verlegen und faßte ihre Hand.

»Doch . . .«, murmelte er.

»Nein – kein bißchen! Sonst Sie hätten schon längst gesagt: heirate mir und nicht Mister Ocleen!«

»Liebe, liebe Miß Mabel«, er ergriff nun auch die zweite ihrer Hände, sie war eiskalt, »das ist doch nicht so einfach. Ich bin ein schwerfälliger Deutscher – verzeihen Sie mir!«

Miß Mabel lächelte, in ihren Augen standen Tränen. »Du sein ein sehr schlimmer Mann«, flüsterte sie.

Eine heiße Welle strömte von dieser Hilfsbedürftigkeit auf ihn über. War das noch die stolze, selbstsichere Miß, die kühle Modedame fashionabler Lokale? – Wahrhaftig, er hatte ihr unrecht getan! Hier saß ein junges Mädchen mit naßglänzenden Augen und suchte ratlos nach einem Taschentuch.

»O du Dummes . . .«, flüsterte er, während er sie in die Arme zog. Wie ein hingewehtes Wölkchen lag sie da. Jetzt erst fühlte er sich wieder er selbst. Als Beschützer, als Herr.

Ihre Arme umschlossen plötzlich seinen Hals. Ganz fest. »Ich haben dir so lieb«, sagte sie langsam, »wollen du nicht werden meine Mann?«

Er strich über ihr Blondhaar. Oh, gewiß . . . er wollte! Natürlich wollte er! . . . Aber hatte sie auch bedacht, daß er nicht gewillt war, seinen Grund und Boden zu verlassen? Daß sich hier in Deutschland mit ihm leben müsse?

»O – quiete well! Ich dir schon haben gesagt, daß ich nicht mag zurück nach Amerika! Mama soll reisen mit Mister Ocleen! Wir heiraten ganz schnell – heute, morgen, übermorgen, wann du willst, und fahren gleich zu dir auf deine Schloß!«

Dahlen amtete tief und erregt. »Gut, Mabel – wenn du dir alles reiflich überlegt hast . . .«

»Oh, du langsame Mann du!« Der rote Mund hob sich dem seinen entgegen. Er duftete. Dahlen trank den Kuß mit geschlossenen Augen. Der Komplex seiner Hemmungen löste sich unter Schauern. Ja, dachte er undeutlich, ich will dich haben, du schimmernde Blüte – haben will ich dich!

Sie sanken auf den Diwan nieder, ohne die Lippen voneinander zu lassen. In seinem Nacken fühlte er ihre festverflochtenen Hände.

Plötzlich machte er sich frei. »Weißt du auch wirklich, was du tust, Mabel? Ist das Ganze nicht nur eine Laune? Eine Spielerei?«

Sie schüttelte die blonden Haare aus der Stirn und schaute ihn vorwurfsvoll an. »Wollen du mir kränken? Laune! Spielerei! Was sein das für häßliche Worte! Ich lieben dir und ich lieben Europa. Also ich will bleiben mit dir in Europa! Das sein doch sehr einfach. Verstehen du das?«

»Doch ... gewiß ... es scheint einfach, wenn man es oberflächlich betrachtet, aber ...« Er stockte. Ich bin ein Narr, dachte er. Warum quäle ich uns beide? Wie ängstlich sie mich ansieht! Wie schön sie ist!

Er lächelte. »Warum hast du eigentlich Tarvagna nicht erhört?« fragte er scherzend.

Sie hob abwehrend die Hände. »Das sein keine Mann«, erklärte sie nachdrücklich. »Eine Mann mussen sein wie du! So ernst, so ruhig, so verlaßbar!«

»Verläßlich!« verbesserte er.

»Und dann: Er wollen doch nur meine Geld!«

»Erfahrungen also –? Haben schon viele um dich angehalten?«

»Ange ... was sein das? – Ach so, ich weiß schon! O ja, sehr viele! Aber mir haben keiner gefallen so wie du! Gleich vom ersten Blick, wie du sein gegangen durch die Halle – erinnerst du dir? Diese kleine Baron sein eine dumme Frosch, aber das mit dir haben er gut gemacht. Sag mir, wann wollen du reden mit Mama? Jetzt sie schläft. Aber nein – ich werde selbst reden ... Ja, ja, ich sie werde aufwecken und gleich kommen mit die fait accompli!«

»Ahnt sie schon? Oder wird sie böse werden?«

»Oh – sie kann nix sagen nein!«

»Der Ansicht bin ich freilich nicht, Mabel! Du darfst es dir nicht allzu leicht vorstellen. Keine Mutter trennt sich gerne von ihrem Kind. Es ist sehr viel verlangt, wenn du willst, daß sie ohne dich nach Philadelphia zurückkehrt.«

»Sie kann ja kommen, mir besuchen!«

»Gewiß ... das kann sie ...« Dahlen fühlte einen gelinden Schauder. Mrs. Wellington in Winthagen ... die Vorstellung war grotesk.

Aber Mabel sprach, ganz nahe an ihn gelehnt, weiter. Sie freute sich auf das Landleben! Sie wollte Hühner füttern und Blumen gießen – jawohl! Oh, sie war gar nicht untüchtig! Was glaubte er eigentlich von ihr?

Er glaubte gar nichts.

Ja, sie liebte das Land. Die gute Luft, die Stille.

»Ein Auto hast du nur? Wir werden noch welchen kaufen! Ich schenke dir eine blaue Buickwagen! Oh – ich schenke dir so viele Sachen . . . Du mussen mir lassen dieser Freude! Sei still! Nix reden . . . Mmm . . . wie gut rasiert du bist! . . . Hast du mir lieb? Sehr, sehr lieb? Ja –? . . . Aber nicht wahr – wir heiraten gleich! Wann? – sag mir – wann?«

Dahlen redete etwas von Aufgebot, von Standesamt, von Dokumenten . . . eigentlich mußte er sich erst orientieren – er hatte noch niemals geheiratet.

»Wir machen ganz stille Hochzeit. Nur zwei Zeugen . . .«, sagte sie. »Hochzeit! Schöne Wort! Ich haben es erst vorhin herausgesucht aus die dictionary.«

Sie trat von ihm fort zum Spiegel.

Wie kann man nur so eitel sein, dachte er beinahe betrübt, während er zusah, wie sie ihr Haar ordnete und an ihrem Gesicht herumtupfte. »Du haben mir zerstört!« sagte sie, ohne sich umzuwenden.

»Ich nehme mir vor, dich noch viel mehr zu zerstören«, antwortete er lachend, indem er hinter sie trat. »So wie du selbst bist, will ich dich haben, nicht übertüncht!«

Mabel schnitt eine übermütige Grimasse. »Männer sein dumm, ich dir schon haben einmal gesagt!« Sie tippte mit der Spitze ihres rotlackierten Zeigefingers auf seine Brust. »Jetzt ich gehen zu Mama in der Löwenhöhle! Ich dir werden rufen durch Telefon, wenn alles sein allright und du kannst kommen.«

»Bleibe noch, Mabel!«

»O nein, das sein shocking! Un-schick-lich! Yes!« Sie entwand sich ihm und schlüpfte kichernd aus der Tür. Er hörte sie den Korridor hinabhuschen und drüben aufschließen. Dann wurde es still.

Dahlen kehrte ins Zimmer zurück, lief ein paarmal über den blauen Teppich hin und her. Nun hast du dich also verlobt, alter Knabe, dachte er in heftiger Verwirrung. Meine herzlichste Gratulation! Ist etwas plötzlich gegangen . . . Weiß Gott, ich hätte die Initiative nicht ergriffen! Sie hatte mehr Courage . . . Sie ist reizend. Verführerisch, das ist sie. Besser kein langer Brautstand! Sie hat mein Blut entzündet. Ob ich meiner Schwester telegraphieren soll?

Er steckte sich eine Zigarette an. Schmeckte gut. Beruhigte die Nerven. Die Unterredung mit der Alten war nicht gerade verlokkend. Er mußte sich erst in seine neue Rolle hineinleben. Geschah ihm eigentlich ganz recht. Hals über Kopf heiraten, das hatte er wohl nie im Sinn gehabt. Das war eine von den neuen Moden. Vielleicht ganz vernünftig, was? . . . Es galt, in Winthagen Vorbereitungen zu treffen . . . dem Verwalter depeschieren . . . nein, lieber telephonisch . . . oder schreiben? . . . Richtig – hier lag ja noch der Brief, den er vorhin . . .

Er riß den Umschlag um, entfaltete das Papier und erblaßte. Da stand in klarer, energischer Handschrift: »Gut Freund warnt Sie vor Miß Mabel Wellington!«

Zwei unauffällige Herren betreten die Halle des Hotels und begeben sich zum Pult des Portiers. Empfangschef Trauner eilt herbei. Er hat den einen erkannt. »Herr Kriminalkomissar . . .?« flüstert er fragend.

»Können wir den Herr Direktor sprechen?«

»Bitte, hier einzutreten!«

Direktor Köppnitz erhebt sich von seinem Schreibtisch. »Oh, Herr Kommissar, was verschafft mir das Vergnügen?«

»Tag, Herr Direktor! Erlauben Sie, daß ich Ihnen hier einen Kollegen vorstelle. Der Herr interessiert sich für eine Angelegenheit, in der Sie ihm behilflich sein können.«

»Ich stehe vollkommen zur Verfügung. Wollen die Herren Platz nehmen.«

»Nee«, sagt Kriminalkommissar Kruhse, »was mich betrifft, so habe ich meine Mission beendet, indem ich Ihnen Herrn Claudin ans Herz lege. Nun geh' ich wieder rin ins Vergnügen!«

»Viel zu tun, Herr Kriminalkommissar?«

»Danke! Mein Bedarf ist gedeckt. Die Gauner werden nicht alle. Leben Sie wohl, Claudin! Hals- und Beinbruch! Wenn Sie uns brauchen – wir stehen zur Verfügung.«

Die Herren schütteln sich die Hände, Direktor Köppnitz geleitet den Kommissar zur Tür, dann kehrt er zu seinem Besucher zurück.

Herr Claudin aus Paris ist ein blonder Mann mit irgendeinem Gesicht. Selbst Direktor Köppnitz, der auf Physiognomiebeurteilung eingestellt ist, würde in ihm niemals den Detektiv vermuten. Motte! denkt er und setzt sich, verbindlich lächelnd, an seinen Schreibtisch. »Mein Herr, womit kann ich dienen?«

Die Motte tut den Mund auf. Das Organ ist stahlhart, kleine, helle Augen blitzen.

»Vor allem«, sagte Herr Claudin in fließendem Deutsch, »vor allem muß ich Sie, Herr Direktor, um absolute Diskretion ersuchen. Von dem, was wir beide hier miteinander reden, darf niemand eine Silbe erfahren.«

Direktor Köppnitz verbeugt sich zustimmend. Derlei ist er gewohnt.

»Im Februar dieses Jahres», fährt Herr Claudin fort, »wurde im Savoy-Hotel in Paris ein Einbruch verübt. Unbekannte Täter stahlen aus dem Appartement eines Inders mehrere Schmuckstücke, darunter ein kostbares Smaragdenhalsband. Sie wissen davon? – Ja, es stand in allen Zeitungen. Am Tatort fand sich ein Manschettenknopf. Man ging dieser Spur monatelang nach, ohne zu einem Ergebnis zu gelangen. Jener bestohlene Inder nun hat mich vor einigen Wochen mit seiner Vertretung betraut, das heißt also, ich befinde mich auf der Suche nach den Tätern. Dieser Angelegenheit wegen bin ich gestern in Berlin eingetroffen und habe mich mit der hiesigen Kriminalpolizei ins Einvernehmen gesetzt. Herr Direktor! Es wohnen in Ihrem Hotel zwei amerkanische Damen mit ihrer Zofe, Mrs. und Miß Wellington aus Philadelphia, nicht wahr?«

»Ganz richtig!«

»Ich möchte diese Damen unauffällig beobachten und bitte Sie, mir ein Zimmer anzuweisen, welches für diesen Zweck geeignet ist.«

»Hm . . . tja . . . sehr leicht wird das nicht sein, denn wir sind überkomplett. Die Damen bewohnen das Appartement achtundsechzig und neunundsechzig im zweiten Stock. Gerade gegenüber befindet sich Numero siebenundsechzig, da wohnt . . . Moment . . . ja, da wohnt augenblicklich ein Türke, der, wenn ich nicht irre, übermorgen abreist. Dieses Zimmer kann ich Ihnen dann geben. Oder wünschen Sie, daß ich ihn bitte, sofort . . .«

»Keineswegs! Wir wollen jedwedes Aufsehen vermeiden. Also übermorgen beziehe ich Numero siebenundsechzig. Und wo können Sie mich heute unterbringen?«

Direktor Köppnitz steht auf. »Da muß ich erst nachsehen. Einen Augenblick!« Er öffnet die Glastüre und tritt zum Portier, mit dem er verhandelt. Schräges Sonnenlicht fällt aus der Halle herein. Herr Claudin blickt hinaus. Er sieht Leute, die aus und ein gehen, einen Pagen, der Blumen trägt, den Kopf des Portiers, wie er sich über ein

Buch beugt. Aus dem Nebenraum tönt das Klappern einer Schreibmaschine.

Der Direktor kehrt zurück und schließt die Türe. »Für heute könnte ich Sie allerdings nur im vierten Stock unterbringen«, entschuldigt er sich, »wie ich schon sagte, wir sind überkomplett!«

Herr Claudin nickt. »Ich werde dann sogleich mein Gepäck herschaffen lassen«, sagt er. »Nun noch einige Fragen, bester Herr Direktor. Was können Sie mir über die Damen Wellington erzählen?«

»Wenn ich ehrlich sein will, mein Herr, die Damen machten sowohl mir als meinem Personal unwzeifelhaft den Eindruck schwerreicher, vergnügungssüchtiger Amerikanerinnen. Na, und wir sind doch allesamt keine heurigen Hasen, nicht wahr? Sie führen das typische Leben der luxuriösen Reisenden von Welt. Fahren ins Theater, sitzen im Teesalon, flirten . . .«

»Mit wem, wenn ich bitten darf?«

»Mit drei Herren, die alle bei uns wohnen. Baron Potten, seit sechsundzwanzig Jahren bei uns Stammgast, reicher Junggeselle, Herr von Dahlen vom Gut Winthagen, ebenfalls absolut einwandfrei, und Graf Tarvagna aus Rom. Der wohnt zwar zum erstenmal bei uns, aber er verkehrt viel beim italienischen Gesandten. Wir informieren uns stets über unsere Gäste.«

»Gewiß, Herr Direktor, das ist auch zuweilen nötig. Also diese drei Herren bewegen sich in der Gesellschaft der Damen Wellington, sagen Sie? Und sonst? Gibt es gar nichts, was Sie mir zu berichten hätten?«

»Nein.« Direktor Köppnitz schüttelt den Kopf. »Die Zofe führt den Hund spazieren, ein unangenehmes Biest, dessentwegen wir schon allerhand Anstände hatten, und im übrigen . . . halt, da fällt mir etwas ein, was Sie interessieren dürfte: Mrs. Wellington hat dem Hotelsafe ihren Schmuck übergeben. Sie hat ein fabelhaftes Perlenhalsband, das sie manchmal des Abends zu großer Toilette anzulegen pflegt.«

»Wer hat die Schlüssel zum Safe?«

»Den Hauptschlüssel ich, den ihres Faches Mrs. Wellington. Das übliche System.«

Herr Claudin erhebt sich. »Ich danke Ihnen, Herr Direktor«, sagte er verbindlich, »und ich bitte Sie nochmals: strengstes Stillschweigen! Ab heute wohne ich als Professor Claudin in Ihrem Hotel.«

Der Direktor geleitet den Gast in die Halle. Auf seinen Wink eilt Herr Charles, der Zimmerchef, herbei und nimmt Herrn Claudin in Empfang. »Numero achtundsiebzig im vierten Stock – bitte, mein Herr!«

Direktor Köppnitz kehrt in sein Büro zurück. Die Motte irrt sich, denkt er. Müßte denn sein, daß es sich um besonders raffinierte Internationale handelt, die ganz großen Stils arbeiten. Na, dann wäre der Mann ja gerade zur rechten Zeit gekommen, um uns vor einer Sauerei zu bewahren.

Er setzt sich an den Schreibtisch und holt die Duplikate der Anmeldebogen vom vergangenen Monat hervor. Wellington . . . Wellington . . . aha, da ist es! ›Miß Mabel Wellington, 24 Jahre alt, Mrs. Elizabeth Wellington, Bergwerksbesitzerswitwe aus Texas, 61 Jahre‹ . . . Und die sollen . . .? Nee, nee, Herr Claudin – is ja Quatsch! Der wird Augen machen, wenn er die Damen bloß erst sieht! Köppnitz lacht und setzt seine Arbeit dort fort, wo sie durch den Besuch der beiden Herren unterbrochen wurde.

Da steckt Sekretär Spöhne den Kopf zur Tür herein. »Dem Lift seine Frau is gestorben«, sagte er. »Er hat sich für heute abgemeldet!«

»So –? Die Lungenkranke? Na, da wird er hoffentlich von jetzt an wieder fixer im Dienst sein. Der hatte sein bißchen Grütze mehr daheim als hier. Wer übernimmt seine heutige Nachtschicht?«

»Der Einser. Geht nachmittag heim und kommt um zehn Uhr wieder.«

»Ist gut!«

Der Kopf des Sekretärs verschwindet, gleich darauf hört man wieder das eintönige Geklapper seiner Schreibmaschine.

*

»Närrisches Wetter!« ruft Graf Tarvagna, der pudelnaß mit hochgeklapptem Trenchcoat durch die Drehtür in die Halle hereinkommt. »Gewittersturm Ende April! Haben Sie so etwas schon gehört?«

Empfangschef Trauner lächelt und befiehlt, die Beleuchtung einzuschalten, denn trotz der Nachmittagsstunde ist es in den Hallen fast dunkel geworden. Wandappliken flammen auf. Schon zeigt das Rhombenmuster des blauen Teppichs die Spuren nasser Füße.

Die Garderobenfrau bekommt zu tun, aus dem Teesalon erklingen die ersten Takte der Nachmittagsmusik.

Page I steht bei der Drehtür und sieht draußen den Regen niederrauschen. Ausgerechnet jetzt, wo ich nach Hause gehen will, denkt er. Ob ich doch lieber hier bleibe und mich bis zehn Uhr abends oben in der Wäschekammer aufs Sofa lege? Aber nein. Das ist kein richtiges Ausruhen. Da kommt Ottokar, der fürchterliche Knabe, und schüttet mich mit Wasser an oder tut sonst etwas Liebevolles. Ich werde doch heimgehen. Schorsch soll mir sein Parapluie borgen!

Er durchquert die Halle, biegt in den linken Seitengang, borgt sich vom Schorsch ein uraltes, baumwollenes Regendach und zieht seinem Mantel an. Dann tritt er auf die Straße hinaus.

Die Luft schmeckt prachtvoll. Frisch ist sie und reingefegt. Page I geht längs der Häuser hin. Er ist heute sehr niedergeschlagen, weil die Frau vom Lift gestorben ist. Nun wird also der Lift nicht nach Mentone oder Nizza gehen, sondern im Dalmasse-Hotel bleiben. Zerschellte Hoffnung! Kein guter Posten wird frei, keine Karriere geebnet. Ach ja, das Leben ist schwer. Mit Trinkgeldern wird's auch windig ausschauen von jetzt an, denn der Lift braucht ihn nicht mehr und wird alle für sich allein kapern. So ändern sich oft die Dinge mit einem Schlag ... Ob Herr von Dahlen schon den Brief gelesen hat! ... Und ob er die Warnung ernst nahm? Ob er ...

Plötzlich reißt der Gedankenfaden ab. Page I starrt auf eine große, schlanke Dame, die raschen Schrittes gerade vor ihm geht. Sie trägt einen einfachen Regenmantel und eine dunkelblaue Mütze tief übers Haar gezogen. Dennoch kommt ihm die Gestalt unangenehm bekannt vor ... Haß schärft den Blick ebenso wie Liebe. Dieser Gang ... diese Profillinie ... kein Zweifel – sie ist es!

Friedels Niedergeschlagenheit verfliegt mit einem Schlag. Alles in ihr strafft sich. Was macht Miß Mabel Wellington bei diesem Wetter, in diesem Kostüm und zu Fuß auf der Straße?

Kaum hat sie sich diese Frage vorgelegt, als sie auch schon fest entschlossen ist, der schlanken Dame zu folgen, sich an ihre Fersen zu heften, und ginge es durch dick und dünn!

Vorläufig begünstigt die Fülle der Straßen das Unternehmen. Zahllose Regenschirme schwanken aneinander vorbei, man verbirgt sich leicht, schlüpft unten durch. Miß Mabel stemmt sich dem Wind entgegen, sie läuft, was sie laufen kann. Beim ersten Autostandplatz, zu dem sie kommt, fährt eben der einzige noch vorhandene Wagen davon. Also weiter!

Wie gut sie sich auskennt in Berlin, diese waschechte Amerikanerin! Ganz richtig, meine Liebe, dort unten steht eine Taxikolonne. Jetzt heißt's geschickt sein!

Miß Mabel schlüpft in das erste Auto der Reihe. Um nicht von ihr erblickt zu werden, muß Friedel mit stürmenden Pulsen warten, bis sich der Kasten in Bewegung gesetzt hat. Dann springt sie zum nächsten Wagen. Der Chauffeur sitzt am Volant. Es ist ein junger Bursche mit einem roten, verschmitzten Gesicht. »Fahren Sie diesem Auto nach!« schreit Friedel, während sie aufsteigt und den Schlag zuknallt. »Nicht aus den Augen verlieren! Sie kriegen ein Trinkgeld!«

Der Chauffeur nickt nur und schießt los. Aber schon sind andere Fahrzeuge dazwischen. »Um Gottes willen – wissen Sie noch, welcher Wagen es ist?«

»Jawohl«, brüllt der Chauffeur zurück, »ick kenne die Nummer!«

Erster Schuß . . . Verkehrsampeln . . . stop! So, da sitzen wir in der Tinte. »Dort vorn ist er!« schreit der Chauffeur. »Den krieg ick schon!«

Scheint ein tüchtiger Bursche zu sein. Nur los! Nur weiter! Ah – endlich! Ein Vorderauto biegt ab, nun sind bloß noch zweie dazwischen . . . Friedel klebt am Rücken des Chauffeurs, ihre Augen spähen durch das nasse Stück Glas, auf dem der Scheibenwischer in nervenirritierender Regelmäßigkeit Halbbogen beschreibt. »Jetzt haben wir ihn!« sagte der Chauffeur und gibt Vollgas.

Der Motor rattert und stinkt. Es ist ein ausgepumpter, alter Taxikasten, der mitzittert wie ein menschliches Wesen. Endlose Straßenzeilen geht es hinab. Die Verfolgung wäre leicht, wenn nicht die Stopsignale der Verkehrslichter ein Gefahrenmoment schaffen würden. Hat man Pech, so schneidet der Schupo knapp vor einem ab und man verliert eine kostbare Minute, während der Wagen Miß Mabels eventuell in einer Seitengasse verschwinden kann. Aber der rotköpfige Jüngling macht seine Sache gut. Aalglatt schlüpft sein Ratterkasten durch alle Fährnisse. Plötzlich bremst er. Friedel sieht, daß das Auto der Miß gehalten hat. Ihr Chauffeur springt ab, öffnet den Schlag, empfängt anscheinend den Fahrlohn – dann senkt sich ein schmaler Fuß auf das Trittbrett, ein Regenschirm wird aufgeklappt – Miß Mabel geht raschen Schrittes von dannen.

»Nachfahren!« ruft Friedel. Sie befinden sich auf einem von vielen Geleisen durchzogenen Platz, den die schlanke Gestalt windgepeitscht überquert. »Aha – sie wechselt das Auto!« sagt der Chauffeur und grinst.

Richtig! Miß Mabel eilt zu einem der hier aufgestellten Wagen und steigt ein. Friedels Chauffeur dreht sich herum. »Sie sind wohl von 'nem Detektivbüro – was?« fragt er vertraulich. Friedel nickt. Sie hat heftiges Herzklopfen. Jetzt gibt es doch keinen Zweifel mehr! Eine Person, die das Fahrzeug wechselt, kann nur eine ganz geriebene Gaunerin sein. Anderen Menschen fällt so etwas nicht ein.

Die beiden Wagen rollen nun eine endlose Straße hinab. Fremde Gegend. Diese Stadt ist ein Ungeheuer. Sie wächst von Tag zu Tag. Der Spaß wird hübsche paar Mark kosten. Friedels Blick streift besorgt den Zeiger der Taxiuhr, der fröhliche Sprünge vollführt. Hat sie genug Geld bei sich? Sie reißt ihre Börse aus der Hosentasche, zählt flüchtig nach. Ja – es wird reichen. Na und wenn auch nicht – sie hat unter dem Ulster die Pagenuniform des Dalmasse-Hotels an, das genügt zur Legitimierung. Zum Teufel – wohin fährt denn das Frauenzimmer?

Die Gassen werden schmal. Alte, schmutzige Häuser. Noch viel schmutziger als in der Gegend von Pension Petersen. Wenig Wagenverkehr. Wenig Menschen. Nur der Regen prasselt in glucksende Rinnsteine. Alles graugelb, naß, verkommen. Oder scheint ihr das nur so im drohenden Gewitterlicht dieses Nachmittags?

Das Auto hält. Die schlanke Gestalt steigt aus, entlohnt den Chauffeur, biegt um die Ecke.

Friedels Wagen folgt nach. Plötzlich hält er. »Da rinzufahren is nich geraten«, wispert der Chauffeur hastig. »Steigen Sie lieber aus und schauen Sie, wohin die geht! Das ist nämlich 'ne Sackgasse ohne Ausgang, vastehn Se? Das fällt uff, wenn man da 'rinrumort!«

Friedel springt ab. »Warten Sie hier!« Dann jagt sie in die Gasse hinein. Sie kommt gerade noch zurecht, um zu sehen, wie Miß Wellington in der Tür eines Lokals verschwindet, das ein Schild mit der Aufschrift »Café Merkur« trägt.

Hier also! Friedel betrachtet das Haus, prägt sich Straße und Nummer ein. Die Fenster der Kaffeeschenke sind mit dicken, neuen Vorhängen verschlossen. Nur oberhalb der Messingstangen sieht man einen erleuchteten Plafond. Friedel möchte gerne eintreten, aber sie wagt es nicht. Auch das Herumstehen auf der menschenleeren, kurzen Gasse erscheint ihr gefährlich. Was tun?

Sie tappt unschlüssig auf die andere Gehsteigseite. Der Regen hat nachgelassen, doch jagen schwarze Wolkenballen über den schmalen Himmelsstreifen, den die hohen Häuser freigeben. Ein paar ärmliche Frauen kommen vorbei, ein Mann mit einem Karren, auf dem zerbrochener Hausrat liegt. Aus dem Café klingt Musik. Kreischend, heiser. Wahrscheinlich ein Grammophon. Hier kann ich nicht stehenbleiben, denkt Friedel, aber ich muß wissen, was die da drinnen treibt! Ich bringe es einfach nicht über mich, unverrichteter Dinge wieder fortzugehen.

Sie steuert geradeswegs auf die Tür des Lokals zu, drückt schnell die Klinke nieder und tritt ein. O weh, es ist nicht sehr voll hier . . . Rauch schwebt unter der niederen Decke, die Mitteltische stehen alle leer, nur die an den Wänden sind besetzt. Friedel rettet sich aus dem Lichtkeis sofort in eine dämmrige Ecke und schiebt sich, ohne den Mantel abzulegen, hinter ein Marmortischchen. Es dauert eine Weile, ehe sie Miß Mabel findet. Dort ganz im Winkel hinter dem Büfett sitzt sie und dreht ihr den Rücken zu. An ihrem Tisch befinden sich noch zwei Personen: ein unbekannter, glattrasierter Mann, der lebhaft auf sie einspricht, und – die Zofe mit den impertinenten Augen! Merkwürdige Sache . . .

Friedels Beobachtung wird unterbrochen, denn ein schäbiger Kellner fragt unfreundlich nach ihren Wünschen. Sie bestellt ein Glas Bier und läßt sich eine Zeitung geben, hinter der sie verschwindet. Dann blickt sie wieder in die Richtung, wo die blonde Hochstaplerin sitzt. Selbstverständlich Hochstaplerin! Was sonst?

Das Gespräch zwischen ihr und dem fremden Mann wird leise geführt, das sieht man an der Art, wie sie die Köpfe zueinander neigen. Auch die Zofe wirft ab und zu eine Bemerkung ein. Der Mann ist eigentlich, wenn man ihn näher betrachtet, ein Herr. Er trägt tadellose Wäsche und Kleider. Trotzdem ist irgend etwas in dem Gesicht, was ihn deklassiert. Vielleicht die Art zu sprechen, wobei er den Mund verzieht und mit den Augen blinzelt. Friedel wendet keinen Blick von ihm. »Mein Schatz ist ein Matro-o-se . . .«, grölt das Grammophon.

Da kommt der Kellner mit dem Bier. »Ich möchte gleich zahlen«, sagt Friedel und legt das Geld auf den Tisch. Der Kellner kassiert wortlos ein. Dabei fixiert er den unbekannten Gast so scharf, daß es Friedel heiß über den Rücken läuft. Sie trinkt rasch in die vor Aufregung brennende Kehle hinunter und überlegt, ob es nicht ratsam wäre, sich zu verziehen. Das Lokal und seine Gäste erscheinen ihr wenig vertrauenswürdig. Dort drüben die drei langen Kerls sind vielleicht Kasseneinbrecher, das gefärbte Mädchen beim Büfett macht keinen besonders ehrenhaften Eindruck, und der blonde Herr am Nebentisch – warum schaut er sie so durchdringend an? ... Er sieht zwar aus wie eine Motte, aber sein Blick ist nicht gemütlich. Friedel beschließt, zu verduften. Sie steht auf und ist mit zwei Schritten zur Türe draußen.

Die Gasse ist jetzt vollkommen leer. Es regnet wieder stärker, es dunkelt. Friedel spannt den Schirm auf und läuft dem Ausgang der Gasse zu. Da hört sie dicht hinter sich Schritte ... im selben Moment legt sich eine schwere Hand auf ihre Schulter. »Halt, junger Mann – wohin so eilig?«

Sie knickt zusammen, starrt entgeistert in des Sprechers Gesicht. Es ist der blonde Herr, die Motte vom Nebentisch.

»Nun – wollen Sie mir nich sagen, was Sie hier machen?«

»Ich –? Gar nichts! Ich gehe nach Hause!«

»Es tut mir leid, Ihnen entgegnen zu müssen, daß ich Ihnen das erst gestatten werde, wenn ich weiß, wer Sie sind!« Die Stimme klingt wie Stahl, trotzdem der Mann gedämpft spricht.

»Lassen Sie mich doch los!« zischt Friedel. »Mit welchem Recht ... Sind Sie der Kaffeehausbesitzer?«

»Nein, der bin ich nicht. Aber vielleicht haben Sie schon einmal etwas von Kriminalpolizei gehört, wie?«

Er betont das Wort »Kriminalpolizei« und wartet dessen Wirkung ab. Die tritt auch sofort ein. Friedels Gesicht nämlich erhellt sich, sie schlägt die Hacken zusammen und flüstert: »Oh, bitte, wenn das so ist, dann freilich! Ich heiße Friedrich Kannebach und bin Page des Dalmasse-Hotels. Hier bitte«, sie öffnet ein wenig den Mantel, »ich trage die Uniform!«

»Vom Dalmasse-Hotel ...?« wiederholt der Herr gedehnt und nimmt die schwere Hand langsam von der schmalen Schulter, auf der sie ruhte. »Da handeln Sie also im Auftrag des Direktors Köppnitz?«

Friedel schüttelt den Kopf. »Nein, ich handle in niemandes Auftrag!«

»Was heißt das? Sie werden mir doch nicht einreden wollen, daß Sie auf eigene Faust die Dame verfolgten?«

»Doch, das will ich!«

»Und der Grund?«

»Das . . . das ist eine Privatangelegenheit . . .«

»Machen Sie keine Faxen, mein Junge, ich habe keine Zeit zu verlieren. Um was handelt es sich?«

»Da müssen Sie mir vorerst eine Frage gestatten, mein Herr: Weiß Miß Wellington um Ihr Vorhandensein?«

»Pscht . . . nicht so laut! Sind Sie wahnsinnig?«

»Also sie weiß es nicht! Nun, dann kann ich ja sprechen. Ich verfolge die Dame, weil mir verschiedenes in ihrem Verhalten rätselhaft ist. Als Page hat man Gelegenheit, allerhand zu beobachten, nicht wahr?« Friedel spricht keck, aber ihr ist nicht ebenso zumute. Sie steht in einer Regenpfütze, hat kalte Füße und fürchterliche Angst.

»Sehr interessant!« sagt der Herr um hundert Prozent freundlicher. »Und haben Sie noch niemandem von Ihren Wahrnehmungen gesprochen?«

»Nein! Man will sich nicht den Mund verbrennen.«

»Um so besser! Ich glaube, junger Mann, wir können zusammenarbeiten. Es gilt, so rasch wie möglich die Polizei zu verständigen. Bitte, fahren Sie sofort zum nächsten Telefonautomaten! Ihr Wagen steht ja dort. Rufen Sie diese Nummer an, verstehen Sie?« Er reißt ein Notizbuch aus der Tasche, schreibt etwas auf. »Verlangen Sie Kriminalkommissar Kruhse zu sprechen. Sagen Sie ihm, Herr Claudin ersucht dringend um Entsendung zweier Geheimpolizisten ins Café ›Merkur‹, Grüne Berggasse! So – hier habe ich alles aufgeschrieben. Deutlich genug?«

»Selbstverständlich! Wird besorgt, mein Herr! Soll ich dann wieder hierher zurückkommen?«

»Jawohl! Aber vorsichtig! Auto schon früher stoppen lassen!«

Friedel springt mit langen Sätzen davon wie ein flüchtiger Hase. Der Chauffeur sitzt in seinem Wagen und sieht ihr gespannt entgegen. »Na –?« fragt er.

»Fahren Sie so rasch Sie können zum nächsten Telephonautomaten!«

Friedel springt in den Wagen, der Motor surrt los.

*

Herr Claudin geht langsam am Ausgang der Sackgasse auf und ab. Seine Rechte hält in der Tasche des Paletots vergraben den schußbereiten Revolver. Die Gegend hier kennt er von früheren Jagdgängen her ziemlich genau. Hier kann man sich unter Umständen auf allerhand gefaßt machen. Wäre zu begrüßen, wenn der Junge ihm rechtzeitig Hilfe brächte. Fixes Kerlchen. Wie geschickt er sich bei der Verfolgung anstellte! Hier Claudin späht zur nächsten Straßenbiegung, wo sein Auto wartet. Ja, es steht noch dort. Der Chauffeur ist leider ein Rindvieh, zu nichts zu gebrauchen ... Kommt da unten nicht ein Schupo angegangen? Natürlich – jetzt, wo ich den Kleinen schon geschickt habe. Schade! Das hätte ich mir sparen können.

Er geht dem Schutzmann entgegen, da sieht er aber auch schon das Taxi des Pagen von fernher anrollen und halten. Das ist über Erwarten schnell gegangen, denkt er erfreut.

Friedel springt aus dem Wagen, erblickt den geheimnisvollen Herrn im Gespräch mit einem Schupo, rast über Pfützen und erstattet atemlos Bericht, so wie sie's vom Hotel her gewohnt ist: »Inspektor Kruhse war selbst am Apparat. Entsendet sofort zwei Beamte!«

»Brav, mein Junge! – Aber jetzt dürfen wir hier nicht länger herumstehen. Ich werde mich unsichtbar machen. Sie, Herr Wachtmeister, bleiben in der Nähe, und Sie, Kleiner, setzen sich wieder in Ihr Auto und beobachten die Rückfahrt der Miß Wellington. Sie dürfte ins Hotel fahren.«

»Was?« piepst Friedel entsetzt, »ich dachte, sie wird verhaftet?«

»Gott bewahre, das wäre verfehlt. Augenblicklich interessiere ich mich bloß für den Herrn, mit dem sie eben beisammen ist. Sie selbst muß ahnungslos bleiben. Wohlgemerkt, mein Junge: höchste Vorsicht! Lieber die Verfolgung aufgeben, wenn Sie sehen, daß es nicht aalglatt geht. Hat ja eigentlich wenig Zweck mehr ... Und noch etwas: im Hotel kein Wort, zu niemandem! Es würde Sie bitter gereuen, wenn Sie auch nur andeutungsweise einer Menschenseele verrieten, was sich hier abgespielt hat! Ich komme in etwa einer Stunde selbst hin. Dann brauche ich Sie. Erwarten Sie mich in der Halle! Wenn Sie reinen Mund halten, soll es Ihr Vorteil sein. Wenn nicht – wehe Ihnen!«

»Unbesorgt, mein Herr«, sagt Friedel. Ihre Knie schlottern, ihr Kopf glüht. Dieser kleine Mann, der anfangs wie eine Motte aussah, flößt ihr ungemütlichen Respekt ein.

»Vorsicht, aufgepaßt! Zwei Frauen kommen!« flüstert der Schutzmann, der mittlerweile den Kaffeehaus-Ausgang beobachtet hat und sich jetzt unauffällig verzieht. Herr Claudin und Friedel werfen einen Blick in die Gasse. Ja, das ist Miß Wellingtons schlanke Gestalt, neben ihr läuft die Zofe. Der Mann ist nicht dabei.

Ohne ein Wort zu verlieren, verschwindet Herr Claudin in einem Haustor, während Friedel sich zu ihrem Auto begibt. Der Chauffeur hat schon gewendet und sitzt startbereit am Volant. »Sie kommen!« flüstert Friedel. »Fahren Sie langsam!«

Miß Wellington geht in flottem Tempo. Als sie das ratternde Taxi sieht, begibt sich die Zofe ins Rennen und ruft: »Sind Sie frei?«

»Nee!« brüllt der Chauffeur zurück und verstärkt die Geschwindigkeit. Friedel rollt sich im Fond zusammen wie ein Igel. »Weiterfahren!« befiehlt sie. »Sie darf keinen Verdacht schöpfen!« Sich umwendend, lugt sie durch das Ausguckfenster der Rückwand. Die beiden gehen weiter, aber man wird sie nicht mehr lange im Auge behalten können, ohne sich auffällig zu machen.

»Soll ich stoppen?« fragt der Chauffeur.

»Nein, weiterfahren! Sonst merkt die was!«

Nach einer Weile sind die beiden Frauengestalten im grauen Dunst des Regens verschwunden. Eben noch waren sie zu sehen – jetzt plötzlich sind sie weg. Es hilft nichts, umzukehren und in raschem Tempo das Häuserviereck zu umkreisen – anscheinend haben sie ein Auto gefunden und rollen schon irgendwo im Unbekannten.

»Tja, da kann man nichts machen«, sagt Friedel und trocknet sich die feuchte Stirn ab, »fahren Sie mich ins Dalmasse-Hotel, ich habe genug von dem Spaß!«

Die Fahrt dauert lange, und Friedel hat Zeit, nachzudenken. Warum hat sie dies alles getan? Warum liegt sie hier wie ein nasses Bündel Nerven im Fond eines sündhaft teuren Taxameters? – Doch nur, um Herrn von Dahlen von der verhaßten Feindin loszulösen. Törichtes Beginnen! Ist's nicht die, wird's eine andere sein. Aber dennoch! Sie hat sich's in den Kopf gesetzt, ihn aus den Schlingen einer Hochstaplerin zu befreien, und dieses Vorhaben wird sie durchführen. Punktum. Man muß manchmal Dinge tun, die der Verstand nicht gutheißt. Das bohrt sich einem in die Seele, bis man sich freigehandelt hat. Temperamentssache! Sie ist nun einmal so.

Friedel atmet schnell. Schlechte Luft hier drinnen. Muffig. Und müde ist sie zum Heulen. Dabei heute Nachtdienst. Na ja – muß eben gehen! Alles geht, wenn man nur richtig will ...

Der Wagen hält vor dem Dalmasse-Hotel. Es parken hier so viele

Autos, daß man aussteigen kann, ohne aufzufallen. Der rotköpfige Chauffeur nennt den Fahrpreis, steckt grinsend das Trinkgeld ein und empfiehlt sich zu weiteren Unternehmungen. Nein, danke, denkt Friedel, während sie dem Eingang zuschreitet, ich habe von dem einen Mal vollkommen genug.

Die Hallen erstrahlen im Licht. »Servus!« sagt Page III, das Dummerchen, und gibt der Drehtür einen Stubs. »Haste denn nich heute nachmittag frei?«

Friedel antwortet nicht. Ihr Blick ist steckengeblieben, ihr Fuß stockt, sie starrt geradeaus . . . Vor ihr, inmitten von Halle I, liegt hingegossen in einem Klubfauteuil, hochelegant – Miß Mabel Wellington!

Ganz benommen wendet sich Friedel wieder um, tritt zu Dummerchen und flüstert: »Seit wie lange ist die Miß von Numero neunundsechzig schon in der Halle?«

»Vor einer Minute ist sie gekommen!«

Aha, so ist das! Hat das Biest sich mit Windeseile umgekleidet, um Alibi zu schinden. Unglaublich!

Friedel durchquert die Halle, die voll von Fremden ist, wirft einen Blick auf das Schlüsselbrett und weiß Bescheid. Auf Numero 62 hängt kein Schlüsesl – demnach ist Herr von Dahlen zu Hause. Vielleicht wartet Miß Wellington auf ihn . . . Also fix! Beine in die Hand!

Sie fliegt die Stufen hinauf, dabei reißt sie den Mantel vom Körper, wirft ihn, als Knäuel geballt, in den offenstehenden Verschlag des Stubenmädchens und klopft, keuchend vor Atemlosigkeit, an die Tür von Numero 62.

»Herein!«

Ruhige Stimme. Absolute Ahnungslosigkeit. Sitzt da gemütlich im Hotel und schmiert Briefe, während andere sich für ihn halbtot jagen.

»Nun – was gibt's?« fragt Herr von Dahlen, ohne den Kopf von dem angefangenen Brief zu heben, den er nach Winthagen an seinen Inspektor schreibt.

»Wollen der Herr mir, bitte, zwei Minuten Gehör schenken – es handelt sich um Dinge von Wichtigkeit!«

Dahlen schraubt die Füllfeder zu, dreht sich samt dem Schreibtischsessel um und sagt: »Bitte –?« Er ist ein wenig ungeduldig, denn der Brief soll heute noch fort, und in zehn Minuten will er seine Braut unten in der Halle treffen.

Friedel steht in der Mitte des Zimmers auf dem blauen Teppich, der in allen Appartements der gleiche ist. Ihre Schuhe zeigen schwarze, nasse Ränder, das Gesicht ist bleich und spiegelt eine innere Erregung wider, die Herr von Dahlen mit Befremden konstatiert. Hat der Junge etwas angestellt? Vielleicht ein kleines Eigentumsdelikt? Armer Teufel! Dahlen entschließt sich eben, ihm, wenn irgend möglich, zu helfen, als Friedel langsam und deutlich zu sprechen beginnt.

»Was ich Ihnen zu sagen habe, mein Herr, ist etwas Außergewöhnliches. Ich habe heute nachmittag einem Geheimpolizisten geholfen, eine Hochstaplerin zu verfolgen. Sie ist noch nicht verhaftet, doch wird dies zweifellos innerhalb der nächsten Tage geschehen. Ich habe zwar mein Wort gegeben, daß ich zu keinem Menschen von der Sache spreche – aber da ich glaube, daß Sie, Herr von Dahlen, ein Interesse daran haben, wenn ich Ihnen jetzt schon diese Mitteilung mache, so tue ich es. Die Hochstaplerin wohnt hier im Hotel. Ihren Namen brauche ich wohl nicht erst zu nennen . . .«

Dahlen springt auf. »Der anonyme Brief neulich war von Ihnen?«

Friedel nickt. Er tut ihr zwar leid, wie er totenbleich nach Fassung ringt, gleichzeitig beweist sein Entsetzen aber auch, daß Miß Wellington ihm nahesteht, und diese Tatsache erzeugt, so schändlich dies ist, ein ausgesprochenes Triumphgefühl.

»Das ist unmöglich! Wissen Sie, was Sie reden?«

»Ja.«

»Dann müssen Sie mir mehr sagen! Sie beschuldigen also Miß Wellington . . . Wie kommen Sie überhaupt darauf?«

»Durch Beobachtung, mein Herr. Als Page sieht man vieles, was anderen Leuten entgeht. Es waren mehrere Kleinigkeiten, die mich an den Damen zweifeln ließen. Ich sagte aber keiner Menschenseele etwas davon, weil ich meiner Sache erst sicher sein wollte. Heute nachmittag nun, während des heftigen Gewitters, ging ich auf der Straße, als ich die bewußte Dame erblickte, die in völlig veränderter Adjustierung ein Taxi bestieg. Ich fuhr ihr nach. Sie wechselte das Auto, dann ging die Fahrt in eine nicht sehr gemütliche Gegend und endete in einem kleinen Kaffeehaus. Dort traf die Dame mit ihrer Zofe und einem unbekannten Herrn zusammen. Da mir das Lokal nicht geheuer erschien, ging ich fort, wurde jedoch auf der Gasse von einem Herrn aufgehalten, der sich als Geheimdetektiv vorstellte und wissen wollte, was mit mir los sei. Auch er schien die Dame verfolgt zu haben, wobei er mich natürlich beobachtet hatte. Wir verständigten uns, ich telephonierte in seinem Auftrag an die Kriminalpolizei. Dann blieb er zurück, um den fremden Mann hopp zu nehmen, während ich die Miß auf ihrer Rückkehr ins Hotel beobachten sollte. Dies mißlang jedoch, denn ich verlor sie aus den Augen. Sie scheint einen schnelleren Wagen erwischt zu haben als ich, denn als ich eben ankam, saß sie schon umgekleidet unten in der Halle. Dies ist alles, was ich vorläufig zu berichten habe.«

Herr von Dahlen schaut den Pagen an. Er sagt kein Wort.

*

Nichts ist ärger, als warten zu müssen. Die Zeit tropft, man könnte rasend werden. Um halb sieben hatte sich Friedel von dem blonden Geheimdetektiv am Ausgang der Grünen Berggasse getrennt, jetzt zeigt die große Uhr in der Halle fünf Minuten vor neun, und noch immer ist er nicht zurück. Friedel hockt außerdienstlich hinter dem Liftgitter und befiehlt ihren erschöpften Nerven Wachsamkeit. Sie kann sich von hier nicht fortrühren, erstens, weil sie den Detektiv erwartet, und zweitens, weil sie über die An- und Abwesenheit der Damen Wellington auf dem laufenden bleiben will.

Miß Mabel hat die Halle um acht Uhr in Begleitung des Barons Potten und des Grafen Tarvagna verlassen. Sie bestiegen das Auto des Barons und fuhren in ein Revuetheater. Von Mama Wellington und der Zofe sieht man nichts. Möglicherweise hat die Zofe den Hund spazierengeführt, wobei sie den Dienerschaftsausgang benützte. Da aber Friedel nicht an zwei Orten zugleich sein kann, entzieht sich dies ihrer Kenntnis.

Halb neun und noch immer keine Spur von der furchterregenden Motte! Himmelherrgott – es ist zum Wahnsinnigwerden! Fast könnte man glauben, alles geträumt zu haben.

Oben auf Numero 62 rennt Herr von Dahlen bei wohlversperrter Tür wie ein gefangener Tiger auf und ab. Er kann augenblicklich nichts anderes tun als warten, bis jener angebliche Geheimdetektiv, von dem der Kleine faselt, auf dem Plan erscheint. Dieser Mann hält die Lösung der ganzen, ihm unklaren, aber desto peinlicheren

Affäre in Händen. Ist er wirklich ein Detektiv oder bloß die Ausgeburt einer überreizten Jünglingsphantasie? Denn eines steht fest: hinter diesem Pagen I mit den großen, schönen Augen und dem zarten Mädchengesicht steckt auch irgendein Geheimnis. Warum ihm gegenüber eine stille, fast verbissene Dienstbeflissenheit, die er in solchem Maße keinem der anderen Gäste angedeihen läßt? Warum das Interesse an Miß Wellington? . . . Hier stimmt was nicht. Der Junge ist ungewöhnlich intelligent und scheint auch gebildet zu sein, wenn man nach seiner Handschrift und seiner Ausdrucksweise urteilen darf. Gesprächig ist er nicht, sonst wüßte man schon mehr über seine Person. Was geht in der Seele dieses verschlossenen, merkwürdigen Geschöpfes eigentlich vor? Darf man seinen Worten überhaupt Glauben schenken, oder täte man besser, zum Hoteldirektor zu gehen, um Licht in die Sache zu bringen?

Doch dazu ist noch immer Zeit. Vorläufig wartet er noch auf den problematischen Detektiv. Der Brief an den Winthagener Inspektor, der den Leuten draußen seine Verlobung mitteilen soll, bleibt jedenfalls für heute unvollendet. Auch Tante Agathe, der er seine Braut bringen wollte, hat er abtelephoniert. Gräßlich sind solche Sachen! Vollkommen außerhalb seiner bisherigen Lebenskreise. Dabei sitzt er hier wie ein Gefangener, denn in dem Billet, das er eben durch Pagen I an Miß Mabel sandte, stand zu lesen, daß ihn wichtige Angelegenheiten für heute abend abriefen und er sich daher versagen müsse, in ihrer Gesellschaft . . . Dasselbe gilt natürlich auch für seine zukünftige Schwiegermutter, die glauben muß, daß er das Hotel verlassen hat. Das Stubenmädchen ist in diesem Sinne bestochen. Sie und Page I sind bis auf weiteres die einzigen Personen, denen er, auf ein verabredetes Klopfzeichen hin, die Tür öffnet.

Sooft draußen auf dem Gang ein Schritt ertönt, fährt er nervös zusammen. Er dreht die Heizung ab und dreht sie wieder auf. Er konsumiert unzählige Zigaretten, deren Rauch durch die offenstehende Fensterklappe des Waschraumes nur mangelhaft entweicht. Es zieht ihm auf die Füße, sein Kopf glüht. Ich bin ein Idiot! sagt er halblaut zu sich selbst. Ob so oder so – auf jeden Fall ein Idiot. Dann horcht er wieder. Aber niemand meldet sich. Es schweigt die Doppeltür, es schweigt der Fernsprechapparat auf dem Schreibtisch. Eine Situation, in der man entweder lachen oder die Wände hinaufkriechen müßte.

Mitlerweile hat der Minutenzeiger der großen Hallenuhr seinen

Weg fortgesetzt und befindet sich in kerzengerader Stellung: halb neun!

In sich zusammengesunken, ein todmüdes Häufchen Unglück, hockt Friedel hinter dem Liftgitter.

Da – sie springt auf . . . Draußen fährt ein Taxi vor, dem drei Herren entsteigen. Ist nicht der eine . . .? Ja, gottlob – er ist es!

Herr Claudin betritt raschen Schrittes die Halle, hinter ihm zwei solid gekleidete Herren von mäßiger Eleganz, wie man sie in dieser Umgebung nicht zu sehen gewohnt ist. Alle drei schlagen die Richtung zum Büro des Direktors ein. Eben, als Herr Claudin die Hand auf die Klinke legt, schießt Page I, blaß und verstört, an seine Seite. »Hier bin ich, mein Herr!«

Der Detektiv lacht. »Freut mich, mein Junge! Sagen Sie schnell, was Sie zu berichten haben.«

»Die Miß hat das Hotel in Begleitung zweier Herren verlassen. Sie fuhren in ein Vergnügungslokal.«

»Sehr gut. Und die Alte mit der Zofe?«

»Scheinen auf ihren Zimmern zu sein!«

»Was heißt, scheinen? So was muß man wissen! Laufen Sie sofort hinauf und sehen Sie nach! Gebrauchen Sie irgendeine Ausrede! Wird Ihnen schon was einfallen.«

Friedel rast davon. Sie ist plötzlich nicht mehr müde. Jetzt geht ja die Sache allright! Jetzt ist für sie alles in bester, schönster Ordnung!

Auf ihr Klopfen ertönt der fette Baß Mrs. Wellingtons: »Come in!«

»Excuse me! I must look for the telephone. – Ich soll den Fernsprecher untersuchen, wir haben eine Störung! Darf ich versuchen, ob man von hier aus sprechen kann?«

»Yes!« brummt Mrs. Wellington gleichgültig und fährt fort, ihre Nägel zu polieren. Sie ist im Abendkleid, anscheinend zum Ausgehen bereit.

Friedel tritt zum Apparat und nimmt den Hörer ab. Dabei schielt sie ins Nebenzimmer, dessen Türe offensteht. Ja – dort drinen befindet sich die Zofe, die den Hund füttert, wobei sie natürlich den Teppich ruiniert.

»Hallo? – Hier Page I auf Appartement neunundsechzig! Bitte, Herr Direktor, hier oben ist alles in Ordnung! Jawohl! – Danke!« Friedel verbeugt sich vor Mrs. Wellington, läuft zur Tür hinaus und die Treppen hinab.

Unten treten ihr schon die drei Herren entgegen, und Direktor Köppnitz hat sich auch dazu gesellt. »Nun? Was ist –?«

»Die Zofe füttert den Hund, und Madame ist zum Souper fertig angezogen.«

»Olla – da heißt's rasch sein!« sagt Herr Claudin. »Kommen Sie, meine Herren!«

Aber der Fahrstuhl ist augenblicklich von Hotelgästen belagert, man geht also über die Treppen. Voran Herr Claudin, als zweiter Direktor Köppnitz, hinter ihm die beiden Kriminalbeamten, zum Schluß Page I. Niemand beachtet die kleine Truppe. Stiegen und Korridore sind voll von Gästen, die alle ihre eigenen Angelegenheiten im Kopf haben. Nur das Stubenmädchen vom Halbstock, mit den Gebräuchen des Hauses seit Jahren vertraut, bleibt erstaunt stehen und blickt den eilig aufwärts Steigenden interessiert nach.

Direktor Köppnitz klopft an die Tür von Appartement 69.

»Come in!«

Er tritt ein, dicht hinter ihm Herr Claudin und die beiden Beamten. Vor Friedels Nase klappt die blaugepolsterte Doppeltüre zu. Bum! So – da steht sie und schaut . . .

Man hört von drinnen sprechen, kann jedoch die Worte nicht verstehen. Überlegend mißt Friedel auf dem blauen Läufer die Entfernung bis zu Zimmer 62 . . . Dann, in raschem Entschluß, springt sie hin und klopft viermal. Das verabredete Zeichen. Herr von Dahlen öffnet sofort.

»Sie sind schon drinnen!« wispert Friedel.

»Wer? Wo?«

»Drei Kriminalbeamte und der Hoteldirektor sind bei Mrs. Wellington!«

Statt einer Antwort packt Herr von Dahlen den Pagen beim Handgelenk und reißt ihn zu sich ins Zimmer herein. Ebenso rasch dreht er das Licht ab und lehnt die Außentüre an, so daß nur ein schmaler Spalt zum Korridor hin offenbleibt. Dann schlingt er seinen rechten Arm um des Pagen Gestalt, drängt ihn dicht an sich, damit er über seinen Kopf hinwegschauen kann, und flüstert: »Wir wollen von hier aus beobachten!«

Das Ganze ist ein Werk weniger Sekunden. Friedel weiß nicht, wie ihr geschieht. Sie befindet sich plötzlich in Finsternis und im Arm des Mannes, den sie liebt . . . Das ist alles, was sie fühlt. Gedanken reißen ab . . . Vergessen sind Miß Wellingtons Affären, vergessen alles, alles, was je war . . . Der Atem des hinter ihr Stehenden weht über ihre Wange, seine Hand liegt in festem Druck unter ihrer rechten Brust.

Auf dem Korridor geht ab und zu jemand vorbei. Irgendwo schrillen Klingeln, Crisby, das russische Windspiel, bellt hinter Wänden. Herr von Dahlen blickt angespannt auf die verschlossene Tür von Mabel Wellingtons Appartement. Das Herz klopft ihm bis in den Hals hinauf. Aber die Unterredung dort drinnen dauert anscheinend länger, als man erwarten durfte. Seine Sinne, von jener blaugepolsterten Tür in Bann geschlagen, entspannen sich und kehren zu ihm zurück. Er fühlt plötzlich, daß er einen warmen, weichen, angstvoll atmenden Körper im Arme hält . . . Er stutzt. Zum Teufel, was bedeutet das . . .? Ist das möglich . . .? Spielen ihm seine irritierten Nerven wiederum einen Streich? – Doch es bleibt ihm keine Zeit, sich zu fassen, denn in diesem Augenblick wird unten im Korridor die Tür von Appartement 69 geöffnet.

»Jetzt!« flüstert Friedel.

Direktor Köppnitz tritt heraus, blickt nach rechts und links, wendet sich um und nickt, als wollte er sagen: »Der Weg ist frei!« Dann kommt einer der Kriminalbeamten, dicht hinter ihm die Zofe in Hut und Mantel, dann Herr Claudin mit Mrs. Wellington und als letzter wiederum ein Beamter, der sorgsam die Tür verschließt. Alle gehen ganz schnell und stumm der Treppe zu und verschwinden. Ihre Gesichter kann man von hier aus nicht deutlich sehen, besonders das der Mrs. Wellington nicht, denn sie trägt einen hochaufgestellten Pelz.

Herr von Dahlen löst langsam seinen Arm von des Pagen Gestalt und tastet nach dem Schalter. Das Licht des Mittellüsters flammt auf.

»Verhaftet?« flüstert Dahlen.

»Ich laufe nach!« antwortet Friedel.

Sie kommt noch zurecht, um zu sehen, daß die stumme Gruppe im Büro des Direktors verschwindet. Aha – die Safedepots! denkt sie.

Der Tagportier und Empfangschef Trauner machen verdutzte Gesichter. »Was ist denn da los?«

Friedel zuckt die Achseln und lächelt. (Sie ist augenblicklich sehr glücklich.)

»Wissen Sie vielleicht was?« erkundigt sich der Portier. Aber Friedel gibt keine Antwort, sondern schlängelt sich zur Drehtür.

Um diese Stunde flaut der Durchzug in den Hallen ab. Alles sitzt im Speisesaal. Dort ist Hochbetrieb.

Friedel wartet. Sie hat Hunger. Vergessen, zu Abend zu essen. Das heißt, nicht vergessen, sondern einfach keine Zeit gehabt. Seit fünf Uhr nachmittags ist sie auf der Jagd nach Edelwild. Interessant ist das Leben. Wenn man bedenkt, was alles in der Welt vorgeht! Berauschend, sich das vorzustellen! ... Ein Augenblick, gelebt im Paradiese ... Zehn Minuten sind die jetzt schon unten in der Safe-Abteilung. Schade, daß man mir überall die Tür vor der Nase zuklappt. Und dabei weiß ich doch viel mehr als das Schaf von einem Direktor. Nur in diesem Falle Schaf allerdings. Sonst sind sie hier alle sehr gescheit. Aber diesmal hat's versagt. Ja – Aufmachung ist alles heutzutage ... Au, mein Magen kneift. Wie lange dauert denn das noch?

Endlich – da kommen Sie! In der gleichen Gehordnung wie vorher. Die Zofe sieht entsetzlich aus. Auch die Alte. Hochrot im Gesicht. Aber sie hält sich. Geht ganz aufrecht und vornehm durch die Halle, als ob sie sich in Gesellschaft guter Freunde befände.

Friedel setzt die Drehtür in Schwung. In den ersten Fächer zwängt sich ein Beamter mit Mrs. Wellington, in den zweiten der andere mit der Zofe. Es geht nicht leicht, denn die Fächer sind für zwei Personen zu klein. »Vorsicht!« murmelt Herr Claudin, der als letzter nachfolgt.

In dem Moment passiert draußen auf der Straße auch schon etwas ... Friedel sieht nur, wie ein Kriminalbeamter die Zofe mit beiden Armen umschlingt und gewaltsam in ein Auto drängt. Sie schreit auf, es klingt schrecklich ... Herr Claudin stürzt nach, in seiner Hand blitzt ein Gegenstand. Er steht vor dem Schlag des Autos und reicht etwas ins Innere hinein. Passanten sind stehengeblieben, ein Schupo zerstreut sie. »Nichts, meine Herrschaften! Gar nichts! Einer Dame ist schlecht geworden. Bitte, Passage freihalten!«

Zwei Autos setzen sich in Bewegung und rollen, eins hinter dem anderen, rasch davon.

Herr Claudin, der auf dem Trottoir stehngeblieben ist, bläst die Backen auf, wie nach einer schweren Arbeit, lacht und kehrt, den Hut im Genick, in die Halle zurück.

»Gelungen?« flüstert Friedel ihm zu.

»Jawohl, mein Junge!«

»Aber die Miß?«

»Die fangen wir heute auch noch. Haben Sie Nachtdienst?«

»Ja.«

»Sehr gut! Hören Sie, Herr Direktor: Dieser Page bleibt hier in der Halle. Er weiß in der Sache Bescheid.«

Direktor Köppnitz reißt die Augen auf.

Doch Herr Claudin spricht weiter: »Da die Miß in Begleitung zweier Kavaliere fortgegangen ist, die beide im Hotel wohnen, wird sie wohl auch mit den beiden zurückkehren. Es dürfte also am besten sein, wenn ich sie oben in ihrem Zimmer erwarte. So wird jedes Aufsehen vermieden. Nur den Hund, den schaffen Sie mir weg! Das Biest macht zu viel Radau.«

»Soll alles geschehen«, versichert der Direktor. »Alles, was Sie wünschen! Nur, bitte, schonen Sie den Ruf des Hotels! Ich wiederhole nochmals ...«

Herr Claudin winkt ab. Er ist in jener Stimmung halben Rausches, die ihn stets befällt, wenn es ihm gelungen ist, kostbares Wild zur Strecke zu bringen. »Schon gut, Herr Direktor! Machen Sie sich keine Sorgen! Aber was mir augenblicklich wichtiger ist, ich habe seit Mittag nichts gegessen. Glauben Sie, daß ich noch Zeit hätte, etwas zu mir zu nehmen?«

»Die Miß pflegt nie vor ein oder zwei Uhr heimzukommen. Bis dahin können Sie zehnmal die ganze Speisekarte herunter essen.«

»Ich habe auch noch kein Abendbrot gehabt!« wagt Page I zu lispeln. Es ist eine unerhörte Frechheit – aber ist nicht heute alles auf den Kopf gestellt?

Der Detektiv lacht. »Was? Sie auch nicht? Nun, Sie haben sich's verdient, Kleiner! Wissen Sie was, Herr Direktor, schicken Sie uns ein anständiges Souper auf Zimmer neunundsechzig! Wir wollen es gemeinsam einnehmen, und dabei wird mir der Page erzählen, wie er eigentlich auf die ganze Geschichte daraufgekommen ist.«

Direktor Köppnitz lächelt sauersüß. »Sehr gern!« sagt er. Wer ihn kennt, weiß ganz genau, daß er sich ärgert. Übertretungen der geheiligten Tradition liebt er nicht. Doch das hat wenig Bedeutung, denn augenblicklich entscheidet Monsieur Claudin.

Federnden Schrittes folgt ihm Friedel zum Fahrstuhl. Die Autofahrt muß er mir auch noch vergüten, denkt sie dabei. Vier Mark fünfzig mit Trinkgeld! Wie komme ich dazu?

Miß Mabel Wellington hat einen vergnügten Abend verbracht. Anfangs zwar mußte sie eine Verstimmung niederkämpfen, denn Absagen von den Herren ihres Gefolges sind nicht ihr Geschmack und schon gar nicht, wenn es sich, wie diesmal, um ihren heimlichen Verlobten handelt, doch in Tarvagnas Gesellschaft bleibt man nicht lange ernsthaft. Noch nie war er so mitreißend fröhlich wie heute! Er jubelt, weil Dahlen fehlt, er ist hübsch, feurig und unzweifelhaft verliebt. Potten nennt ihn heimlich ein Kamel, denn er kennt die Zusammenhänge und findet es unbegreiflich, daß Dahlen von seinem Recht nicht Gebrauch macht, indem er den italienischen Nebenbuhler an die Luft setzt. Was der eine zuviel an Draufgängertum hat, das hat der andere zuwenig, denkt er. Warum zögert Dahlen überhaupt, die Verlobung im Hotel bekanntzumachen? Komischer Kauz! Miß Mabel trägt doch schon einen herrlichen neuen Ring am Finger – also?

»Gigantik-Halle!« schlägt Tarvagna vor. »Herrliche Revue! Hundert Girls! Weiße Pferde! Grüne Grotten! Großartig!«

Miß Mabel lächelt und stimmt zu. Zwar erweist sich die Revue nur als ein sinnloses Tohuwabohu von Farben, Kostümen und nacktem Fleisch, doch was will man schließlich mehr! Man kann schauen, schauen, schauen und dazwischen Unsinn babbeln. Potten ist kein Spaßverderber. Er findet es zwar unpassend, daß Miß Mabel den optimistischen Grafen noch ermuntert, statt ihn ablaufen zu lassen, aber was geht's schließlich ihn an. Mit Dollarprinzessinnen darf man nicht allzu streng ins Gericht gehen. Die verlangen einen anderen Maßstab. Während also die beiden Mund an Mund miteinander tuscheln, hält er sich brav an die Revue. Nachher fährt man noch in eine Bar, die eine Art von Verbrecherkeller darstellt, sieht dort geschminkte junge Männer in dekolletierten Damentoiletten, sagt »Pfui Teufel!«, lacht, trinkt Sekt und landet bei strahlender Laune im Hotel. Es ist ein Viertel vor zwei Uhr.

Gleichzeitig mit dem Auto des Barons hält noch ein zweiter Wagen vor dem Portal. Heraus steigt der Türke, der vor Miß Mabel den Hut zieht.

»Kennen Sie den?« fragt Tarvagna eifersüchtig.

»Yes. Er mir wohnen vis-à-vis«, erklärt Miß Mabel. »Crisby ihn hat gebellt, und dann wir haben geredet!«

Alle vier Personen betreten gleichzeitig die Halle. Der Nachtportier nimmt vier mit weißen Kugeln behangene Schlüssel vom Brett und verteilt sie.

Beim Lift steht Page I. Miß Mabel, die eben über eine Bemerkung des Grafen lacht, verabreicht dem Kleinen einen übermütigen Klaps mit ihrem Handschuh. Du hast's nötig, Rabenvieh! denkt

Friedel. Dann surrt der Fahrstuhl aufwärts. Miß Mabel und der Türke steigen im zweiten Stock aus, die beiden anderen Herren fahren weiter.

»Sie sind eine der reizendsten Frauen, die ich je gesehen habe«, sagt der Türke ernsthaft zu Miß Mabel, als sie zusammen den schlafenden Korridor entlanggehen. Er spricht französisch, Miß Mabel antwortet in derselben Sprache. »Haben Sie mir gestern und heute Blumen geschickt?«

»Ja. Es ist mein sehnlichster Wunsch, mit Ihnen eine Stunde plaudern zu können!«

»Das wird schwer gehen . . . ich . . .«

»Warum sollte es schwer gehen? Sind Sie jetzt müde? Sie sehen nicht so aus. Trinken Sie eine Schale Kaffee mit mir in meinem Salon. Ich bereite ihn selbst. Wir werden plaudern, und ich zeige Ihnen einige Schmuckstücke, die Ihnen gefallen werden.«

In Miß Mabels schönem Gesicht zuckt keine Wimper. Sie hat verstanden. Dieser Mann aus dem Orient weiß wenigstens, wie man internationalen Lebedamen zu begegnen hat. »Well, ich komme. In fünf Minuten!« Sie nickt herablassend, der Türke verbeugt sich sehr tief – dann wendet er sich seiner und sie ihrer Tür zu. Gleichzeitig drehen sich die Schlüssel von Numero 67 und Numero 69 in den Schlössern. Eine Sekunde später ist der Korridor leer.

Miß Mabel betritt ihr Schlafzimmer und lenkt ihren Schritt dem Waschraum zu. Plötzlich bleibt sie stehen . . . schreckensstarr . . . Vor ihr erhebt sich aus dem Armsessel, in dem er gewartet hat, die Gestalt eines fremden Mannes. Eine stahlharte Stimme dringt an ihr Ohr: »Erschrecken Sie nicht, Madame! Ich bin kein Einbrecher. Im Namen des Gesetzes . . .«

*

Schon um sieben Uhr morgens läutet das Telephon aus Herrn von Dahlens Zimmer. Der Tagportier, der eben seinen Dienst angetreten hat, nimmt den Hörer ab. »Sie wünschen den Pagen eins? Leider, mein Herr, der ist schon nach Hause gegangen. Er hatte Nachtschicht heute. Wie . . .? Den Herrn Direktor? Nein, der ist auch noch nicht hier. Etwa um acht Uhr pflegt er zu kommen. Jawohl – ich werde aufläuten!«

Der Portier wendet sich zu Sekretär Spöhne. »Scheint Lunte zu riechen, der Herr von Dahlen!« sagt er und lacht. »Will partout schon jetzt den Direktor sprechen. Das wird ein Aufsehen geben, wenn heute die Zeitungen erscheinen!«

Der Sekretär seufzt. »So was hat uns gefehlt«, meint er und verschwindet in seinem Büro.

Alle Angestellten des Hotels, vom Autobuschauffeur angefangen bis zum letzten Küchenmädchen, wissen natürlich schon, was sich heute nacht ereignet hat. Nur die Gäste wissen es nicht. Bedächtig verläßt der Türke sein Appartement und betrachtet mit fatalistischer Resignation die blaue Polstertür von Numero 69, ohne zu ahnen, daß dahinter zwei Polizeiorgane beschäftigt sind, Koffer zu packen und zu beschlagnahmen. Die Hoteldirektion hat um möglichste Beschleunigung dieser Angelegenheit gebeten, denn sie braucht die Zimmer dringend für neue Ankömmlinge. Aber es ist keineswegs leicht, all die Mäntel, Kleider, Hüte, Seidenwäsche und Schuhe zu durchsuchen und zu verpacken, ganz abgesehen von den kosmetischen Gegenständen, welche die Luft des Waschraumes mit dicken Wohlgerüchen erfüllen. Briefschaften finden sich keine vor, Geld auch nicht. Anscheinend waren die Damen auf dem trockenen und daher genötigt, neue Einnahmequellen zu suchen. Die Beamten lachen. Sie haben die Zimmer mit nicht eben erstklassigen Tabaksorten vollgeraucht und fühlen sich durch das ungewohnte Durchwühlen weiblicher Luxusbekleidung in angeregter Stimmung. Schorsch, der Hausdiener, wird beordert, die ersten vollgepackten Kollis abzubefördern.

Als Herr von Dahlen etwas nach acht sein Zimmer verläßt, um sich zum Hoteldirektor zu begeben, sieht er, wie zwei Rohrplattenkoffer von Numero 69 zum Gepäckaufzug gebracht werden. An sich kein ungewöhnlicher Vorgang. Wie denn überhaupt im Hotel alles wie immer ist. Die Halle erhellt von einem goldenen Frühlingsmorgen, die Tische mit Veilchensträußen geschmückt, alle Bediensteten auf ihren Posten. Nur Page I ist nicht zu sehen. Am Gitter des Fahrstuhles steht heute wieder der Lift, noch bleicher als sonst, mit rotgeränderten Augen, und die Drehtür bedient Ottokar, der fürchterliche Knabe.

Herr von Dahlen wird von Direktor Köppnitz auf das zuvorkommendste empfangen. Er kann sich auch alle peinlichen Einleitungsreden sparen, der Direktor ist Menschenkenner genug, um zu wissen, daß dieser korrekte Mann mit den sympathischen Gesichtszügen heute eine schlaflose Nacht hinter sich hat, weil er anscheinend schon gestern abend von der unfreiwilligen Abreise der ihm vielleicht etwas näherstehenden Damen Wind bekommen hat. In der Tat, der Fall ist äußerst bedauerlich und in den Annalen des Dalmasse-Hotels noch niemals dagewesen. Es kam wohl hie und da vor, daß die Kriminalpolizei sich für irgendeinen Gast interessierte, aber daß Damen von solcher Distinktion und Sicherherheit des Auftretens, die den höchsten internationalen Gesellschaftskreisen einzureihen niemand gezögert hätte, daß die sich als Hochstaplerinnen entpuppten – da stand einem wahrhaftig der Verstand still. »Sie begreifen, Herr von Dahlen, daß wir auf das empfindlichste betroffen sind. Gerade bei uns, wo seit fünfzig Jahren nur erstklassiges Publikum verkehrt!«

»Gewiß, gewiß, lieber Direktor – es bedarf da wirklich keiner Entschuldigung. Sogar wir – Baron Potten und ich – die wir doch mit den Damen hie und da abends ausgingen . . . Sie wissen ja . . . sogar wir ließen uns restlos düpieren. Aber jetzt sagen Sie mir nur eines: Ist Ihnen Näheres über diese Angelegenheit bekannt?«

»Jawohl, Herr von Dahlen. Die Verfolgung setzte von Paris aus ein, wo vor einigen Monaten einem Inder im Savoy-Hotel kostbare Schmuckstücke gestohlen wurden. Die Damen Wellington wohnten damals ebenfalls dort. Da alle Nachforschungen der Polizei ergebnislos blieben, betraute der Inder einen sehr erfolgreichen Geheimdetektiv, Herrn Claudin, mit der Durchführung der Angelegenheit. Die von Herrn Claudin aufgestöberten Spuren führten zu den Damen Wellington nach Berlin. Er traf vorgestern hier im Hotel ein, teilte mir, zu meiner Verblüffung, seinen Verdacht mit und bat mich, strengstes Stillschweigen zu bewahren. Vorläufig war es ja nur ein aus verschiedenen Argumenten zusammengetragener Verdacht, Beweise hatte er keine. Gestern nachmittag nun bemerkte der Detektiv, daß die von ihm unter ständiger Beobachtung gehaltene Miß während des Gewitters das Hotel verließ. Er folgte ihr. Sie fuhr in ein kleines Café und traf dort mit ihrer angeblichen Zofe und einem Mann zusammen, den Herrn Claudin sofort erkannte: ein gesuchter und berüchtigter Juwelenhehler! Diese Tatsache genügte dem Detektiv natürlich, um den Verdacht bezüglich der Damen Wellington zur Gewißheit werden zu lassen. Er telephonierte um Unterstützung, und es gelang ihm, mit Hilfe zweier Kriminalbeamten, den Mann, als er das Café verließ, zu überwältigen und abzutransportieren. Hierbei sind sogar Schüsse gefallen, die den Gauner verletzten.«

»Und . . . und die Miß?«

»Fuhr ahnungslos wieder ins Hotel zurück, kleidete sich um und begab sich mit Baron Potten und Graf Tarvagna in ein Revuetheater. Mittlerweile kam Herr Claudin hierher, verhaftete Mrs. Wellington und die Zofe auf ihren Zimmern und durchsuchte das Hotelsafe, in dem sich der Schmuck der Damen befand. Eines der Etuis enthielt geringfügige Teile jenes Smaragdenhalsbandes, das dem Inder geraubt worden war. Hierauf wurden die beiden Frauen dem Sicherheitsbüro überstellt. Es ging ohne Aufsehen vor sich. Mrs. Wellington hielt sich vorzüglich, die Zofe hingegen wollte ausbrechen. Der haben sie im Polizeiauto Handschellen angelegt. Sie können sich denken, Herr von Dahlen, daß der Detektiv vor Freude förmlich strahlte. Es blieb ihm ja nur noch ein verhältnismäßig leichtes Stück Arbeit zu leisten – die Verhaftung der Miß. Während der Wartezeit sprach er interurban mit Wien und Budapest. Das sind nämlich die Städte, aus denen die angeblichen Amerikanerinnen stammen sollen.«

»Was? Auch das war Schwindel?«

»Auch das, Herr von Dahlen. Man darf gespannt sein, was noch alles zutage kommt.«

Dahlen trommelt nervös auf die Schreibtischplatte. »Erzählen Sie, bitte, weiter«, sagte er, »wie war das mit der Miß?«

»Herr Claudin erwartete sie in ihrem Zimmer. Sie war sehr empört und leugnete natürlich alles. Da sie sich in dekolletierter Abendkleidung befand, bestand sie darauf, sich umzukleiden, ehe sie dem Detektiv folgte. Er erlaubte es, doch mußte es in seiner Gegenwart geschehen. Eine drollige Situation, nicht wahr? Die Miß war ja wirklich sehr schön . . .« Direktor Köppnitz lacht, auch Herr von Dahlen lächelt. Aber er fühlt sich nicht sehr wohl dabei.

»Miß Wellington kam in hocheleganter Straßenkleidung, begleitet von Herrn Claudin, in die Halle. Sie war völlig unverändert. ›Das Ganze muß sein eine Mißverständnis‹, sagte sie. Dann bestieg sie hoheitsvoll den Wagen des Detektivs. Es war zwei Uhr nachts. Das ist alles, was ich weiß, Herr von Dahlen. Die ›B. Z. am Mittag‹ dürfte ja schon Näheres bringen.«

Herr von Dahlen steht auf, macht ein paar Redensarten und empfiehlt sich. Er durchquert die Halle und betritt das Frühstückszimmer, wo Baron Potten soeben seine erste Mahlzeit beginnt. »Na, endlich, Dahlen! Was ist los mit Ihnen? Wo waren Sie denn gestern abend? Miß Wellington hat . . .«

»Pscht!« macht Dahlen und legt seine Rechte beschwichtigend auf Pottens Rockärmel. »Der Name hat keinen schönen Klang, lieber Freund! Wir werden gut daran tun, ihn möglichst rasch zu vergessen.«

*

Frisch gewaschen, gekämmt, gewichst und gebürstet erscheint Page I am Nachmittag im Dalmasse-Hotel, um seinen Dienst wieder anzutreten.

»Hat niemand nach mir gefragt?« begehrt er vom Portier zu wissen.

»Nein, kein Mensch!« sagte der, weil er längst vergessen hat, daß Herr von Dahlen am Morgen den Einser verlangte.

Friedel ist enttäuscht. Sie hat sich unklaren Hoffnungen hingegeben, indem sie vermeinte, daß die jüngsten Vorfälle ihr zu einer Art von Vertrauensstellung bei Herrn von Dahlen verholfen haben. Um der Wahrheit die Ehre zu geben, sie ist überhaupt von den seligsten Empfindungen bis obenhin erfüllt. Wenn man sich in jenem Stadium befindet, wo der bloße Anblick der geliebten Person genügt, um Stürme des Entzückens zu entfesseln, dann ist die Lebenseinstellung grundverschieden von der normaler Menschen. Die ganze Welt verändert in zauberhafter und ungeahnter Weise ihr Angesicht. Die Mädchen der früheren Generationen überließen sich verwirrt dem Hereinbrechen einer solchen Macht. Friedel ist ein Mädel der Nachkriegszeit. Sie stellt ihre Verliebtheit fest. Sie seziert sie sogar. Warum liebe ich ihn? Worin liegt sein Zauber? Was möchte ich? Aber das Endergebnis aller Reflexionen ist doch nur jene süße Schwäche, die mit »Ach!« beginnt, mit »Ach!« aufhört und jeder Psychoanalyse spottet.

Manchmal packt sie eine tolle Idee: Ich gehe zu ihm und sage ihm, daß ich ein Mädchen bin. Doch kaum gefaßt, zerschellt dieser Plan schon an spitzen Gegenargumenten. Ein Mann, dem das Genre der Miß Wellington gefährlich werden konnte, wie kann der an mir Gefallen finden! Was bin ich ihm überhaupt? Ein kleiner Page, den er bemitleidet, weil er gütig und nicht oberflächlich ist. Sonst nichts. Gebe ich mich aber zu erkennen, dann laufe ich Gefahr, von ihm 'rausgeworfen und angezeigt zu werden. Dann ist alles zerstört, Traum sowohl wie Wirklichkeit.

Nein, nein, Friedels Vernunft behält auch in diesem Falle die

Oberhand. Sie läßt nur kleine Dummheiten zu, deren sie sich bewußt ist. So übt zum Beispiel das zweite Stockwerk eine magische Anziehungskraft aus. Page I hat immerfort hier oben zu tun, und wäre Laura, das Stubenmädchen, nicht so abgehetzt und gleichgültig, es müßte ihr auffallen. Aber sie ist eine brave Person von stoischer Gemütsruhe, die noch keines Gedankens Blässe jemals angekränkelt hat. Page I kann also ungehindert den Korridor hinabschleichen und vor Tür 62 sein Herzklopfen zu wahrem Trommelfeuer anwachsen lassen. Die Gewißheit, daß »er« dort drinnen ist, kaum fünf Schritte weit entfernt, entzündet alle Flammen unerklärbarer Seligkeit. Die Versuchung ist zu groß, Friedel kann nicht widerstehen. Sie dreht erst den runden Hornknopf der Polstertür, dann klopft sie zaghaft an das Holz der zweiten Tür und tritt ein: »Haben Herr von Dahlen geklingelt?«

Nein, es ist ihm nicht im Traume eingefallen. Er steht vor dem offenen Wäscheschrank und scheint eben darin gekramt zu haben. »Geklingelt habe ich nicht«, sagt er, »aber wenn Sie schon da sind, könnten Sie mir eigentlich helfen, hier ein bißchen Ordnung zu machen. Vorausgesetzt, daß Sie Zeit haben. Mein Diener sortiert das sonst immer alles, aber jetzt –«

»Ordnung mache ich für mein Leben gern!« erklärt Friedel energisch, schließt die Tür und tritt näher. Es ist dies der erste persönlich gefärbte Satz, den sie zu ihm spricht, und Herr von Dahlen fixiert sie scharf. Die Unordnung im Schrank ist nicht so arg, und da er gar nichts anderes zu tun hat, könnte er sie ja selbst beheben, aber er möchte doch gern wissen, was es mit dem kleinen Pagen eigentlich für eine Bewandtnis hat. Zu diesem Zweck will er ihn ein wenig hierbehalten. Das gestern . . .diese jäh aufgeflammte Vermutung, die war natürlich Unsinn; eine Reaktion überreizter Nerven. Vorkommnisse wie die Affäre Wellington können aus dem vernünftigsten Menschen einen Hysteriker machen; schließlich wittert man überall Hochstapelei und Betrug. Aber neugierig ist Dahlen doch geworden. Jedenfalls handelt es sich hier nicht um einen gewöhnlichen Jungen, wie sie sonst in den Hotelbetrieben herumlungern, sondern um ein ganz besonders sympathisches Kerlchen, dessen Karriere zu fördern eine erfreuliche Pflicht der Menschlichkeit wäre.

Herr von Dahlen beginnt also ein Gespräch, und zwar, da er nicht wehleidig sein will, mit dem heikelsten Thema: »Nun, was gibt es Neues in der famosen Hochstaplerangelegenheit? Haben Sie die Mittagsblätter schon gelesen?«

Ja, Page I ist orientiert. Er weiß auch schon, daß Miß Mabel Wellington richtigermaßen Ernestine Saycek heißt und aus Mähren stammt. Er weiß noch mehr. Herr Claudin hat ihm spät nachts mit anerkennenden Worten seine Zufriedenheit ausgesprochen. (Daß er ihr außerdem noch fünfzig Mark in die Hand drückte, verschweigt sie.) Ferner hat Herr Claudin gesagt, daß er ihm empfehle, die Angelegenheit nicht unnötig herumzusprechen, erfahrungsgemäß kämen dabei nur Scherereien heraus. Auch Direktor Köppnitz habe sich im gleichem Sinne geäußert und hinzugefügt, daß Page I sich nicht etwa einbilden solle, eine Rolle gespielt zu haben. Er werde auch beim Gerichtsverfahren nicht als Zeuge erscheinen, weil das Hotel ein Interesse daran habe, möglichst ungenannt zu bleiben. »Mir ist das sehr recht«, sagt Friedel wichtig, »ich mag nichts mit dem Gericht zu tun haben, nicht wahr?«

»Wie sind Sie denn eigentlich daraufgekommen, daß die Sache faul ist?« fragt Herr von Dahlen.

»Ja, das war so . . .« Friedel blickt nachdenklich vor sich hin und erzählt von den Posterestantebriefen, von der Bemerkung des türkischen Juwelenhändlers über die falschen Perlen der Mutter und – vom alten Teppen.

Herr von Dahlen erstickt ein Lächeln im Keime. »Hm . . . ja . . . Sie beobachten allerdings besonders scharf. Diese kleinen Vorkommnisse hätten kaum jemanden anderen zum Nachdenken angeregt.«

Da begeht Friedel einen Fehler. Sie sagt nämlich, indem sie das Gesicht abwendet: »Ich habe die Miß nicht leiden können!« Sie sagt es scharf und heftig.

»So!« Dahlen verstummt. Ist doch ein Mädel! denkt er aufgestöbert. Von der Seite her studiert er jede Linie ihrer Gestalt, rekonstruiert sie auf Weiblichkeit. Er sitzt auf dem Sofa, sie steht vor dem Schrank und ordnet Wäschebündel. Lange bleibt es still. »Diese Hemden können Sie seitwärts legen«, bemerkt er dann, »damit sie zum Einpacken bereit sind.«

Friedel wendet ihm ihr Gesicht zu. »Zum Einpacken?« wiederholt sie fassungslos. »Wollen Sie . . . werden Sie denn . . .«

»Ja, natürlich, übermorgen reise ich heim!«

Nun folgt tiefe Stille. Das Antlitz des Pagen ist in tödlichem Schreck erblaßt. Die großen Augen werden unnatürlich starr . . .

dann greift plötzlich seine Hand hilfesuchend an die Schranktür, er taumelt . . .

Dahlen springt auf. Ein Mädel! Selbstverständlich ein Mädel! denkt er, während er die schwankende Gestalt stützt und zum Diwan führt. Friedel atmete kurz und schwer. Funken tanzen vor ihren Augen, in ihren Armen und Beinen kribbeln feine Nadelstiche.

»Niederlegen!« befiehlt Dahlen. »Da – Schluck Wasser trinken und tief atmen. Ich werde das Fenster öffnen!«

»Ist schon wieder gut . . .«, sagt Friedel, lächelt, ein ganz armes, erbarmungswürdiges Lächeln, und macht Miene, sich zu erheben.

Aber Dahlen markiert Strenge. »Wenn Sie nicht folgen, klingle ich!«

»Nein, nein, bitte, niemandem sagen!«

Aha, natürlich, sie fürchtet den Arzt . . . Dahlen öffnet das Fenster, Abendluft strömt erfrischend ein. Die schmale Gestalt im braunen Pagenanzug biegt sich wie frierend oder wie schamerfüllt zusammen. Er holt seine Reisedecke und breitet sie über.

»Ich bin nur ein wenig überarbeitet«, erklärt Friedel forsch.

»Scheint mir auch so. Sie müssen ausspannen!«

»O nein! Bitte sagen Sie nichts dem Direktor!« Sie ist grünweiß im Gesicht und schluckt gehorsam ein paar Tropfen Wasser, das, wie alle Hotelwasser, irgendwie fade nach Heizung und Odol schmeckt.

»Machen Sie sich den Halskragen auf!«

Friedel tut es. Wenn du wüßtest, wie mich das feste Leibchen spannt, das ich unterhalb anhabe . . ., denkt sie.

»Ist Ihnen besser?«

»Mir ist vollkommen wohl.«

»Na, ja! Nur nicht übertreiben. Sie bleiben da fünf Minuten lang ganz ruhig liegen, verstanden! Auch nicht sprechen und nicht denken! Ich gehe mich derweilen umkleiden.«

»Denken muß man immer«, sagt Friedel ganz leise hinter ihm drein.

Er hört es noch, ehe er die Tür zum Waschraum schließt, aber er antwortet nicht. Ob Mädel oder nicht – auf jeden Fall ein armer kleiner Teufel, der den herabgekommenen gebildeten Ständen angehört.

Während Dahlen sich nachdenklich die Hände wäscht und sein Haar bürstet, liegt Friedel auf dem Diwan. Er reist ab, denkt sie, übermorgen reist er ab . . . Ich werde ihn nie mehr wiedersehen.

Unerträglicher Schmerz! Oh, unausdenkbare Leere! Wie arm bin ich! Arm, arm, arm! Ich möchte weinen, ich sehne mich danach, zu weinen. Aber ich kann nicht. Andere Mädchen weinen so leicht, ich nicht. Wozu lebt man? Wozu der Kampf? Niemand braucht mich, kein Mensch auf der Welt würde mich vermissen. Es ist ja alles sinnlos, was ich tue. Vielleicht sollte ich Schluß machen, wie?

Aber nein. So darf man nicht denken. Pfui, Friedel, schäme dich! Bis jetzt hast du tapfer durchgehalten und nun plötzlich, nur weil du die sogenannte Liebe am eigenen Leib verspürst, willst du das Hasenpanier ergreifen? Liebe . . . Liebe . . . Pah! Schließlich und endlich auch nur eine Sache der Nerven und der Sinne. Darüber braucht man sich keine Illusionen zu machen. Also: keine großen Töne, Herr Friedrich Kannebach! Seien Sie ein Mann, stehen Sie auf, lungern Sie nicht im Zimmer fremder Hotelgäste herum, das ist ungehörig! Allons! Marsch auf die Beine! . . . Ein bißchen schwach . . . Knieweich . . . Laura soll mir Schnaps geben, die hat immer welchen. Vielleicht hilft das.

Friedel tappt zur Tür, öffnet leise und verduftet.

Als Herr von Dahlen bald darauf wieder sein Zimmer betritt, ist es leer. Die Reisedecke liegt säuberlich zusammengefaltet auf dem Diwan.

*

»Der Einser soll zum Herrn Direktor kommen!«

Der Portier ruft es dem Liftchef zu, der eben durch die Halle steuert. Er sieht erbärmlich schlecht aus, aber er nimmt sich zusammen, denn nun, da die Frau ihm gestorben ist, will er im Dalmasse-Hotel bleiben.

»Hast du den Einser nicht gesehen?« fragt er Dummerchen, der den Lift bedient.

»Ja, er ist im Speisesaal.«

»Hol ihn! Er soll zum Direktor kommen.«

Wenn einer plötzlich unter Tags zum Direktor kommen soll, pflegt dies nichts Ergötzliches zu bedeuten. Das weiß jeder Angestellte im ganzen Haus, sogar Dummerchen. Auch Friedel weiß es natürlich. Sie hat eben beim Speisesaalchef eine Tischbestellung ausgerichtet, als sie der Ruf erreicht. Etwas benommen folgt sie dem Kleinen durch den Spiegelgang zum Büro des Direktors. Ihr

Kopf schmerzt niederträchtig; es ist, als ob die ungeweinten Tränen als spitze Pfeile darin steckten und den Blutkreislauf drosselten.

Im Büro des Direktors Köppnitz brennt nur die Schreibtischlampe, der übrige Raum liegt im Halbdunkel. Der Direktor steht aufrecht da, im Hintergrund sitzt zigarettenrauchend – Herr von Dahlen.

Friedel ist so schuldbewußt, daß sie zitternd an der Tür hängenbleibt.

»Na, kommen Sie nur näher!« sagt Direktor Köppnitz, und es klingt weder so noch so. »Herr von Dahlen möchte Sie für vierzehn Tage auf sein Gut mitnehmen, verstehen Sie! Ich bin zwar im Prinzip gegen solche Vergünstigungen . . .«

Wie ist das? Was redet der gute Mann? Urlaub? Ausnahmefall? . . . Aber das ist ja gar nicht möglich . . . das ist ja . . .

Friedel stürzt zu Dahlen hin, schaut ihm ins Gesicht. »Ist es wahr? Ist das wirklich wahr?«

»Gewiß, mein Junge. Herr Direktor ist so freundlich, mir diese Bitte ausnahmsweise zu erfüllen. Ich höre, daß Sie sich hier im Hotel durch besonderen Fleiß ausgezeichnet haben, was sich ja übrigens auch mit meinen Beobachtungen deckt. Wenn Sie vierzehn Tage Ruhe und gute Luft haben, werden Sie nachher um so fleißiger sein können. Also, halten Sie sich bereit«, Herr von Dahlen erhebt sich und legt die Rechte auf Friedels Schulter, »übermorgen mittag fahren wir!«

Es ist zuviel. Kein Mensch hält so etwas aus, ohne überzuschnappen vor Glück. Friedel stammelt, Hände an der Hosennaht, ihren Dank. Sie weiß nicht, was sie redet, ob sie redet, und wie sie zur Tür hinauspurzelt. Es geht ungeheuer schnell.

Irgendwie landet sie bei Laura im zweiten Stock. »Mir ist schlecht«, flüstert sie, »bitte, geben Sie mir einen Schluck Kognak! Sie haben doch immer so was da – oder?«

Laura bejaht. Sie ist keineswegs überrascht. Alle Hotelangestellten leiden unter Luftmangel und klappen hie und da zusammen. »Na, stippen Sie!«

Aus der Flasche gluckst etwas Flüssigkeit in ein Glas. Friedel stippt. Es schmeckt scharf wie die Hölle. »Pfui Deibel!« sagt sie und schüttelt sich, »das ist ausgezeichnet!« Sie strahlt. Sie lacht. Sie ist irrsinnig glücklich.

»Schon besoffen?« meint Laura, ehe sie mit ihrem Staubsauger wieder an die Arbeit rennt.

»Nein«, erklärt Friedel, »o nein! Es ist nur, weil . . . er nimmt mich mit . . . er nimmt mich mit!«

Aber Laura hört nicht mehr. Sie macht sich eben daran, Appartement 68 und 69 aufzuräumen und reißt zu diesem Behufe Türen und Fenster auf. Das Badekabinett wird geschrubbt, die Betten mit frischer Wäsche bezogen, Wäsche, die noch feucht ist und nach der elektrischen Presse dunstet. Miß Mabels herbes, eindringliches Parfüm zieht in den Korridor hinaus, füllt jeden Winkel und setzt sich hartnäckig fest.

Herr von Dahlen riecht es, als er eine Stunde später von einem Spaziergang zurückkehrt. Er sieht auch den Hausdiener Schorsch, der mit Gepäckstücken beladen daherkeucht. Hinter ihm trabt Page I. Er trägt zwei kleine Koffer, einen Hund und Reisemäntel. »Holländer ziehen da ein«, wispert er verschmitzt.

Ist doch ein Junge! denkt Dahlen belustigt, während er seinem Zimmer zustrebt.

Der nächste Tag ist ein Dienstag, und Page eins erbittet sich drei freie Stunden, weil man, wie er sagt, »vor einer Abreise noch einiges in Ordnung zu bringen hat.« Der Liftchef brummt, der Direktor brummt auch. Sie geben aber doch die Erlaubnis, und Friedel zieht um zehn Uhr morgens los.

Sie hat große Dinge vor. Sehr große. Zuerst zur Sparkasse, Geld beheben. Dann in ein Herrenmodengeschäft. Es wird, trotz des Geschenkes von Herrn Claudin, ein guter Teil ihrer Ersparnisse draufgehen, aber da hilft kein Jammern, das muß sein. Während einer fast schlaflosen Nacht ist ihr klar geworden, daß sie in Friedrich Kannebachs blauem Kammgarnanzug doch eine allzu schlechte Figur machen würde. Der Pagendreß war kleidsam, sehr kleidsam sogar, wenn man ihn zu tragen verstand; ihre Eitelkeit erlaubt ihr nicht, nun als häßlicher Proletarierjunge mit Herrn von Dahlen auf Reisen zu gehen. Nein und tausendmal nein! Sie muß zumindest einen hübschen Anzug, ein paar gutsitzende Hemden und einen neuen Hut haben.

Wenig Geld und nur drei Stunden Zeit. Leicht ist es da nicht, Einkäufe zu machen. Sie kommt auch mit einstündiger Verspätung ins Hotel zurück, aber Gott sei Dank, niemand hat es bemerkt. Ihr Sparkassenguthaben hat sich verringert, doch dafür hält sie sich jetzt für einen ausgemachten Stutzer. Am Abend, als sie vom Dienst heimkommt, findet sie schon eine große Pappschachtel vor, welche die Aufschrift trägt: Herrenbekleidungspalast Exzelsior.

Friedel packt aus. Seidenpapier über Seidenpapier. Ein leichter, weicher Hut, der richtig sitzt. Dann drei Hemden mit schmiegsamem Halskragen und zwei diskrete Schlipse. Aber erst der Anzug. O dieser Anzug! Er ist hochelegant! An den Schultern herkulisch mit Watte ausgestopft. Grauer Modestoff, nicht zu hell, nicht zu dunkel, Breeches und Ledergamaschen. Paßt fürs Land, nicht wahr?

»Hallo, Frau Tempelbohm – kommen Sie mich angucken! Ich verreise, Frau Tempelbohm!« Große Geste. »Für vierzehn Tage aufs Land!« Das klingt, was? »Kommen Sie, sehen Sie sich meine neue Garderobe an!«

Frau Tempelbohm erscheint. Sie staunt. Schlägt sozusagen die Hände über dem Kopf zusammen. Natürlich findet sie alles sehr schön, und als Schneiderin muß sie es verstehen. »Jetzt schauen Sie aus wie der Prinz Orlovsky in der Fledermaus! Kennen Sie das?«

O ahnungsvoller Engel! Friedel murmelt etwas Ablehnendes. Ihr Männerstolz ist gekränkt.

»Und in vierzehn Tagen kommen Sie wieder?« erkundigt sich die Tempelbohm.

»Ja, freilich. Leider. Es wäre schön, immer Ferien zu haben, aber der Dienst! Man braucht mich im Dalmasse-Hotel, verstehen Sie?«

Die Tempelbohm versteht. »Ich hab' ein Stückchen weiße Seide, die mir von einer Bluse übriggeblieben ist«, sagt sie, »da mache ich Ihnen ein Taschentuch für die Brusttasche. Wollen Sie? So 'n Wimpelchen, was? Das fehlt noch!« Sie strahlt von Wohlwollen. Sie ist eine goldige Frau.

Am nächsten Morgen ruft Friedel noch Käthe Petersen an. »Ich verreise«, flüstert sie in die Muschel, und es klingt, als habe sie gesagt: Ich habe das große Los der Staatslotterie gewonnen! Käthe faßt es auch so auf. »Ein reicher Herr, der Sie mit auf sein Gut nimmt? Nun schlägt's dreizehn! Ja, sagen Sie man bloß, Bornemännchen . . .«

Aber Friedel hängt den Hörer auf.

Nun hat sie alle Angelegenheiten geordnet, und der große Augenblick der Abreise rückt mit Riesenschritten heran. »Mehr Glück als Verstand haben Sie«, sagt das Stubenmädchen vom vierten Stock, und alle anderen Angestellten, die an der Mittagstafel sitzen und Ochsenfleisch mit Wirsing essen, pflichten ihr bei. Friedel lächelt. Laura, die Einfältige, verlangt eine Ansichtskarte von dem Ort, an den Friedel reisen wird. »Die müssen Se uns schicken!«

»Da schmunzeln die Hühner!« sagt die Küchenkassiererin.

Nach beendeter Mahlzeit fährt Friedel in den fünften Stock ins Wäschezimmer, wo drei Frauenspersonen an Nähmaschinen sitzen und rattern. Dort zieht sie sich um. Der Sportanzug wird angetan, das Pagenkostüm bleibt da. »Adieu«, flüstert Friedel, »und hab' Dank!« Nein, gewiß, man ist nicht sentimental, aber so ein bißchen Herz hat man doch im Leibe, nicht wahr? Man ist anhänglich und sei es auch nur an ein braunes Stückchen Tuch, das man vier Monate lang auf dem Körper getragen hat.

Aber Ottokar, der fürchterliche Knabe, ist ihr, von Neid und Mißgunst erfüllt, nachgeschlichen. Er lauert draußen auf dem einsamen Korridor und springt wie ein Pumalöwe aus dem Dickicht, als Friedel mit ihrem Köfferchen in der Hand das Wäschezimmer verläßt. »Bööh . . .«, macht er. Sie erschrickt zu Tode.

»Urlaub? Ja, Urlaub? Du Mädchen, du! Du Mäusedreck!« höhnt er. »Das paßt dir, Liebkind machen bei reichen Herren, pfui Deibl!«

Der Mäusedreck versucht, zur Treppe zu entkommen. Aber da pufft ihn die Faust des fürchterlichen Ottokars schon heimtückisch in die Seite. »Laß mich in Ruh'!« zischt Friedel und schlägt mit den Beinen aus – unfaire Kampfmethode, egal wohin. Ein Schlag scheint getroffen zu haben, denn es gelingt ihr, in rasendem Lauf zu entwischen. Hinter ihr ertönt wütendes Gebrüll: »Feigling! Feigling! Feigling!«

Stark erhitzt erreicht sie die Halle und stellt ihren Koffer ab. Herr von Dahlen ist noch nicht da, wohl aber Baron Potten, der es sich nicht nehmen läßt, den Abreisenden persönlich zur Bahn zu bringen. Schon verstaut Schorsch das Gepäck des Herrn von Dahlen in Pottens Kabriolett. Der Tag ist blau und warm, besonnte Staubmoleküle glitzern in Dunstwolken, Bahnen kreischen, Autos hupen und Ströme von Menschen ergießen sich durch die Stadt.

»Sie fahren auch mit?« sagt der Chauffeur des Barons herablassend, »na, dann setzen Sie sich hier neben mich!«

»Mit Vergnügen!« ruft Friedel, denn sie ist phänomenal gut aufgelegt, »aber vorerst habe ich noch einiges zu erledigen!«

Sie geht in die Halle zurück zum Direktor, dann zum Empfangschef, zum Lift und zum Portier. Vor einem jeden knallt sie die Hacken zusammen und murmelt etwas von »verabschieden«. Den neuen Filzhut hält sie in der Hand.

Direktor Köppnitz ist ungnädig. Na ja, wohin käme man, wenn es jedem Gast einfiele, einen Angestellten mit sich fortzunehmen! Er hat es Herrn von Dahlen schwer abschlagen können – Stammkunde und auch sonst ein Mann, der niemals unvernünftige Wünsche äußert –, aber in den Kram paßt ihm die Geschichte keineswegs. Daher schnauzt er Friedel an: »Daß Sie mir pünktlich eintreffen in vierzehn Tagen! Und wehe Ihnen, wenn so was noch mal vorkommt!«

Viel liebenswürdiger zeigt sich Empfangschef Trauner. Ihn gehen Personalfragen nichts an, er findet den hübschen Pagen sympathisch und wünscht ihm gute Erholung. Der Portier ist eben beschäftigt und nickt nur zerstreut, der Lift aber reicht ihm sogar die Hand: »Ich wollte, ich könnte mitgehen!« sagt er traurig.

Da kommt Herr von Dahlen die Treppen herunter. Er begrüßt den Baron, dann sieht er Friedel und lacht. »Reisefertig?« Sein Blick geht in scharfer Musterung über ihre Gestalt. Oder bildet sie sich das nur ein?

Der Empfangschef erscheint mit seinem Schablonenlächeln zur Verabschiedung, Baron Potten geht voraus zum Auto, während Dahlens Miene, wie die aller abreisenden Herrschaften, die Besorgnis ausdrückt, ob er nicht doch irgend jemanden bei der Trinkgeldverteilung vergessen hat . . . Denn im Dalmasse-Hotel ist Ablöse nicht üblich. Das Publikum, das hier verkehrt, wünscht individualisiert zu bleiben.

Friedel sitzt neben dem Chauffeur. Das Leben ist unbegreiflich schön. Der Motor springt an. Adieu, Dalmasse-Hotel! Adieu, Dummerchen vor der Drehtür! Adieu, armloser Bettler am Straßeneck! Hinab geht es mit Windeseile und dann die in Frühlingsgrün prangenden Linden entlang.

»Die Mittagszeitungen schon gelesen?« sagt drinnen im Auto Baron Potten zu Herrn von Dahlen.

»Nein! Gibt's was Neues?«

»Allerdings. Miß Wellington hat endlich gestanden. Sie ist tatsächlich mit Anna Saycek identisch, und ihre sogenannte Mutter hat sie in Budapest aufgelesen. Die Alte hat einst bessere Tage gesehen. Herabgekommene Dame der Gesellschaft. Heißt Talnöl oder so ähnlich. Über die Person der Zofe weiß man noch nichts Genaues, doch scheint sie mit den Juwelenhändlern in engster Verbindung gestanden zu haben.«

Dahlen schüttelt den Kof. »Schauderhafte Geschichte! Wir können von Glück reden, daß wir mit einem blauen Auge davongekommen sind. Ich beklage nur den Verlust eines wertvollen Ringes, den ich ihr schenkte, werde mich aber hüten, meine Ansprüche geltend zu machen. Man muß froh sein, wenn man nicht als düpierter Bräutigam durch die Zeitungen geschleift wird. Sagen Sie mir nur eines, lieber Baron: Was wollte die Frau eigentlich von mir?«

»Na – heiraten! Das ist doch klar.«

»Schön, Heirat! Aber damit ist so einer doch nicht gedient. Über kurz oder lang mußte der Schwindel mit den amerikanischen Bergwerken aufkommen, und was dann? Ich habe mir darüber den Kopf zerbrochen und endlich nur eine Erklärung gefunden: Die Bande muß es auf meinen Familienschmuck abgesehen haben. Meinen Sie nicht auch?«

»Gewiß, das wäre möglich. Ein besonders wertvoller Schmuck?«

»Ja. » Meine Mutter wollte ihn nie tragen. Er liegt seit Jahren im Safe einer Berliner Bank. Wahrscheinlich haben die Helfershelfer der Miß Wellington das in Erfahrung gebracht. Sie folgerten ganz richtig, daß ich ihn nur meiner Braut oder Gattin zum Geschenk machen würde – verstehen Sie?«

Der Baron pfeift eine muntere Arabeske. »Hören Sie, Dahlen«, sagte er, »das sollten Sie aber doch der Polizei mitteilen! Das ist ja äußerst interessant.«

»Gott bewahre! Fällt mir nicht ein. Damit die ganze Welt von meinem Vorhandensein erfährt? Nein – diese traurige Berühmtheit wünsche ich nicht zu erlangen. Ich kann Ihnen sagen, Baron Potten, diesmal werde ich glücklich sein, wenn ich von Berlin nichts mehr sehe und höre!«

Potten lacht. »Tarvagna ist auch heute früh abgereist«, berichtete er. »Ich bin der einzige, der sich den Humor nicht verderben läßt. Mir gefällt's hier sehr gut! Ich bleibe noch bis Ende Mai im Dalmasse-Hotel. Übrigens, wissen Sie, daß Tarvagna seinen Daimler nur geliehen hatte und dritter Klasse nach Wien fuhr? – Ich hab's unter der Hand vom Stubenmädchen erfahren. Scheint total pleite zu sein, der gute Mann. Ich sprach ihn gestern noch. Er tat nichts dergleichen. Nicht mal angepumpt hat er mich. Als ich die Sprache auf Miß Wellington brachte, meinte er, um die sei ihm nicht bange. Das Weib hat den Teufel im Leibe. Wenn man sie auch für ein paar Jahre einsperre, sobald sie 'rauskommt, wird sie wieder unzählige Männer verrückt machen und beglücken . . . Und beglücken . . . Merken Sie was, Dahlen? Ich glaube, Tarvagna war der einzige von uns dreien, der sein Geld wenigstens nicht ohne Gegenleistung verpulvert hat.«

»Glauben Sie? Ja, ja, Sie dürften recht haben! Nun – das Abenteuer, ob platonisch oder nicht, werden wir uns jedenfalls alle merken. Der kleine Junge da vorn, den ich mir mitnehme, der war klüger als wir alle zusammen. Der hat die Sache schon gerochen, lange bevor der Detektiv im Hotel eintraf.«

»Ich habe so was munkeln gehört. Nettes Kerlchen! Ich glaube, der Miß hätte er auch gefallen ... Sie nehmen ihn ganz in Ihre Dienste?«

»Das weiß ich noch nicht. Vorläufig will ich nur, daß er sich draußen bei mir auffuttert. Bin ihm sehr verpflichtet. Er hat mich noch rechtzeitig gewarnt – sonst wären ein paar Dummheiten mehr geschehen.«

»Also Sie machen in sozialer Fürsorge? Na ja – auch ganz schön. Hoffentlich ernten Sie keinen Undank. Ich hab' zu solchen Leuten nicht viel Vertrauen. – Voilà, da sind wir ja schon angekommen!«

Der Wagen hält vor dem Stettiner Bahnhof.

Friedel springt hinab und reißt den Schlg auf. Ihre Augen suchen strahlend das Antlitz des neuen Herrn und Gebieters.

Das also ist Winthagen! Ein schier endloser Park. Ein Park, der hundertfältige aufregende Geheimnisse birgt. Kleine, dunkle Wälder, in denen Hänsels und Gretels Knusperhäuschen stehen könnte, dicht dahinter, als lachende Überraschung sich auftuend, weite Rasenflächen mit Obstbäumen, ein Bach, ein überaus kecker Bach, in dem sich Forellen vergnügen, Holzbrücken, die darüberführen, Birken wie Silber, Buchen wie Kupfer und Himmelsbläue in wolkenloser Unendlichkeit. Kann man das fassen? Muß ein armes, gehetztes kleines Herz nicht stillstehen vor so viel Glück?

Jetzt erst, da sie in dies Paradies versetzt wird, weiß Friedel, wie toll ihr Kampf war. Zwischen dem Dalmasse-Hotel und Gut Winthagen liegt eine Welt. Nicht bloß fünf Schnellzugstunden, die man an der Uhr und an der vorüberrollenden Landschaft abmessen konnte. Nein! Das Dalmasse-Hotel hockt unten auf der Erde. Auf einer grauen, überwimmelten, lärmenden Erde des Kampfes. Gut Winthagen hingegen muß irgendwo in den Sternen stehen oder vielleicht im Mond. Jedenfalls in überirdischen Regionen. Wie fern ist alles! Autogeknatter und Krankenkassen, Reklametamtam und Kollektivverträge ... nichts von alldem. Hier herrscht Friede.

»Sie sollen bei uns nur faulenzen!« hat Dahlen gesagt, als sie bei sinkendem Sonnenglanz einfuhren. »Sie bleiben sich selbst überlassen, man wird sich nicht um Sie kümmern. Ich glaube, daß man so am leichtesten Erholung finden kann.«

Friedel hatte unter der Wagendecke die Hacken zusammengeschlagen. Sie fühlte sich winzig klein und verschüchtert. Im Dalmasse-Hotel, da war man wohl oder übel ein Kerl gewesen! Kratzfuß da, Lächeln dort, dalli, dalli, treppauf, treppab, immer elegant, immer im Schwung. Hier? Angesichts dieser reinen, klaren Landschaft versagte jedwede Talmi-Eleganz. Man wurde fromm und still. Sie war kein Kerl mehr, bei Gott – sie war ein ausgesprochenes Mädchen, das in fremden Kleidern steckte.

Eine freundliche Wirtschafterin nahm den Jungen, den der Herr aus Berlin mitgebracht hatte, in Empfang. Ihr Gesicht glich einem gutgelagerten Winterapfel, und zwei lustige Jettperlen blinkerten als Augen darin. Das Zimmer, das Friedel angewiesen bekam, lag zu ebener Erde und war das erste in einer Reihe von fünf nebeneinandergereihten Fremdenzimmern. Birkenholzmöbel, geblumte Tapete, Ankleidetisch, fließendes Warmwasser über den Waschbecken und ein Bett! Du liebe Güte, was für ein Bett! Seit ihren Kindheitstagen hatte sie nicht mehr so prunkvoll geruht. Wenn Käthe Petersen das sehen könnte, dachte sie, als die dicke, seidene Daunendecke über ihr zusammenschlug, oder Frau Tempelbohm, die Gute, oder der Luft und Laura, das Stubenmädchen! Die würden Augen machen!

Dort im Dalmasse-Hotel, da war Herr von Dahlen irgendeiner von den vielen Fremden von Distinktion gewesen, wie sie täglich zu Dutzenden durch die Drehtür kamen. Eine Nummer. Man ahnte wenig von seiner eigentlichen Wesenheit. Hier aber war er: der Herr! In ihres Nichts durchbohrendem Gefühle vermochte sie die Augen kaum zu ihm zu erheben.

Übrigens bekam sie ihn in der ersten Woche des Aufenthaltes kaum zu Gesicht. Er stand zeitig morgens auf und fuhr mit dem Inspektor über Land – sie erwachte oft erst, wenn die Sonne das Schmiedeeisengitter der Balkontür in zierlichen Girlanden auf den Vorhang malte. Denn praktischen Erwägungen war Friedel Bornemann auch jetzt noch zugänglich, und daher folgerte sie, daß eine solche Gelegenheit zu körperlicher Erholung nie mehr im Leben wiederkehren würde und daß man sie ausnützen mußte.

Frau Draxl, die Wirtschafterin, kam, von Dahlen instruiert, diesen Absichten entgegen. Sie ließ dem Bürschchen Portionen servieren, die selbst der fürchterliche Ottokar nur schwer hätte bewältigen können. Sogar auf dem Bettischchen standen ein Glas Milch und ein Teller mit Backwerk, damit, falls der Junge nachts aufwachen und Hunger haben sollte, er sich gleich stärken könne.

Aber der Junge wachte nachts nicht auf. Er schlief wie ein Mehlsack. Jeder Morgen brachte fassungsloses Erstaunen: Wo bin ich denn? Traum? Wirklichkeit? Dann seligste Erkenntnis: ich bin ... ich bin ... nein, es gab keine Worte mehr für ihre Gefühle, nur noch Rufzeichen!

Von ihrem Zimmer führte eine Tür ins Freie. Drei Treppen bloß über das Balkönchen, dann stand man auf weißem Gartenkies und atmete den Duft besonnter Beete, in denen karmesinrote Tulpen lichtdurchstrahlt erzitterten. Zarte, ängstliche Tulpen waren es, die sich neben ihren unwahrscheinlich grünen Blättern dehnten, und rundherum zog sich ein Kränzlein von Veilchen, altmodisch und verträumt wie eine Biedermeierbordüre. Bäume gab es hier, die zu geliebten Freunden wurden. Die Silbertannen, strotzend von Kraft, die Birken, zitternd vor Sehnsucht. Friedels Herz nahm dies alles weitgeöffnet in sich auf. Sie wurde feierlich. Ihre Augen leuchteten wie himmlische Freudenfeuer.

Da sie sich selbst überlassen blieb, streifte sie vom Morgen bis zum Abend im Freien umher. Die Mahlzeiten nahm sie allein in einer kleinen Bauernstube, ein blondes Stubenmädchen brachte die Speisen, lächelte und sprach kein Wort. Die Menschen schienen hier gutmütig, doch Fremden gegenüber zurückhaltend zu sein. Friedel war das recht. Manchmal wechselte sie ein paar Worte mit den Gärtnerburschen, die im Park arbeiteten, das genügte. Dies alles waren seine Leute, die ihn liebten, das war sein Grund und Boden, seine Blumen, seine Bäume, sein Himmel. Oh, Wunder über Wunder!

Herr von Dahlen hatte mittlerweile so viel Arbeit in Winthagen vorgefunden, daß ihm keine Zeit blieb, sich seines Berliner Mitbringsels zu erinnern. Er berief den Pagen Numero eins auch nicht mehr zum Schlipsbinden, obwohl er seinem getreuen Gustav Bliemle noch zwei Wochen Urlaub gegeben hatte, denn hier gab es Dienstleute genug, die ihm zur Verfügung standen. Übrigens zeigte seine kranke Hand fortschreitende Besserung, ein Umstand, der nicht wenig dazu beitrug, seine Laune zu heben.

Strahlende Maientage, einer immer noch blauer und goldener als der andere, zogen über eine liebesberauschte Erde. Dahlen fand das sehr schön. Seine Gewächshäuser vermochten die Fülle der Blüten kaum zu fassen. Hunderte von Azaleen, vom reinsten Weiß bis zum tiefsten Purpur, entfalteten ihre Pracht. Dahlen beschloß, den kleinen Berliner Jungen mitzunehmen, um ihm dies zu zeigen. Seit er nämlich vor der Abreise im Büro des Direktors Köppnitz Friedels Papiere durchgesehen hatte, war sein Argwohn wieder erloschen. Er hatte geglaubt, irgendwo in den Dokumenten eine geschickt durchgeführte Fälschung entdecken zu können, doch diese Annahme erwies sich als irrig. Das einfache Leben des Friedrich Kannebach lag hier mit nüchternster Klarheit aufgezeichnet. Schade! Ja, ja, so wird man, dachte er erheitert, seit der Affäre Wellington, scheine ich Appetit auf Abenteuer bekommen zu haben. Man muß sich seine Fehler nur ehrlich eingestehen. Recht bedauerlich, daß der Junge kein Mädchen ist, denn dadurch werden meine Beobachtungen geschmacklos, anstatt reizvoll zu sein.

Er schaute beim Fenster hinaus und sah Friedel ganz langsam zwischen den Tulpenbeeten herumspazieren. Sie trug den neuen Sportanzug, Strümpfe und Halbschuhe. Ab und zu blieb sie stehen, beugte sich ein wenig nieder und betrachtete die Blumen. Hatten Knaben so fein gefesselte Beine? Gab es das? Nachdenklich sah Dahlen ihr zu.

»Hallo, Friedel!« Der Kleine fuhr herum wie vom Blitz gestreift, richtete seine großen Augen auf das Fenster, an dem er stand, und stellte sich stramm in Positur: »Bitte?«

»Warten Sie auf mich! Ich nehme Sie zu den Gewächshäusern mit!« Dahlen verschwand, bald darauf trat er unten aus der Tür des Speisesaales.

»Nun, wie geht es Ihnen bei uns?« fragte er. »Sie sehen schon ganz anders aus. Unglaublich, was Luftveränderung bei jungen Menschen bewirkt. Fühlen Sie sich gut – ja?«

»Es ist unbeschreiblich schön hier«, hauchte Friedel mit verzücktem Augenaufschlag. »Das Ganze ist wie ein Traum.«

»Na, na, mir scheint, Sie lesen Romane – was? Wollen Sie Bücher? Ich kann Ihnen was aus meiner Bibliothek heraussuchen, damit Sie sich nicht langweilen. Detektivgeschichten, nicht wahr? Oder lieber Karl May?«

Friedel schreitet neben ihm her. Sie gehen zwischen Spalieren von Johnnisbeerbüschen. »Ich langweile mich nicht im mindesten«, sagt sie, »aber freilich, Bücher habe ich, seit ich im Dalmasse-Hotel bin, keine mehr gelesen. Ehe ich nach Berlin kam, hatte ich eines angefangen, das mir besonders gefiel.«

»Wie hieß es denn?«

»›Das Exemplar‹ von Annette Kolb.«

Dahlen blieb stehen. »Das hat Ihnen gefallen?« fragt er mißtrauisch. Ist doch ein Mädel, denkt er. »Sie können das Buch haben, ich besitze es. Kommen Sie heute abend in die Bibliothek und erinnern Sie mich. Sagen Sie mal – was waren Sie eigentlich, bevor Sie ins Dalmasse-Hotel kamen? Der Direktor erzählte mir, Sie seien erst fünf Monate in seinen Diensten.«

Friedel schluckt. »Vorher . . . vorher war ich Kellner.«

»Hm . . . Pikkolo wahrscheinlich. Und wo haben Sie Ihre Sprachkenntnisse erworben?«

»Als Kind schon. Nämlich . . . meine Eltern waren in guten Verhältnissen.«

Merkwürdig, denkt Dahlen, der Vater war doch Schneidermeister und die Mutter Hausgehilfin, so steht es in den Dokumenten. »Da hatte also Ihr Vater ein großes Atelier, nicht wahr?« sagt er laut.

Friedel schaut ihn verständnislos an, ohne zu antworten.

»Ein Schneideratelier meine ich«, erklärt er.

Jetzt geht ihr ein Licht auf. »Allerdings«, stammelt sie, aber es klingt miserabel.

Na warte, du kleiner Halunke, du flunkerst ja doch! Dir werde ich also doch noch an den Leib rücken müssen. Er schaut auf seinen kleinen Begleiter herab und fühlt etwas wie Übermut in sich aufflammen. Sapperlot, man hat doch schon einiges erlebt in seinen vierzig Jahren, erst kürzlich . . . na, denken wir nicht mehr daran! – Aber so etwas ist ihm noch nicht vorgekommen. Das Gesetz der Serie: Ein seltsames Erlebnis zieht das andere nach sich. Diesmal aber soll es nicht mit einer Abfuhr seinerseits endigen. Nein! Diese Schlacht will er gewinnen! Ob nun Bub oder Mädel, egal, auf jeden Fall Schwindler oder Schwindlerin – soviel hat er jetzt schon heraus.

Sie gehen durch den Gemüsegarten, an dessen Ende sich die Treibhäuser befinden. Der Obergärtner kommt angelaufen. »Wir wollen dem jungen Mann unsere Blumen zeigen!« ruft Dahlen aufgeräumt. »Sind die roten Azaleen schon aufgeblüht?«

»Teilweise, gnädiger Herr. Kommen noch heute zum Versand.«

Langgestreckte Glasdächer blitzen in der Sonne wie flüssiges Silber. Darüber blaut ein Himmel von vorsommerlicher Intensität. Es ist alles wie in den Märchenbüchern der Kindheit.

*

Durch ein Gespräch mit Frau Draxl, der Wirtschafterin, hat Friedel in Erfahrung gebracht, daß ihre Anwesenheit auf Gut Winthagen deshalb so wenig Beachtung bei den Leuten findet, weil Herr von Dahlen schon öfters erholungsbedürftige Menschen hier herausgebracht hat. »Vorigen Herbst war's eine alte Näherin und zu Weihnachten ein Student. Oh, der Herr ist gut! Er merkt gleich, wer's wirklich braucht und wem er durch ein paar Wochen Luftkur wieder auf die Beine helfen kann.«

Nun begreift Friedel, und eigentlich ist es ihr lieber so. Wiederum ist sie nur Dutzendware und nicht, wie sie bisher glaubte, ein Ausnahmefall. Irgendwie macht sie das ruhiger. Sein Bild erhält noch einen Glorienschein mehr, es rückt immer höher hinauf in die Sphäre alles Edlen und Herrlichen.

Verliebtheit pflegt in allen Lebensaltern die guten Instinkte hervorzuholen und die schlimmen verblassen zu machen. Ist es aber erst Verliebtheit, dann stellt sich diese Wirkung mit Superlativen ein. In leichten Momenten nennt Friedel sich selbst und ihre Gefühle einfach kindisch. Aber diese rohe Erkenntnis huscht nur ab und zu vorbei; im großen und ganzen schwimmt ihr Herz auf den Wogen himmelblauer Schwärmerei. Sie nimmt sich vor, auch in Zukunft jede persönliche Bemerkung zu unterlassen. Er könnte das als Unbescheidenheit auslegen. Vielleicht wird sie ihm später mal, nach Monaten, einen Brief schreiben, der die Wahrheit enthält. Vielleicht wird sie ihm dann sagen, wie sehr sie ihn liebte und wie schwer es ihr wurde, die Rolle weiterzuspielen. Doch nein! Nur keine tragischen Posen. Sie wird auch das nicht tun; sie wird brav ins Dalmasse-Hotel zurückkehren und ihre Aufmerksamkeit neuerlich dem blauen Sparbuch zuwenden. Und wenn etwa im Herbst Herr von Dahlen wieder nach Berlin kommt, dann wird er freundlich fragen: »Nun, Kleiner, wie geht es? Soll ich Sie wieder einmal freibitten und nach Winthagen mitnehmen?«

Ja, so wird es sein. Friedel ist mit sich selbst im reinen. Überspanntheit liegt ihr nur theoretisch. Sie ist ein tüchtiges Frauenzimmer, ganz abgesehen davon, daß sie in Hosen herumläuft, und sie wird zielsicher den Weg weitergehen, den zu beschreiten sie begonnen hat. Daß sie Liftjunge wurde, war wahrhaftig kein romantischer Einfall, sondern eine Verzweiflungstat – aber damit soll es auch sein Bewenden haben. Jetzt vor einen reichen, vornehmen Herrn hinzutreten und ihm mit verschämtem Augenaufschlag einzugestehen: »Ich bin ein Mädchen!« – nein, das wäre der Gipfel der Geschmacklosigkeit. Mit solchen Gedanken kann man hie und da spielen, aber ausführen darf man sie nicht. Darum: Friedrich Kannebach, halte dich stramm! Hände an die Hosennaht und Augen zur Erde! Noch sechs Tage Luft, Sonne und Seligkeit – genieße sie!

Sechs Tage bleibt der Kleine noch da, denkt Dahlen oben in seinem Zimmer, es ist also keine Zeit zu verlieren. Ich muß die Sache scharf angehen.

Der Tag ist abnorm heiß, man könnte glauben, im August zu sein. Auf dem freien Platz vor dem Herrenhaus brütet die Sonne. Friedel hat sich lufttrunken in ihr Zimmer geflüchtet, hier ist es kühl und gut. Aber jemand klopft an ihr Fenster. Sie springt auf und schaut hinaus. Unten auf dem Kiesweg im prallsten Licht steht Herr von Dahlen. »Kleiner, schlafen Sie?«

»O nein!« ruft Friedel, öffnet ein wenig und steckt den Kopf hinaus. Ihr Hals ist frei, eine Haarsträhne fällt gelockt in die Stirne. Reizendes Ding, denkt Dahlen. »Wollen Sie mich begleiten? Ich gehe spazieren?«

Friedel wundert sich zwar, daß er bei dieser Hitze spazierengehen will, aber sie stimmt natürlich zu, macht sich schnell bereit und läuft ins Freie.

»Heute bekommen wir noch ein Gewitter«, sagt Dahlen. Die Wärme ist abnormal für diese Jahreszeit. Kommen Sie, wir gehen zum Bach, dort ist's frischer.«

Stumm läuft Friedel an seiner Seite. Sie würde mit ihm auch durch die Wüste Sahara rennen, dennoch kann sie nicht umhin, festzustellen, daß er merkwürdige Geschmäcker hat.

Heute ist er wieder mal auf den Mund gefallen, denkt Dahlen, während sie sich dem Bach nähern. Auch hier sticht die Sonne. Insektenkonzert füllt die Luft, an den Bäumen hängen Blütenbüschel. Herr von Dahlen scheint ein Ziel zu haben, denn er marschiert fest darauf los. »Ist Ihnen heiß?« erkundigt er sich.

»Ein wenig warm, ja«, gesteht Friedel. Sie zerspringt vor Hitze in dem gräßlichen Männeranzug.

»Wir sind schon an Ort und Stelle«, tröstet Dahlen. »Sehen Sie das ruhige Wasserbecken? Hier kann man prächtig baden. Schon als Junge habe ich da meine ersten Schwimmversuche gemacht. Ziehen Sie sich aus und gehen Sie hier hinein, wo das Wasser am seichtesten ist.«

Friedel steht und würgt an ihrem Entsetzen. Sie ahnt nicht, daß sie ein Bild des Jammers bietet.

»Na – ziehen Sie sich nur aus!« wiederholt Dahlen.

»Ich glaube, es wird ein Gewitter kommen!« stößt sie endlich hervor, ohne sich vom Fleck zu bewegen.

»Freilich! Aber bis dahin haben wir zehnmal gebadet. Können Sie schwimmen?«

»Ja«, preßt Friedel hervor.

»Ein Stückchen höher oben ist das Wasser tief. Na fix, machen Sie weiter!« Er wirft den Rock ab, dreht sich um und schlendert durchs Gras, dem versandeten Bachufer zu. Friedel rührt sich nicht.

Dahlen bleibt stehen, wendet den Kopf flüchtig nach ihr hin und ruft:

»Mir scheint, Sie sind wasserscheu, mein Junge?«

»Nein . . . ich habe Magenschmerzen!«

»Was haben Sie?«

»Ma – gen – schmerz – zen!« Friedel schreit wie ein verstimmtes Megaphon. Die Wirkung stellt sich überrashend ein. Dahlen beginnt lautlos zu lachen. Er kehrt wieder um und stapft langsam auf sein Opfer los. Dabei lacht er, daß der breite Brustkasten unter dem gestreiften Zephirhemd erzittert. Dicht vor Friedel bleibt er stehen und sucht ihren Blick, der angstvoll von ihm wegflattert. »Schämen Sie sich doch!« sagt er endlich grausam, »das will ein Junge sein? Der sich vor ein bißchem kaltem Wasser fürchtet? So was gibt es bei mir nicht, mein Lieber! Sie werden sehen, wie gut Ihnen das tut. Also – eins, zwei, drei – Rock herunter!«

Er greift zu. Eine Sekunde lang hält er einen weichen Leib umfaßt . . . dann hört er einen Ausruf, halb Quietscher, halb Schrei, sieht zwei entsetzt aufgerissene Augen . . . und schon hat Friedel sich losgerissen und rennt mit hochfliegenden Beinen den Grashügel hinab, garteneinwärts.

Verdutzt schaut Dahlen ihr nach. In seiner Hand ist die Jacke des Sportanzuges zurückgeblieben. »Friedel«, ruft er. »Also doch!

Armes, dummes Ding! Wie sie läuft. Bei dieser Hitze! Das ist doch wirklich ärgerlich.

»Friedel!«

Aber dieser Ruf beschleunigt nur das Tempo der kleinen, über Wiesenflächen hinjagenden Gestalt. Sie wird sich noch totstolpern! »Stehenbleiben, zum Kuckuck!«

Friedel hört zwar etwas schreien, aber sie reagiert nicht. In ihr lebt nur ein Gedanke: Flucht! Fort aus seinen Augen! Dort hinten steht er und lacht sie aus . . . Männer sind brutal.

Ein kleiner Tannenwald nimmt sie mitleidig auf. Sie schaut zurück – sieht nur Bäume, Wiesen, Sonne – hat die Richtung, aus der sie kam, verloren und sinkt mit dröhnendem Herzschlag auf den feuchten Waldboden nieder.

Eine Weile dauert es, ehe sie Luft bekommt und wieder denken kann. Was nun?

Sie hat sich unmöglich benommen. Sie hat vollkommen den Kopf verloren. Fünf Monate lang ist es ihr gelungen, jeden taktischen Fehler zu vermeiden, und nun mit einemmal dieser absolute Versager. Was wird er sich denken? Wahrscheinlich hält er sie für ungewaschen . . . oder für verwachsen . . . man weiß nicht, was ärger ist.

Friedel hockt auf einem Reisighaufen und denkt nach. Ihr ist gottsjämmerlich zumute. Sie kommt sich wie ein Feldherr vor, der nach langen, mühevollen Kämpfen durch einen unerwarteten Ausfall des Feindes die Schlacht verloren sieht. Schmachbeladen, blamiert.

Ringsum tiefe Stille. Kaum ein Zwitschern in den Zweigen; die Schwüle lastet. Trotzdem beginnt sie nach einer Viertelstunde des Stillsitzens die Waldesfeuchtigkeit zu fühlen. Sie ist in Hemdärmeln, den Rock hat der Feind als Siegestrophäe behalten.

Am Ende wird er sie gleich nach Berlin zurückschicken . . .? Oder sie zur Strafe mit kaltem Wasser begießen, wie? Jedenfalls – irgendeine Schauerlichkeit steht ihr bevor. Friedel erhebt sich, klopft die Nadeln von ihren Beinkleidern und schleicht, Deckung suchend, aus dem Wäldchen hinaus und entlang der Johannisbeerbüsche dem Herrenhause zu. Dicke Hummeln taumeln sattgetrunken über die Wege. Zwei Gärtnerburschen spielen mit einer jungen Katze. Sonst ist kein Mensch zu sehen.

Friedel landet in ihrem Zimmer und wirft sich, so wie sie ist, der Länge nach auf das Bett. Ihre Arme umschlingen das Kopfkissen, sie wühlt sich ein und drückt die Lippen auf die glatte, kühle Leinwand. »O du . . . du!« schluchzt sie und schüttelt das Polster hin und her, als ob es ein menschliches Wesen wäre, »ich bin ja sooo unglücklich!«

Das Gewitter zieht herauf. Nicht plötzlich, sondern mit langwierigen Ankündigungen. Schon vor einer halben Stunde sind Frau Draxl und zwei Mädchen in alle Zimmer gelaufen, um nachzusehen, ob überall die Fenster gut verschlosen sind. Seither fegt der Sturm in Stößen um das Herrenhaus, ohne mehr zu erreichen, als daß blauschwarze Wolkenfetzen wie feindliche Armeen gegeneinanderjagen, während die Nacht mit unheimlicher Schnelligkeit herniedersinkt.

Friedel steht am Fenster ihres Zimmers und fühlt den Konflikt der Elemente mit ihrer eigenen Zerrissenheit aufs engste verbunden. So mußte es kommen heute und in dieser Stunde! Ein ruhig lächelnder Sommertag hätte sie zur Verzweiflung gebracht – die Natur hingegen erklärt sich aufgewühlt mit ihr solidarisch. Das ist in Ordnung.

Es klopft. Das blonde Stubenmädchen kommt zur Tür herein, in der Hand trägt sie Friedels Rock. »Der Herr schickt das«, meldet sie phlegmatisch, »und Sie sollen zu ihm hinaufkommen.«

Friedel antwortet nicht. Das Mädchen hängt den Rock über eine Stuhllehne und will wieder gehen. »Kommt das Gewitter noch immer nicht?« rieft Friedel vorwurfsvoll hinter ihr her. Ihr ist so bang. Sie möchte mit dem Mädchen ein paar Worte reden, eine Frauenstimme hören . . .

»Nein, es wird sich wohl wieder verziehen.«

Oh, himmlische Ruhe dieser ländlichen Bevölkerung! Oh, einfache Gottergebenheit! »Es wird sich wieder verziehen . . .«, und alles ist gut und recht, und sie fühlen nicht den ungelösten Aufruhr der Weltenseele.

Friedel gibt seufzend die Verständigung auf, schließt die Tür, zieht ihren Rock an und schaut in den Spiegel, aus dem ihr angstvoll aufgerissene Augen entgegenstarren. Abrechnung! denkt sie. Man schwindelt eben nicht ungestraft. Einmal kommt der Zahltag. Und was ist schließlich dabei? Ich habe kein Verbrechen begangen, hab' nicht gestohlen und niemanden geschädigt. Warum bin ich jetzt so feige? War's doch bisher nicht! Also? – Los! Avant! Kopf hoch und abmarschiert, Direktion erster Stock, Bibliothekszimmer! Ihre Methode, mit sich selbst herumzukommandieren, bewährt sich auch jetzt.

Langsam geht sie die dämmrigen Korridore entlang und predigt sich Mut. Man hört den Sturm heulen. Eine breite, mit Teppichen bespannte Holztreppe führt in den ersten Stock. An den Wänden hängen Jagdtrophäen. Schön ist es hier.

Friedel steht eine ganze Weile vor der hohen, strengen Tür des Bibliothekszimmers, steht ganz klein und schuldbeladen, ehe sie sich entschließt, anzuklopfen und einzutreten.

Herr von Dahlen, der beim Fenster lehnt, dreht sich um. Er sieht aus der Dämmerung die den Raum erfüllt, die zierliche Gestalt des Pagen auftauchen. Sein Herz klopft ein wenig.

»Wir scheinen ein schlimmes Wetter zu bekommen«, sagt er und räuspert sich die Kehle frei, »ich dachte mir, daß Sie sich unten unheimlich fühlen könnten.«

Jetzt muß ich es ihm sagen, denkt Friedel. Jetzt! . . . Statt dessen stottert sie: »Die Anne meint, es zieht wieder vorbei!«

»So, meint die Anne. Ich bin anderer Ansicht. Hoffentlich gibt's keinen Hagelschlag!« Sie stehen durch die ganze Länge des Raumes voneinander getrennt und sprechen hastig in die Luft.

»Sie dürfen mich nicht für feige halten«, stößt Friedel plötzlich hervor, »oder für wasserscheu! Das bin ich nicht, o nein!« Sie schreit fast. »Aber da ist ein anderer Grund, den ich Ihnen eingestehen will . . .«

»Einen Augenblick!« unterbricht Dahlen, tritt zum Lichtschalter und knipst den Lüster an. »So, bitte, und nun nehmen Sie Platz!«

Friedel regt sich nicht. Bei festlicher Beleuchtung auch noch, denkt sie empört.

Dahlen lächelt. »Sie wollen sich nicht setzen? Warum denn? Bin ich ein Ungeheuer, vor dem man sich fürchten muß? Oder . . .« Pause – »glauben Sie, daß ich nicht schon längst weiß, was Sie mir jetzt eingestehen wollen?«

Er flunkert. Erstens weiß er es nicht längst, und zweitens ist er seiner Sache absolut nicht sicher. Aber Friedel glaubt ihm selbstverständlich. Was würde sie ihm nicht glauben! Ein Ruck geht durch ihren Körper. »Sie wissen?«

»Natürlich!« beschwichtigt er in überlegener Väterlichkeit, tritt ganz nahe zu ihr hin und fügt langsam hinzu: »Jungens können nicht so erröten, das bringt nur ein Mädel zustande.« Sein Blick bohrt sich in ihr Gesicht. Was wird sie antworten?

Aber Friedel antwortet keine Silbe. Sie senkt den Kopf, würgt an etwas, schaut ein Loch in den Teppich.

Dahlen möchte gerne eine der Hände ergreifen, die da so arm und klein aus den Ärmeln des abscheulichen Warenhausanzuges herabhängen, irgend etwas in ihm jubelt über den gelungenen Streich – aber er unterdrückt diese Regung. »Wollen Sie sich nicht ein wenig aussprechen?« fragt er, »es wird einem nämlich bedeutend leichter nachher!«

»Sie sind sehr gut zu mir, Herr von Dahlen!«

»Unsinn! Gut! Wieso denn? Im Gegenteil. Ich stehe in Ihrer Schuld. Sie wissen das ganz genau. Jedenfalls sind wir quitt, nicht wahr? Und nun bitte, setzen Sie sich ruhig da her und erzählen Sie mir frei von der Leber weg. Wie ist das eigentlich gekommen? Ist jener Friedrich Kannebach, dessen Papiere Sie annektiert haben – Sie sehen, ich habe mir den Namen gemerkt – ist das Ihr Bruder?«

»Nein!« Friedel klebt sich an eine Stuhlkante. Sie lächelt sogar ein wenig. »Der Friedrich Kannebach, das war ein armer, kleiner Aushilfskellner, der am Potsdamer Platz von einem Autobus totgefahren wurde.«

Herr von Dahlen setzt sich ihr gegenüber. Ein Tischchen, auf dem Rosen duften, steht zwischen ihnen. Aha – so ist das. Eine ausgemachte Schwindlerin, dieses kleine Häufchen Weib mit Augen. »Und Sie kannten den Jungen also oder waren mit ihm verwandt?«

»Auch das nicht. Er war der Neffe meiner Zimmerfrau, und ich fand seine Dokumente und Kleider in einem Schrank. Damals ging es mir nicht gut, Herr von Dahlen – ich konnte beim besten Willen keine Anstellung finden. Zufällig hörte ich, daß man im Dalmasse-Hotel einen Pagen brauche – so kam ich auf die Idee.«

Stille. Der Wind pfeift im Kamin, ganz ferne brummt es wie Donner oder Kegelschieben.

Sitzt da so ein junges Ding und beichtet ganz schmucklos seine Heldentaten. Solche Schicksale gab's früher nicht, die hat der Krieg heraufbeschworen.

»Sie sagten mir einmal, daß Sie allein auf der Welt stehen, stimmt das?«

»Ja. Meine Mutter kam durch einen Autounfall ums Leben, als ich ein Jahr zählte, und mein Vater starb an den Folgen eines Leidens, das er sich im Weltkrieg zugezogen hatte.«

»Ja, dann freilich . . . aber war denn da niemand, der sich Ihrer annahm?«

»O doch! Das sind ungewöhnliche Geschichten, Herr von Dahlen ...« Friedel hebt endlich die Augen und wagt es, sich das atemberaubende Glück seines Anblicks zu gönnen. »Ich bin auf dem Lande geboren, in einem kleinen Herrenhaus. Es waren dort ähnliche Wiesen und Bäume wie hier. Immer denke ich an meine Kindheit, wenn ich durch Ihren Garten gehe.«

»Das Herrenhaus gehörte Ihren Eltern?«

»Ja. Meine Mutter habe ich nie gekannt, denn ich war zu klein, als sie verunglückte, aber meinen Vater, den hab' ich sehr geliebt. Er war gut und doch auch streng zu mir. Wie einen Jungen hat er mich erzogen. Mit sieben Jahren schon aufs Pferd, später schwimmen, fechten, turnen ... Vater war kein junger Mann mehr, er gehörte zum letzten Aufgebot und mußte daher erst 1918 ins Feld. Knapp vor Friedensschluß. Er kam schwerkrank heim.« Sie spricht schnell und heftig.

»Wie hieß Ihr Vater?«

»Bornemann.«

»Und Ihr Vorname ›Friedel‹ – stimmt der?«

»Ja, Abkürzung von Friederike.«

»Also nicht Friedrich Kannebach, sondern Friederike Bornemann. Einen Herrn von Bornemann habe ich gekannt, er war Jugendgespiele meiner Schwester.«

»Alexander von Bornemann hieß mein Vater.«

»Nein, das dürfte ein anderer sein. Haben Sie den Namen Dahlen schon früher einmal gehört?«

Friedel schüttelt den Kopf und lächelt, ohne es zu wissen, ihr seligstes Lächeln. »Nein – erst im Dalmasse-Hotel.«

»Alexander Bornemann«, fährt Dahlen nachdenklich fort, »meine Schwester könnte uns Auskunft geben, ob ihr Freund so hieß. Er war um vieles älter als ich und kam oft zu uns. Hierher nach Winthagen. Halten Sie das für möglich?«

»Ich weiß es nicht. Mein Vater hat mir wenig von seiner Jugend erzählt, er war seit Mamas Tod ein schweigsamer Mann. Mama war Elsässerin und unser Besitz nahe der Grenze.«

»Was ist daraus geworden?«

»Was daraus geworden ist? – Ach, das ist das traurigste Kapitel meines Lebens, Herr von Dahlen. Soll ich es Ihnen erzählen?«

»Ich bitte Sie darum. Wir wollen das Licht wieder abdrehen ... so ist's besser, nicht wahr?«

Ja, so scheint es auch ihr besser. Im Dämmern hat man weniger Hemmungen.

»Was immer es auch sei«, sagt Dahlen, wobei er seiner Stimme einen beruhigenden Klang gibt, »sprechen Sie offen und ohne Scheu.«

Da lehnt sich Friedel in ihrem Stuhl zurück, schöpft tief Atem und beginnt.

»Es kommt mir seltsam vor, daß ich von mir reden soll, Herr von Dahlen. Ich habe es noch nie getan. Ich war und bin ein Sandkorn auf der Millionenflut, eine von hunderttausend Existenzen, die sich durchbeißen müssen. Jeder soll das mit sich allein abmachen. Ich habe gern gekämpft, Herr von Dahlen, und ich werde weiterkämpfen.«

Sie hält inne. Aber keine Antwort kommt von drüben. Kein Laut. Herr von Dahlen hat sich in seinen Armsessel verschanzt wie ein Beichtiger im Kirchenstuhl. Da spricht sie weiter:

»Damals, als mein Vater starb, war ich eben zwölf Jahre alt geworden. Ich erbte einen schönen Besitz und ein kleines Kapital, das Vater aus den Stürmen der Inflation gerettet hatte. Von alldem verstand ich natürlich nichts, dennoch war ich vernünftig genug, zu wissen, daß meine Zukunft frei von jeder Sorge sein würde. Das heißt – jetzt habe ich mich falsch ausgedrückt, der Begriff Sorge war mir damals natürlich fremd, ich fühlte mich nur als ein Kind wohlhabender Kreise. Vater besaß keine Verwandten, aber eine Kusine meiner Mutter lebte in dem nahe gelegenen Städtchen Arnsburg. Tante Helga hieß sie. Helga Hagen. Ihr Gatte war Rechtsanwalt, und sie hatten einen Sohn, der zwei Jahre jünger war als ich. Schon zu Lebzeiten meines Vaters waren wir mit diesen Verwandten viel beisammen gewesen, und so kam es ganz von selbst, daß Onkel Erich mein Vormund wurde und mir sein Haus als neue Heimat anbot. Ich nahm Abschied von daheim, ich ging noch einmal alle Wege . . . doch verzeihen Sie, das gehört nicht zur Sache.«

Die Gestalt im Schatten des Armstuhles regt sich nicht. Ein kurzer Blitz zuckt an den Fenstern vorbei, gleich darauf folgt der Donnerschlag. »Das Gewitter kommt doch!« sagt Friedel, froh einer Unterbrechung.

»Ja, aber Sie sollen weitererzählen! Oder fürchten Sie sich?«

»Ich? Wovor? Vor Gewittern? – Nein. Das löst die Spannung, das ist gut.«

»Darf ich mir eine Zigarette anzünden?«

Friedel erschrickt bis in die Tiefe ihres Herzens. Er bittet sie, ob er sich eine Zigarette ... Ist sie eine Dame? Herrjemineh ... sie, Friedel, der Page, sie, den der fürchterliche Ottokar in die Seite boxte und einen Feigling nannte, sie, die mit entliehenen Papieren ... sie soll erlauben, daß sich Herr von Dahlen eine Zigarette ...

»Bitte«, flüstert sie beklommen und bringt keinen weiteren Ton aus der Kehle.

Dahlen gibt sich Feuer, haucht ein paar Rauchwölklein über die Vase mit dem Rosenstrauß und sagt: »Nun, wie geht es weiter? Sie kamen also zu Ihren Verwandten –?«

»Ja, nach Arnsburg. Ich hatte bis dahin noch nie im Kreis einer Familie gelebt und eigentlich gefiel mir das recht gut. Mein Spielkamerad, der kleine Eri, war ein lieber Bub, er zehn, ich zwölf Jahre. Er ängstlich und verzärtelt, ich das Gegenteil. Onkel Hagen liebte uns beide. Er saß oft bei uns im Zimmer, er war derjenige, zu dem wir mit allen unseren kleinen Leiden und Freuden kommen konnten. Von Tante Helga kann ich das nicht behaupten. Ich sah sie nie anders als eilig, nervös, sehr laut, stets auf der Hetzjagd ihrer gesellschaftlichen Verpflichtungen begriffen. Ich weiß nicht, ob es viele solche Frauen gibt. Hoffentlich nicht.

Den ersten Sommer nach Vaters Tod verbrachten wir alle gemeinsam auf meinem Besitz. Ich war darüber glücklich, aber Tante Helga fand es zum Heulen langweilig. Sie kutschierte so lange in der Nachbarschaft herum, bis wir genügend Gäste im Haus hatten, um meinen geliebten Garten nach Möglichkeit zu entzaubern.

Bei unserer Rückkehr nach Arnsburg erkrankte der kleine Eri an Scharlach, bald darauf ich. Tante Helga hat es mir nie verziehen, daß ich gesund wurde, während der arme Junge dranglauben mußte. Mein Gott – ich konnte ja nichts dafür, es war eben ein bedauerlicher Irrtum des Schicksals. Übrigens – so wenig ich die Tante sonst verstehen konnte, so sehr begriff ich sie diesmal. Mutter ist eben doch Mutter, und sie hatte ihr einziges Kind verloren. Die Wochen meiner Genesung ... ja, sie lehrten mich die Grausamkeit der Welt erkennen. Ohne Onkel Erichs nie versagende Güte hätte ich aus diesem Dunkel wohl kaum herausgefunden.

Eines Tages erklärte die Tante, sie könne in Arnsburg nicht mehr bleiben, sie würde dort verrückt, Onkel Erich solle doch endlich seine Praxis nach Berlin verlegen. Anfangs wehrte er sich gegen ein solches Ansinnen, aber so jung ich war, wußte ich doch ganz genau, daß er Tantes Willen wie immer unterliegen würde. Es gab endlose Debatten hinter verschlossenen Türen, und wenige Monate später übersiedelten wir wirklich nach Berlin. Ich war hiermit keineswegs einverstanden, doch ein dreizehnjähriges Mädchen pflegt man nicht nach seiner Meinung zu fragen.

Anfangs brachte ich der lärmenden Millionenstadt Mißtrauen und Abneigung entgegen, aber das hielt nicht lange an. Bald fand ich das Leben hier sehr schön, um so mehr, als ich anfing, erwachsen zu werden. Obwohl mich die Tante durchaus nicht liebte, versäumte sie doch nichts, was zur oberflächlichen Erziehung einer jungen Dame von Welt gehörte. Ich hatte eine englische und eine französische Promeneuse, ich besuchte kunstgeschichtliche Vorträge, besuchte Tanzstunden, und morgens ritt ich bei schönem Wetter mit Onkel Erich in den Tiergarten.

Wenn ich jetzt so zurückdenke . . . es kommt mir alles ganz fern vor, fast wie ein Traum.

Unser Hauswesen war sehr elegant geworden. Der alte Wagen meines Vaters genügte der Tante nicht mehr, er wurde gegen eine Luxuslimousine umgetauscht. Na, und Gäste gab es in Scharen! Sogar einen Diener hatten wir uns angeschafft. Es schien, daß des Onkels neue Praxis ihm große Summen einbrachte. Er war auch viel auf Reisen, hatte seine Kanzlei in einem der modernen Wunderbauten des Westens und verkehrte mit reichen Ausländern.«

Anfangs hat Friedel stockend gesprochen, doch je deutlicher die Bilder der Vergangenheit vor ihr auftauchen, desto rascher strömen ihr die Worte zu.

»Die Zeit von meinem dreizehnten bis zu meinem sechzehnten Jahr brachte mir eine Überfülle von Eindrücken. Leider verschärften sich die Gegensätze zwischen Tante Helga und mir, je älter ich wurde. Gewiß war ich vielfach selbst daran schuld. Ich war pedantisch, wie mein Vater es gewesen war, und hatte gar kein Verständnis für die Atmosphäre der Modell- und Schönheitssalons, in denen die Tante ganze Vormittage zubrachte. Meine Kleidung wollte ich solid und einfach haben, alles weitere interessierte mich nicht. Sicherlich war das für ein Mädchen meiner Kreise unpassend, denn auch Onkel Erich stimmte nicht mir, sondern seiner Frau zu. Ganz besondere Stürme aber entfesselte der von mir geäußerte Wunsch, nach Beendigung meiner Lyzealstudien eine landwirtschaftliche Schule besuchen zu wollen. Ich konnte nicht begreifen, warum man mir das nicht erlauben wolllte. So erklärte ich dem Onkel des langen und des breiten, daß ich aus dem Gut meiner Kindheit eine Musterwirtschaft machen müsse, weil dies meiner Ansicht nach heutzutage die einzige Möglichkeit sei, wirtschaftlich nicht zugrunde zu gehen. Zum erstenmal wurde Onkel Erich mir gegenüber heftig. Er nannte mich ein unreifes Ding, das seine Nase in Dinge stecke, von denen es keine Ahnung habe.

Überhaupt schien mir Onkel Erich verändert. Er war reizbar, sprunghaft und nervös geworden. ›Überarbeitet‹, sagte er. Ein- oder zweimal geschah es auch, daß er nachts in nicht nüchternem Zustand heimkam. Ich wußte es ganz genau, obgleich man es vor mir verheimlichte. Auf die Art hatte er auch einmal einen Autounfall. Er chauffierte selbst und fuhr im Morgendämmern in die Auslagescheiben eines Geschäftes hinein. Der Sachschaden war nicht unbedeutend, ich hörte etwas von viertausend Mark, es stand auch in den Zeitungen. Dieser Vorfall, der heftige Mißstimmung erzeugte, ereignete sich etwa zwei Monate vor Einbruch der Katastrophe.

Es war im Frühling, jetzt vor sechs Jahren. Denn Sie müssen wissen, Herr von Dahlen, ich bin nicht achtzehn, wie ich Ihnen sagte, sondern schon zweiundzwanzig. Ich mußte das nur angeben, weil es in den Papieren des Friedrich Kannebach stand, nicht wahr?«

»Ich verstehe«, sagt Dahlen behutsam.

»Ja, also, es war Frühling. Onkel Erich weilte seit einigen Wochen in Frankreich, denn er befaßte sich seit neuestem mit Vermittlung von staatlichen Anleihegeschäften. ›Das trägt endlich mehr ein als eine simple Rechtsanwaltskanzlei!‹, sagte Tante Helga zu mir. Sie hatte den Tod ihres kleinen Jungen nun völlig verwunden. Ihre Haare waren in Berlin blond geworden, sie trainierte Magerkeit, spielte Golf, schwärmte für Wintersport und Mittelmeerreisen, kurzum, sie tat das, was alle schicken Frauen tun.

Onkel Erich kam ebenso zerfahren und unstet von Paris zurück, wie er hingereist war. Er brachte eine Menge Luxuskram mit, dessen Besorgung ihm Tante Helga aufgetragen hatte. Am Morgen nach seiner Ankunft fuhr er wie immer in die Kanzlei. Zu Mittag rief seine Sekretärin an, der Herr Doktor könne heute nicht zum Speisen kommen. Das war nichts Außergewöhnliches. Aber gleich nach Tisch erschienen zwei Herren, welche die Tante zu sprechen wünschten. Es waren Beamte der Kriminalpolizei, die ihr mitteilten, daß Herr Dr. Hagen mehr als 500 000 Mark Klienten- und Mündelgelder unterschlagen habe und bereits dem Sicherheitsbüro überstellt sei.

Die Reihenfolge der nun einsetzenden Keulenschläge ist meinem Gedächtnis entschwunden. Ich weiß nur, daß ich mich vor Schande und Kummer tagelang in meinem Zimmer einsperrte. Der Skandal stand groß aufgemacht in allen Zeitungen. Immer neue Geschädigte meldeten sich, stürmten unsere Wohnung und beschimpften uns. Unsere Dienstleute liefen Knall und Fall davon. Unzählige Rechnungen und Drohbriefe trafen statt dessen ein.

Tante Helga brach nicht zusammen. Sie hatte Luxus und Wohlleben gefordert, es war ihr gegeben worden, ohne daß sie fragte, woher es kam. Jetzt aber, da der Mann um ihretwegen schuldig geworden war, sagte sie sich einfach von ihm los. Ich hatte sie auch nicht anders eingeschätzt.

Onkel Erich erlitt in der Untersuchungshaft einen Schlaganfall. Man erlaubte mir, ihn im Inquisitenspital zu besuchen. Kaum erkannte ich ihn wieder. Er bat mich, ihm ein paar wertlose Kleinigkeiten des täglichen Gebrauches zu schicken. Wir sprachen kein Wort über das Vorgefallene, nur nach Tante Helga fragte er mich. Ich sagte, sie sei nicht wohl. Aber er merkte es mir am Gesicht an, daß ich nicht die Wahrheit sprach. Ehe ich fortging, haschte er nach meiner Hand und drückte einen Kuß darauf.

Als ich heimkam in unsere dienstbotenlose Wohnung, fand ich einen Brief Tante Helgas vor. Sie habe sich allen weiteren Unannehmlichkeiten durch eine Reise in die Schweiz entzogen. Freunde hatten sie eingeladen. Sie wünsche mir alles Gute.

Können Sie sich vorstellen, wie mir zumute war? Jetzt erst erfaßte ich die Tragik meines eigenen Geschicks. Man hatte mir mein Vermögen und meinen Besitz gestohlen und ließ mich nun, kaum siebzehnjährig, allein und bar aller Mittel in der Großstadt stehen.

An diesem Tag begann die dritte Phase meines Lebens.«

*

Das Gewitter ist da. Es spektakelt ums Haus herum, rüttelt an den Fensterläden, wirft Garben von Blitzlicht ab und klatscht in dicken Sturzbächen auf die zerzausten Parkbeete nieder.

Friedel steht neben Dahlen beim Fenster. Sie möchte am liebsten hinauslaufen und sich vom Sturm durchblasen lassen. Ihr Gesicht brennt, das Herz geht ganz schnell und hoch. Sie hat noch nie in ihrem schweigsamen Leben so viel gesprochen wie in dieser Stunde.

Der Verwalter ruft telefonisch an. Dahlen tritt zum Fernsprecher und empfängt seine Meldungen. »Nichts ist passiert«, sagte er dann zu Friedel gewendet. »Nicht mal strichweiser Hagel. Ich glaube, die Sache verzieht sich. Wir könnten ein wenig Luft hereinlassen!«

Friedel schiebt die Riegel auf. Sie fühlt sich noch immer als Page. Ein Herr von Distinktion wünscht das Fenster geöffnet, also öffnet sie es. Gleichzeitig erscheint eine Magd. Ob es nicht hier hereingeregnet hat? Auch Frau Draxl, die Wirtschafterin, steckt den Kopf zur Tür herein. »Schon vorbei!« ruft sie munter und geht wieder.

Ja, so ist das auf dem Lande, denkt Friedel, jedes Gewitter ist eine Angelegenheit. In Berlin kümmert sich keine Katze darum.

»Wir könnten ein wenig hinuntergehen«, schlägt Dahlen vor. »Es hat zu regnen aufgehört. Wollen Sie? Ich möchte auch noch den dritten Abschnitt Ihres Lebens kennenlernen. Den vor allem. Es erzählt sich gut beim Wandern; sind Sie einverstanden?«

Im Garten tropfen alle Büsche, Amseln singen süß und erregt, und die Wiesen duften. Das Gewitter grollt ganz leise wie ein zürnender Gott, der in seine Reiche flieht.

»Der schönste Abend«, sagt Dahlen. »Kommen Sie, wir gehen hinüber auf den Feldweg. Wir gehen langsam und atmen die gute Luft. Sie hatten recht: die Spannung wurde gelöst! Darf ich Sie nun um Fortsetzung Ihres Berichtes bitten?« Er möchte möglichst unbefangen sprechen, um ihr Vertrauen zu gewinnen. Doch das ist gar nicht nötig. Friedel vertraut ihm wie dem lieben Herrgott.

»Ich habe dem zweiten Abschnitt meiner Lebensgeschichte noch ein sehr trauriges Kapitel hinzuzufügen«, sagt sie leise. »Mein Onkel Erich stürzte sich aus einer Bodenluke des Inquisitenspitals in den Hof hinab und blieb tot liegen.«

Dahlen hält den Schritt an. »Das glaube ich in den Zeitungen gelesen zu haben. Ein erster Berliner Rechtsanwalt ... ja, ich erinnere mich... leider kommen solche und ähnliche Tragödien in unserer Zeit immer wieder vor. Es ist wie eine moralische Infektion.«

»Gewiß, das mag Außenstehenden so erscheinen, aber wer in ein solches Drama hineingezogen wird, der erlebt die hundertfältigen Nadelstiche der Erniedrigung am eigenen Leibe. Ich war froh, daß ich wenigstens nicht den Namen Hagen trug, sondern meinen eigenen, den keine Schande gebrandmarkt hatte.« Sie verstummt.

»Und was geschah weiter?«

»Ein Kollege meines Onkels übernahm es, meine Interessen zu wahren. Ach Gott – er konnte mir auch nichts mehr retten. Das Gut im Elsaß war längst verkauft, mein Kapital längst aufgebraucht worden. Sogar den Schmuck meiner Mutter hatte Onkel Erich verschleudert, und nur dem Umstand, daß jemand ihn nicht voll ausbezahlt hatte, war es zu danken, daß ich nach endlosen Schreibereien den Betrag von tausend Mark erhielt. Tausend Mark! Dies war nun mein ganzes Vermögen.« Friedel hält den Kopf gesenkt, in ihrem Gesicht arbeiten die Gedanken. Es ist ein sehr ernstes, herbes Mädchengesicht. Wie konnte man nur so vernagelt sein, zu glauben, daß dies ein Junge sei! Dahlen begreift weder sich noch das ganze törichte Dalmasse-Hotel.

Nach einer Weile fängt Friedel wieder zu sprechen an. Ihr Organ ist dunkel und warm. Das hat Dahlen eigentlich schon in Berlin gemerkt. »Jener Rechtsanwalt, der mir die tausend Mark erobert hatte, verschaffte mir auch meine erste Anstellung. Empfangsdame bei einem Zahnarzt. Zuerst wollte der Arzt nichts von mir wissen, weil ich zu jung war, aber ich setzte zwei Probewochen durch und hatte gesiegt. Diese Stelle war ein Glücksfall, was ich allerdings damals noch nicht zu schätzen wußte. Ich blieb acht Monate dort, war vorzüglich verköstigt und gut bezahlt. Dann allerdings wurde mein Chef zu liebenswürdig. Er war ein dicker, glatzköpfiger Mann. Heute weiß ich, daß die Angelegenheit mit etwas Diplomatie hätte beigelegt werden können, damals aber war ich empört und kündigte auf der Stelle. Dummes Ding, werden Sie sagen! Ja, ich wußte noch nicht, wie schwer es ist, solche Anstellungen zu bekommen und daß man sich stolze Gesten heutzutage nicht leisten kann. Im Augenblick allerdings schienen mir die Ereignisse recht geben zu wollen, denn ich bekam einen noch besseren Posten, als ich gehabt hatte. Eine Patientin des Zahnarztes brachte mich in eine Leihbücherei nach Charlottenburg, wo man ein Fräulein zur Kundenbedienung brauchte. Diese Beschäftigung sagte mir außerordentlich zu. Fast möchte ich sagen, daß ich zufriedener war als zu jenen Zeiten, wo unser Auto vor der Tür stand und ein Diener mit weißen Pranken mir das Essen servierte. Jetzt war ich doch keine Drohne mehr. Den Verkehr mit meinen ehemaligen Standesgenossinnen hatte ich völlig abgebrochen. Ich wollte weder bedauert noch geduldet werden.

Meine Herrlichkeit in der Leihbücherei dauerte genau ein Jahr. Dann starb der Besitzer, das Geschäft liquidierte, ich wurde entlassen. Das war natürlich ein ausgesprochenes Unglück, und ich müßte mich tapferer machen, als ich bin, wenn ich nicht eingestünde, daß ich zutiefst deprimiert war. Ich beschloß, die bescheidene Pension, in der ich wohnte, gegen eine noch bescheidenere zu vertauschen. Diese Maßnahme erwies sich als richtig, denn ich blieb zwei Monate ohne Stellung und mußte von meinem Kapital leben. Die Pension, in der ich nun wohnte, gehörte einer Frau Petersen und befand sich in einer häßlichen Mietskaserne. Kost, Ordnung Sauberkeit – na, sie ließen zu wünschen übrig! Aber die Sache war billig. In dieser Zeit lernte ich mit Pfennigen rechnen, denn ich war durchaus nicht gewillt, meinen Notgroschen aufzubrauchen. Mein ganzes Sinnen und Trachten ging dahin, wieder in einer Leihbücherei unterzukommen, doch leider glückte mir dies nicht. Alle Posten waren besetzt, kein Mensch trug Verlangen nach meinen Diensten. Eine Dame jedoch, die mich in der Bücherei kennengelernt hatte, schrieb mir eines Tages, sie habe gehört, daß ich stellenlos sei und frage mich nun, ob ich zu ihrer Schwester als Erzieherin kommen wolle. Es seien zwei Kinder im Alter von sieben und zehn Jahren da. Nun – Erzieherin, das klang ganz gut. Ich ging hin, und die Umstände erwiesen sich über Erwarten günstig. Meine neue Herrin war eine sympathische Dame, der Herr Geheimrat, ihr Gatte, ein würdiger Beamter. Das Hauswesen gut geführt, Bezahlung zufriedenstellend. Aber – die Kinder! Hansi und Olli hießen die beiden Unholde! Ich werde sie nie vergessen . . . Zwei hübsche Rangen mit unglaublich kräftigen Lungen und einer unverwüstlichen Rauflust. Obwohl ich reichlich zu essen hatte, wurde ich von Woche zu Woche dünner. Vierundzwanzig Vorgängerinnen, so erzählte mir die Köchin, hatten schon von dort Reißaus genommen. Nun – ich beschloß, durchzuhalten. Man kann vieles, wenn man nur richtig will. Aber es kam wieder anders. Eines Tages sagte mir die Frau des Hauses, sie habe eine Bitte an mich. Ihre Mutter sei schwerkrank, ein Herzleiden, das seit Jahren währe. Nun habe man aber plötzlich die erprobte Pflegerin nach Hause abberufen, die alte Dame müsse jemand Verläßlichen als Ersatz um sich haben, sie bitte mich, diese Pflicht für einige Zeit zu übernehmen. Die Bezahlung sei besser als bei ihr, die Arbeit leicht, da eine alte Köchin im Hause – kurzum, ich könne gar nicht nein sagen. Tatsächlich sagte ich ja. Ich dachte nämlich, ärger als bei den Rangen könne es nirgends sein. Aber dieser Optimismus war verfehlt. Zwar, die kranke Dame selbst war gegen mich sehr gut, so sehr, daß ich sie liebgewann. Und eben darin lag das Tragische des Falles. Die Leiden der armen Frau waren furchtbar. Ach Gott, ich litt mit ihr, ohne helfen zu können . . . Als sie nach vier Monaten in meinen Armen starb, war ich nur mehr ein Schatten.

Selbstverständlich wollte man mich wieder zu den Rangen zurückhaben. Man versprach mir goldene Berge, denn mittlerweile hatte die dreißigste Erzieherin den Kriegsschauplatz verlassen. Ich aber lehnte ab. Es war mir wirklich unmöglich, Hansis und Ollis Dressur nochmals auf mich zu nehmen. Leider verzieh man mir die Ablehnung nicht, und ich verscherzte mir auf diese Art das Wohlwollen dieser immerhin gutartigen Menschen.

Wiederum zog ich in die Pension Petersen und versuchte, so gut es ging, meine körperlichen Kräfte zurückzugewinnen, was bei Mama Petersens ökonomischer Küche nicht leicht war.

In dieser Zeit traf ich einmal Tante Helga auf der Straße. Sie war sehr elegant und begrüßte mich ohne Spur von Verlegenheit. ›Du bist hübsch geworden‹, sagte sie zu mir, als ob das meine einzige Sorge sein müsse, ›nur siehst du schlecht aus. Besuche mich doch einmal! Bei mir verkehren Männer mit Geld.‹ Ich habe mir den Wortlaut dieses Satzes bis heute gemerkt.

Nun – ich will keine Steine werfen. Im Grunde genommen kann kein Mensch für seine Veranlagung. Sie war eben so und ich anders.

Lange Zeit verging, ohne daß ich eine Stellung finden konnte. Dann endlich hatte eine meiner Bemühungen Erfolg: Ich erhielt einen Posten als englische und französische Korrespondentin in der Filiale eines Berliner Unternehmens, und zwar in Würzburg. Ich reiste hin. Es ließ sich alles ganz erträglich an. Fie Bezahlung war zwar knapp, doch ich hatte schon gelernt, mir's einzuteilen. Nachdem ich mich vier Monate lang geplagt hatte, um mich in die mir fremde Materie einzuarbeiten, wurden zehn Angestellte abgebaut. Ich als Jüngste war natülrich mit dabei. Wirtschaftskrise . . . noch nie dagewesen, seit die Welt besteht . . . Ein magerer Trost für den, der die Sache mitmachen muß.

Um nicht ganz brotlos zu werden, nahm ich einen Posten in einem Parfümeriegeschäft an, doch das war übereilt. Zwar blieb ich unter schlechtesten Bedingungen über ein Jahr lang dort, dann wurde mir die Sache zu dumm. Ich reiste wieder nach Berlin zurück und stieg – um mich elegant auszudrücken – in Pension Petersen ab. Schon am ersten Tag fand ich im Schrank die Habseligkeiten des Friedrich Kannebach, und als ich einschlief, da träumte ich, daß ich,als Junge verkleidet, mein Glück machen werde. Es war ein hübscher, lustiger Traum . . . ich erinnere mich ganz genau . . . und ich glaube fast, daß er den Grundstein zu den Unternehmungen legte, die ich später ausführte.

Vorerst freilich suchte ich auf höchst normale Art Stellung. Aber – ich fand keine! Weder eine gute, noch eine schlechte! Gar nichts. Die Verhältnisse hatten sich eben auch hier trostlos verschlimmert. Und sehen Sie, Herr von Dahlen, da verlor ich zum erstenmal den Mut. Es war im Spätherbst, der Winter stand vor der Tür. Wenn ich durch die Straßen irrte, sprachen mich Männer an. Ich bekam Angst. Was würde aus mir werden?

Eines Abends erzählte mir die Tochter der Frau Petersen, daß im Dalmasse-Hotel die Stelle eines Pagen zu vergeben sei. Von einem Augenblick zum andern war mein Entschluß gefaßt. Ein warmes Asyl für den Winter wollte ich haben – hier war die Möglichkeit, es zu bekommen. Ich weihte die gute Petersen ein, ich verkleidete mich unter ihrer Mithilfe, ließ mir die Haare schneiden und stellte mich vor. Daß ich engagiert wurde, war kein Kunststück, denn die übrigen, die mit mir konkurrierten, waren doch nur tapsige Jungens. Auch konnte keiner zwei Sprachen perfekt, so wie ich. Und was ich nie gehofft hatte, trat ein: Von dem Augenblick an, wo ich mein Geschlecht wechselte, ging alles glatt und reibungslos. Es war wie eine Verzauberung. Niemand zweifelte an mir, meine Finanzen erholten sich – man verdient schön im Dalmasse-Hotel – kurzum, ich hatte als Junge ebensoviel Glück, wie ich als Mädchen Pech gehabt hatte. Kein Wunder, daß ich mich in meine neue Rolle hineinlebte. Wie sehr dies der Fall war, wissen Sie ja selbst, Herr von Dahlen. Und Sie wissen auch alles übrige . . . Mehr ist nicht zu berichten. Ich habe alles gebeichtet.«

Dahlen und Friedel sind auf einem Hügel angelangt, von dem aus man das abendliche Land überblicken kann. Sie bleiben stehen. Dämmerung schwebt über den Wiesen, in der Ferne zittern ein paar Lichter.

»Ich danke Ihnen für Ihr Vertrauen«, sagt Dahlen nach einer kleinen Stille, »Sie sind das tapferste Mädel, das mir je untergekommen ist!« Und da ihm Feierlichkeit nicht liegt, setzt er schnell hinzu: »Wo befinden sich eigentlich Ihre Papiere, ich meine die richtigen, die der Friederike Bornemann?«

In meinem Koffer! Ich kann Sie sofort –«

»Ach, das eilt nicht! Wichtiger scheint mir die Frage, wie wir es anstellen werden, um Ihre . . . na, wie soll ich mich ausdrücken . . .

sagen wir, Ihre ›festgenagelte Situation‹ einer Lösung zuführen – und zwar so rasch als möglich.«

Friedel hebt die Augen zu ihm auf. Wir – hat er gesagt. Wir . . .

»Schauen Sie mich nicht an, als ob ich ein Zauberer wäre«, beschwichtigt Dahlen, »leider bin ich das nicht. Im Moment weniger denn je. Noch habe ich keine Ahnung, wie wir die Sache deichseln sollen . . . aber ich verspreche Ihnen, daß ich darüber nachdenken werde. Genügt das für heute?«

»Ja«, antwortete Friedel, und es klingt, als habe sie »Amen« gesagt.

*

In dieser Nacht kann Friedel lange nicht einschlafen. Sie hört noch drei Uhr schlagen, dann endlich fällt sie in wilde Träume. Ottokar, der fürchterliche Knabe, erscheint ihr und – wer hätte das gedacht! – er ist gar kein Junge, sondern ein Mädchen, und Herr Charles, der Zimmerober, ist sein Geliebter. Ein schrecklicher Traum. Der Lift stürzt in die Tiefe, die Küchenkassiererin flieht mit Baron Potten, und zum Schluß reißt man ihr, Friedel, die Kleider vom Leib und wirft sie in eine mit eiskaltem Wasser angefüllte Badewanne. Davon erwacht sie. Ihre schöne, seidene Steppdecke ist abgerutscht, sie liegt im Nachthemd da und friert.

Wie spät ist's eigentlich? – Herrgott, halb zehn! O Schande! Vielleicht hat Dahlen schon nach ihr gefragt, vielleicht . . .

Sie springt mit beiden Füßen aus dem Bett, reißt die Vorhänge hoch und blinzelt ins Licht.

Tiefer Friede. Kein Ottokar, kein Lift und kein Garnichts . . . Auf den Kieswegen trippeln weiße Tauben gurrend hin und her, ein Bursche gräbt Beete um, und dort drüben, wo die Silbertannen ihre kraftstrotzenden Zwige breiten, dort steht Herr von Dahlen . . . Wie eine unbegreifliche Vision steht er dort und schaut in die Luft. Seine Gesichtszüge vermag Friedel nicht auszunehmen, doch wenn man will, kann man sich einbilden, daß er geradeswegs auf ihr Fenster blickt. Und natürlich will sie sich das einbilden.

Es ist doch herrlich, zu leben! An einem strahlenden Sommermorgen zu leben und die Welt umarmen zu wollen . . . Was tut »Er«, der Wunderbare, dort unter den Silbertannen? Er setzt sich in Bewegung und wahrhaftig . . . ja, er nimmt Richtung hierher . . .

Friedel stößt einen Stuhl um, stolpert über ihre Schuhe, packt einen Kamm und fährt durch das Haar, wirft die Tischdecke um die Schultern – sie ist geblümt und hat gelbe Troddeln –, dann stürzt sie wieder zum Fenster und öffnet es vollends.

»Guten Morgen! Endlich ausgeschlafen?« (Seit einer halben Stunde steht er schon da und wartet.) »Wissen Sie, mit wem ich soeben interurban gesprochen habe?«

»Mit dem Dalmasse-Hotel!« ruft Friedel prompt.

»Keine Spur! Interessiert mich gar nicht. Mit meiner Schwester habe ich gesprochen. Sie weiß einiges über die Familie Bornemann und besitzt auch Fotografien von anno dazumal! Nun – freut Sie das nicht?«

»Oh ...« Friedel freut es so sehr, daß ihr Tränen in die Augen steigen und langsam über die schlafwarmen Wangen herabkollern.

Herr von Dahlen tut, als sähe er das nicht. Auch die geblumte Tischdecke über dem Nachthemd nimmt er stillschweigend zur Kenntnis. »Haben Sie schon gefrühstückt?« fragt er munter. »Nein? Nun, dann tun Sie's, und wenn Sie fertig sind, suchen Sie mich dort drüben bei den Glashäusern. Wir fahren dann nach Uttenstein hinüber. Großstadt, sage ich Ihnen. Fünfzehntausend Einwohner, Marktplatz mit Brunnen, Kino, Mastviehanstalt und wahre Prachtgeschäfte! Ja, ja, sie werden Augen machen! Dort gibt es nämlich für Sie heute etwas zu tun. Was, das sage ich Ihnen später!« Dahlen winkt lachend und geht.

Ohne zu antworten, blickt Friedel ihm nach. Die Tränen auf ihren Wangen sind zwar getrocknet, aber sie schaut dennoch wie durch goldene Schleier. Ganz benommen ist sie. Ganz dumm. Er hat mit seiner Schwester gesprochen ... er will ihr also helfen ... und er interessiert sich für ihr weiteres Ergehen ...

Friedel stürzt sich ans Waschbecken und tobt die Erregung in Seifenschaum aus. Dann klingelt sie Sturm. (Das hat sie von den weiblichen Gästen des Dalmasse-Hotels gelernt.) »Frühstück, Frühstück! Schnell, bitte! Ich habe Eile!«

Das blonde Stubenmädchen kichert und serviert eine von jenen köstlichen Landmahlzeiten, die das Herz entzücken. Aber heute nimmt sich Friedel keine Zeit zu gebührender Würdigung. Noch mit dem letzten Bissen im Mund läuft sie in den Morgen hinaus.

»Wo ist der Herr?« ruft sie einem Gärtnerburschen zu, der einen Karren mit Erde schiebt. Er deutet mit dem Daumen auf das zweite Glashaus und trabt weiter.

Herr von Dahlen steht vor einer ansehnlichen Versammlung von winzigen Kakteensprößlingen. Er hat eine blaue Gärtnerschürze vorgebunden und blickt gemächlich von seiner Arbeit auf, als Friedel wie eine Lawine die Stufen herabstürzt. »Eben bin ich hier fertig geworden«, sagt er freundlich, »nur noch die Hände waschen. Hier ist nämlich das Treibhaus meiner Experimente. Schauen Sie sich diese kleinen Dinger an! Niedlich, was? Ja, so ein junges Pflänzchen braucht sehr viel Liebe und das richtige Erdreich, damit was Ordentliches daraus wird.«

Friedel weiß nicht, was sie antworten soll. Sie ist nicht auf Beschaulichkeit eingestellt und hat augenblicklich andere Dinge im Kopf als Kakteen.

Im Glashaus ist es warm, es duftet nach Erde. Während Dahlen sich die Hände säubert und die Schürze abbindet, setzt sich Friedel auf ein leeres Blumenbrett. Ungeduldig, zum Zerspringen! Wenig geschlafen, und wissen möchte man schon, was los ist!

»Na –?« fragt Dahlen, indem er sich neben sie auf das Brett schwingt. Er hat sehr gut geschlafen, ist gar nicht ungeduldig und weiß heute ziemlich genau, was los ist.

Ein Kohlweißling verirrt sich zur offenstehenden Tür herein, gaukelt längs der mit Zittergras besponnenen Scheiben hin, besucht einen Hortensienstock, der auf dem Boden steht, faltet die Flügel zu einem Strich zusammen, zuckelt ein Weilchen herum und fliegt wieder davon.

Stille.

»Na – was ist?« Dahlen blinzelt in die Sonne. »Wie werden wir das also jetzt anfangen, um möglichst rasch wieder ein kleines Fräulein zu werden?«

Friedel starrt ihn an. »Ja, soll ich denn nicht mehr zurück ins Dalmasse-Hotel?«

»Zurück ins Dalmasse-Hotel? Ideen haben Sie! Wieder in flohbrauner Uniform herumlaufen, was? Das möchte Ihnen so passen, daß ich dabei Ihr Mitschuldiger werde! Zum Schluß kämen wir beide noch ins Landesgericht, mit den Damen Wellington in eine Zelle. Nein, nein, meine Liebe, jetzt bläst der Wind anders. Ich schreibe noch heute an Direktor Köppnitz und teile ihm mit, daß Sie in die Dienste meiner Familie eintreten werden, und um Ihre sofortige Entlassung ersuchen. Die Dokumente des Friedrich Kannebach soll er an meine Adresse schicken.«

»Ach . . .« Friedel kann kaum atmen. »Und weiter?«

»Weiter? Tja, da müssen wir eben die Sache neu aufzäumen. Was würden Sie denn vorschlagen?«

»Ich? Du liebe Güte, ich weiß gar nichts. Mein Latein ist zu Ende.«

»Also dann hören Sie zu: Morgen werden Sie von hier abgeschoben und reisen direkt zu meiner Schwester nach Österreich. Schloß Burgau wird Ihnen noch viel besser gefallen als Winthagen. Dreimal so herrschaftlich. Da sind wir arme Schlucker dagegen! Na –gute Idee?«

»Ja«, stammelt Friedel. »Aber . . . als Junge soll ich . . . wie ist das?«

»Nein – als Mädchen sollen Sie, Sie kleines Ungeheuer! Selbstverständlich als Mädchen. Die Pagengeschichte habe ich meiner guten Schwester unterschlagen. Ich glaube, sie brächte doch nicht das richtige Verständnis dafür auf.«

»Natürlich . . . und wie . . . und wann . . .?«

»Ich sagte ja schon, daß Sie ein kleines Ungeheuer sind, das ehrbare Leute dazu verführt, mitzuschwindeln. Was bleibt mir anderes übrig? Sie müssen von hier weg, je rascher, desto besser, noch bevor mein Diener Gustav eintrifft. Heute fahren wir nach Uttenstein kaufen und ein paar weibliche Fähnchen, so gut man's eben dort bekommt, morgen bringe ich Sie zur Bahnstation und chauffiere selbst. Wohlgemerkt: Nur wir beide fahren, ohne Chauffeur . . . dämmert Ihnen was?«

Friedel dreht den Kopf nach rechts und schaut ihrem Nachbar forschend ins Gesicht: »Mmmm . . .«, meint sie gedehnt, »ich fange an zu verstehen . . .«

»Das Forstgebiet von Hagenberg erstreckt sich kilometerweit«, erklärt Dahlen, »wenn wir diesen Weg wählen . . .«

In Friedels Augen entzündet sich ein Funke. »An die einsamste Stelle im Wald müßte man fahren«, wispert sie, »dort das Auto halten lassen . . . Sie steigen aus, stehen Wache . . . bis eins, zwei, drei, hastenichtgesehen – – ein Mädchen aus dem Wagen springt!«

»Es wird nicht springen, sondern hübsch ruhig sitzen bleiben«, flüstert Dahlen zurück. »Nicht mal die Bäume dürfen sehen, was sich ereignet. Friedrich Kannebach verschwindet – Friedel Bornemann wird neu geboren! . . . Schaukeln Sie nicht, sonst bricht das Brett durch und wir sitzen beide auf der Erde.«

»Ich schaukle nicht, ich bin bloß so glücklich . . . weil ich . . . weil Sie . . . und in Burgau darf ich bleiben?«

»Natürlich! Müssen Sie sogar. Helfen Sie meiner Schwester die Zeit vertreiben! Seit ihre einzige Tochter geheiratet hat, lebt eine Gesellschaftsdame bei ihr, die dreihundert Jahre alt und demgemäß unterhaltend ist. Ein bißchen Jugend tut dem Kreise wahrhaftig not. Ja, ja – man braucht Sie direkt! Ohne Spaß!«

Friedel lacht entzückt. Sie weiß genau, daß er übertreibt, aber es tut sehr wohl. Langsam holt sie ihre rechte Hand von dem sandigen Brett fort, auf dem sie gelegen hat, und schiebt sie zu Dahlen hinüber. »Danke!« sagt sie und schluckt.

Dahlen schaut die furchtsamen Finger erst ein Weilchen an, ehe er sich entschließt, sie anzufassen. »Na also – dann sind wir ja einig!« ruft er dann burschikos, legt nach kurzem Druck die kleine Hand wieder dorthin, wohin sie gehört, und springt zur Erde.

Friedel bleibt auf dem Brett sitzen. Sie hat die Unterredung noch nicht beendet. »Frau Tempelbohm muß ich schreiben und ihr kündigen«, erklärt sie.

»Wer ist Frau Tempelbohm?«

»Meine Berliner Quartierfrau. Ich habe nicht im Hotel gewohnt. Das wäre nicht möglich gewesen, schon wegen Ottokar!«

»Wer ist nun wieder Ottokar?«

»Page zwei! Ein schrecklich frecher Bengel.«

»Ah – der hat Sie wohl belästigt?« Dahlen ist moralisch entrüstet. Was zum Teufel hat sich unter dem Personal des Dalmasse-Hotels alles abgespielt?

»Und wie er mich belästigt hat!« sagt Friedel. »Noch am letzten Tag vor der Abreise hat er mich in die Seite geboxt und einen Feigling geschimpft!«

»Ach so . . .«, macht Dahlen und räuspert sich. »Sagen Sie einmal – es geht mich zwar nichts an, aber da ich doch schon Ihr Beichtvater bin: Haben Sie mir nicht manches unterschlagen? Gab's da nicht einige Abenteuer? Ich habe mir sagen lassen, daß Mädels in Ihrem Alter manchmal verliebt zu sein pflegen.«

Friedel macht ein sehr ernstes Gesicht. Sie denkt nach. »Andere Mädels, Herr von Dahlen«, erklärt sie dann nachdrücklich. »Ich nicht! Erstens hatte ich andere Sorgen, und dann – das, was sich an mich heranmachte, konnte mir nicht gefährlich werden. Ich habe leider einen viel zu guten Geschmack . . .«

Der letzte Satz ist deutlich. Er schwebt ein Weilchen lang in der Luft zwischen Blattpflanzen und Sonnenstrahlen. Dahlen lächelt.

Liebeserklärung, denkt er. Damit ich's nur ja kapiere, falls ich so begriffsstutzig sein sollte.

Es wird still. Glühenden Antlitzes schaut Friedel zur Erde. Sie möchte das entflatterte Wort wieder einfangen. Was wird er sagen?

Aber Dahlen sagt vorläufig gar nichts. Er geht ein paarmal zwecklos den schmalen Gang zwischen den Borden hin und her, dann bleibt er wieder stehen und besieht sich gründlich den schlanken Jungen, der vor ihm in der Luft hängt. Von oben bis unten. Schmales Intelligenzgesicht mit blütenfrischem Teint, ein kleiner, ungeküßter Mund, zarte Formen unter dem zugeknöpften Männerjackett, schlanke, gerade Beine, die hilflos unter der Musterung zucken, wie Fischlein am Angelhaken.

Ich muß irgend etwas reden, denkt Friedel auf ihrer exponierten Höhe, vielleicht hört er dann auf, mich anzustarren. »Bei Ihrer Frau Schwester«, beginnt sie, »da werde ich mich schon nützlich machen, damit sie mit mir zufrieden ist. Ich interessiere mich für jede Art von Arbeit. Im Sommer kann ich helfen Obst einkochen, und im Winter, an den langen Abenden, da werde ich vorlesen. Ich kann auch Schachspielen oder . . .«

»So«, unterbricht Dahlen den reißenden Strom, »also bis zum Winter wollen Sie mich hier allein lassen, wie? Das ist Ihnen ganz egal, was aus mir wird? Ich kann da sitzen bleiben, mit meiner alten Draxl und meinen Treibhäusern? Darüber lassen Sie sich keine grauen Haare wachsen?«

»Nein . . .«, sagt Friedel sehr leise, »graue Haare lasse ich mir bestimmt nicht wachsen . . . Aber wenn Sie erlauben: braune – und zwar bis hierher!« Dabei legt sie die Hände um ihren Hals und deutet die Kontur eines Lockenkopfes an.

In Dahlens Gesicht zuckt es. »Das wird hübsch sein«, meint er langsam. »Ich wüßte eigentlich gar nichts, was mir besser gefallen könnte. Beeilen Sie sich nur recht, wenn ich bitten darf! Denn Sie werden einsehen, daß man mit einem schlimmen kleinen Jungen, wie Sie jetzt einer sind, keine ernsthaften Dinge besprechen kann. Da müssen wir schon warten, bis Sie eine richtige junge Dame geworden sind! Habe ich recht – Friedel Bornemann?«

– E N D E –

Bisher sind erschienen:

Schnoor/Geschichte der Musik	512 Seiten	DM 7,80
Quindt/Bambino	304 Seiten	DM 5,80
Löns/Das zweite Gesicht	160 Seiten	DM 3,80
Gerstäcker/Die beiden Sträflinge	160 Seiten	DM 3,80
Jürgens/Stadt im Seewind	160 Seiten	DM 3,80
Quindt/Der weiße Wolf	160 Seiten	DM 3,80
Lübke/Sydney Head	192 Seiten	DM 3,80
Fleuron/Torleifs Pferde	176 Seiten	DM 3,80
Boris/Nanuk	320 Seiten	DM 5,80
Jürgens/Anna Susanna	160 Seiten	DM 3,80
Flor/Ein Mann namens David	160 Seiten	DM 3,80
Quindt/Der Tiger Akbar	272 Seiten	DM 5,80
Löns/Dahinten in der Heide	144 Seiten	DM 3,80
Gerstäcker/Die Flußpiraten	176 Seiten	DM 3,80
Fontane/Frau Jenny Treibel	160 Seiten	DM 3,80
Steurer/Herr auf Schloß Porcia	304 Seiten	DM 5,80
Boris/Murzel	160 Seiten	DM 3,80
Fontane/Effi Briest	320 Seiten	DM 5,80
Quindt/Die Straße der Elefanten	304 Seiten	DM 5,80
Gerstäcker/Unter dem Äquator	176 Seiten	DM 3,80
Bulwer/Die letzten Tage von Pompeji	176 Seiten	DM 3,80
Quindt/Der schwarze Jaguar	320 Seiten	DM 5,80
Kann/Karl May	160 Seiten	DM 5,80
Anzengruber/Der Sternsteinhof	176 Seiten	DM 3,80
Boris/Mein Uhu Gunkel	160 Seiten	DM 3,80
Busch/Die fromme Helene	128 Seiten	DM 3,80
Quindt/Der Wildpfad	304 Seiten	DM 5,80
Storm/Der Schimmelreiter	144 Seiten	DM 3,80
Zahn/Frau Sixta	176 Seiten	DM 3,80
Verne/Der Kurier des Zaren	176 Seiten	DM 4,80
Boris/Arbo	160 Seiten	DM 3,80
Busch/Der heilige Antonius	96 Seiten	DM 3,80
Löns/Die Häuser von Ohlenhof	144 Seiten	DM 3,80
Quindt/Die Pantherbraut	160 Seiten	DM 3,80
Flaubert/Madame Bovary	320 Seiten	DM 5,80
Fontane/Grete Minde	128 Seiten	DM 3,80
Boris/Seine schönsten Tiergeschichten	160 Seiten	DM 3,80
Löns/Der letzte Hansbur	160 Seiten	DM 3,80
Behrendt/Der Dreizehnte	320 Seiten	DM 5,80